Im Strudel des Todes

EIN OXFORD-TEAROOM-KRIMI
BAND 8

VON

H.Y. HANNA

AUS DEM ENGLISCHEN VON

RITA KLOOSTERZIEL

Die Originalausgabe des Romans erschien 2018 unter dem Titel „Apple Strudel Alibi". Copyright © der Originalausgabe 2018 by H. Y. Hanna

Deutsche Erstveröffentlichung 2023
Copyright © der deutschsprachigen Übersetzung 2023 by H.Y. Hanna
Übersetzung aus dem Englischen: Rita Kloosterziel
Lektorat: Antje Steinhäuser
Korrektorat: Marlies Döring

Inhaltsverzeichnis

Kapitel 1

Ein weiser Mann hat mal gesagt, die Welt sei ein Buch und wer nicht reise, der lese nur eine Seite davon. Meine Bücher handeln seltsamerweise unweigerlich von Mord und Totschlag, egal, wohin ich reise.

Natürlich dachte ich nicht im Entferntesten an Mord und Totschlag, als ich an jenem Mittwochmorgen den offenen Koffer auf meinem Bett musterte. Er war mit bunten Kleidungsstücken gefüllt, die sich wie ein farbenfroher Wasserfall über den Rand ergossen. Leichte Sommerkleider, wallende Kaftane, Jeansshorts, süße Bikinis … Ich stieß einen glücklichen Seufzer aus, als ich mir vorstellte, wie ich damit auf Malta am Strand in der Sonne lag und über die Promenade spazierte. Dort gab es auch um diese Jahreszeit noch strahlend blauen Himmel, türkis schimmerndes Wasser und angenehme Temperaturen.

Eine willkommene Abwechslung, dachte ich mit einem Blick aus meinem Schlafzimmerfenster. Draußen baute sich eine dunkle Wolkenwand auf, bald würde es wieder regnen. Kaum zu glauben, dass wir noch vor einem Monat schönstes Sommerwetter hatten. In den letzten Wochen war es stürmisch und nass, ein feiner Nieselregen war an der Tagesordnung und der Herbstwind brachte bereits einen eisigen Hauch mit. Ich musste unwillkürlich lächeln. Da war ich nicht einmal seit einem Jahr zurück in England und schon benahm ich mich wieder wie eine typische Engländerin und jammerte über das Wetter.

„*Miau!*", ertönte eine Stimme zu meinen Füßen. Meine kleine Tigerkatze Müsli sah mich mit ihren grünen Augen ängstlich an.

„Keine Sorge, Müsli. Du kommst mit. Schließlich bist du gegen Tollwut geimpft und hast deinen eigenen Impfausweis, also kannst du mit Devlin und mir an den Strand gehen." Ich grinste. „Okay, vielleicht nicht direkt an den Strand, aber in der Ferienvilla, die wir gemietet haben, kannst du nach Herzenslust herumtollen. Da gefällt es dir bestimmt. Sie hat einen eigenen Garten und von der Terrasse aus kann man das Meer sehen. Und eine Katzenklappe gibt es auch. Einfach perfekt!"

„*Miau!*" Müsli schien mit den Arrangements einverstanden zu sein. Sie sprang aufs Bett, kletterte in den Koffer und machte es sich auf dem

Kleiderstapel gemütlich.

„He, lass das!", schimpfte ich. Aber bevor ich sie herausheben konnte, klingelte mein Telefon. Es war meine beste Freundin, Cassie.

„Tut mir leid, dass ich so früh anrufe, Gemma - habe ich dich geweckt?"

„Nein, ich bin schon seit Ewigkeiten wach."

„Ehrlich?" Cassie konnte es kaum fassen. „Du klingst ungewöhnlich munter. Normalerweise kannst du dich um diese Uhrzeit bestenfalls zu einem übellaunigen Knurren durchringen. Was ist los? Was machst du gerade?"

„Ich packe", gestand ich mit einem verschämten Lachen.

„Du packst? Ihr fliegt doch erst in einer Woche."

„Ja, ich weiß ... gleich beim Aufwachen habe ich an den Urlaub gedacht und ... Es ist albern, aber ich freue mich so auf die Reise, dass ich einfach anfangen wollte. Sonst glaube ich selbst nicht, dass es endlich wahr wird."

„Ja, du willst schon so lange mit Devlin wegfahren, nicht wahr?" Cassies Stimme klang mitfühlend.

„Seit einer halben Ewigkeit!", erwiderte ich gereizt. „Bisher ist immer, wenn wir eine Reise geplant haben, etwas dazwischengekommen, sodass wir sie absagen oder auf unbestimmte Zeit verschieben mussten, meist wegen eines neuen Falls. Die Kripo lässt ihn schuften wie einen Sklaven."

Cassie lachte. „Warum musstest du dich auch

ausgerechnet in einen Detective verlieben? Du weißt doch, dass Polizisten eigentlich ununterbrochen im Dienst sind."

„Ja, aber das ist nicht der einzige Grund. Ich glaube, es liegt auch an Devlins Naturell. Er ist so verdammt pflichtbewusst und kann einfach nicht loslassen. Er tut so, als sei er für jedes Verbrechen in Oxford und Umgebung zuständig und müsse höchstpersönlich dafür sorgen, dass den Opfern Gerechtigkeit widerfährt."

„Ach, gib's zu: Das ist einer der Gründe, warum du dich in ihn verliebt hast - seine Hingabe, seine Integrität und seine Leidenschaft, anderen zu helfen. Dass er ein Mann mit Gardemaß ist und wahnsinnig gut aussieht, hat sicher auch nicht geschadet", scherzte Cassie. „An deiner Stelle würde ich mich allerdings mit Vorwürfen zurückhalten. Du solltest dich selbst sehen, wenn du auf Verbrecherjagd gehst. Und du wirst nicht einmal dafür bezahlt!"

„Da hast du wohl recht", räumte ich widerstrebend ein. „Jedenfalls gibt es dort, wo wir hinfahren, nur Sonne, Sand und herrlich blaues Wasser – und keine Leichen!"

„Freu dich nicht zu früh", warnte Cassie, „sonst forderst du das Schicksal heraus. Aber hör zu - ich wollte dich fragen, ob ich heute im Tearoom früher Schluss machen kann. Das Tanzstudio hat gerade angerufen: Eine der regulären Kursleiterinnen hat sich krankgemeldet und ich soll die Nachmittagsgruppe übernehmen. Die Bezahlung für solche spontanen Einsätze ist wirklich gut."

„Klar, kein Problem. Das kriegen wir schon hin. Mitten in der Woche haben wir ja normalerweise nicht so viel zu tun."

„Und wenn doch, helfen die Silberlocken sicher gerne aus."

„Sie helfen immer gerne aus, auch wenn nicht viel los ist", bemerkte ich trocken.

Das meinte ich jedoch nicht so bissig, wie es sich vielleicht anhörte. Nein, ich mochte die Silberlocken tatsächlich sehr gern. Bei ihnen handelte es sich um Mabel, Glenda, Florence und Ethel, vier nette alte Damen aus Meadowford-on-Smythe, einem Dorf in der Nähe von Oxford. Dort befand sich auch mein Tearoom. Die Silberlocken waren von einer unstillbaren Neugier beseelt, Klatsch und Tratsch waren ihr Lebenselixier und sie steckten ihre Nasen stets unaufgefordert in die Angelegenheiten anderer Leute.

Dank ihrer überbordenden Fantasie und einer intimen Kenntnis sämtlicher Agatha-Christie-Romane witterten sie hinter jeder Ecke verdächtige Gestalten und Spuren geheimnisvoller Morde. Leider lagen sie mit ihren Vermutungen oft genug richtig und ihre begeisterten Schnüffeleien hatten schon manchen nützlichen Hinweis zutage gefördert – und mich in äußerst peinliche Situationen gebracht!

***

Ein paar Stunden später radelte ich in das hübsche Dorf Meadowford-on-Smythe in den Cotswolds. Auf der High Street konnte ich das Rad rollen lassen, bis zu einem alten Gasthaus im Tudorstil. Mit seinem typischen Fachwerk und den weiß getünchten Wänden glich es den romantischen Häuschen, wie man sie auf zahllosen Postkarten und Pralinenschachteln bewundern konnte. Auf dem hölzernen Schild über der Tür stand mit kunstvoll geschnitzten Buchstaben „Little Stables Tearoom" und wie immer verspürte ich bei seinem Anblick einen Anflug von Stolz.

Es war erst ein Jahr her, dass ich hier gestanden, das Holzschild betrachtet und dann die Tür aufgeschlossen hatte: Mein Traum, eine traditionelle englische Teestube zu eröffnen, war Wirklichkeit geworden! Mittlerweile erfreute sie sich allgemeiner Beliebtheit und stand in dem Ruf, die besten Scones in ganz Oxfordshire zu servieren. Plötzlich fiel mir ein, dass ich heute Abend mit Devlin zum Essen verabredet war: Wir wollten den ersten Jahrestag des Little Stables Tearoom feiern.

Heute wartete zu meiner Überraschung eine große Menschenmenge vor der Tür. Es schien, als hätten sich alle Dorfbewohnerinnen über sechzig eingefunden. Ich stieg schnell vom Fahrrad, aber bevor ich Zeit hatte, Müsli in ihrem Katzenkorb abzusetzen, wurde ich von alten Damen mit blauer Haartönung, wollenen Twinsets und dem Duft von Lavendelparfüm umringt.

„Gemma! Was für wunderbare Neuigkeiten, Liebes!"

„Wundervoll! Einfach wundervoll!"

„Herzlichen Glückwunsch, meine Liebe!"

„Wir sind so stolz auf dich!"

„All die großen Konkurrenten aus dem Rennen geworfen!"

„Glückwunsch, Gemma, Meadowford hat dir viel zu verdanken!"

Sie klopften mir auf die Schulter, schüttelten mir begeistert die Hände und gaben mir sogar Küsschen auf die Wange.

„Was ist los? Wovon reden Sie?", fragte ich verblüfft.

„Von dem Wettbewerb!", antwortete eine Seniorin und ergriff dankbar meine Hand. „Das ist das Beste, was ich gehört habe, seit mir der Arzt gesagt hat, dass meine Hämorrhoiden verschwunden sind!"

Ich starrte sie entgeistert an. „Welcher Wettbewerb?"

„Der Europ-Tearoom-Backwettbewerb", dröhnte eine kräftige Stimme.

Sie gehörte einer respekteinflößenden Mittachtzigerin, die sich durch die Menge zu mir drängte. Es war Mabel Cooke, für gewöhnlich die Wortführerin der Silberlocken. Sie hatte ihre Freundinnen im Schlepptau: Glenda Bailey, Florence Doyle und Ethel Webb.

„Der Europ-was?" Ich begriff überhaupt nichts mehr.

„Der Europ-Tearoom-Backwettbewerb findet alljährlich statt. Eine Jury testet die Kuchen, Brötchen, das Brot und die Scones von Tearooms in ganz Europa und wählt für jedes Land den besten aus."

Glenda nahm meine Hände. Ihre runzeligen Wangen waren rosig vor Aufregung. „Oh Gemma! Du hast mit deinen Scones alle anderen englischen Konditoren aus dem Rennen geschlagen und einen Preis gewonnen."

„Mit *meinen* Scones? Das muss ein Irrtum sein!", wehrte ich ab. „Ich habe mit meinen Scones an keinem Wettbewerb teilgenommen."

„Nein, aber wir!", sagte Mabel mit einem selbstzufriedenen Lächeln. „Wir haben auf dem Teilnahmeformular einfach deinen Namen eingetragen, denn wir wussten, dass deine Scones viel besser sind als alle anderen. Und wir hatten recht – der Little Stables Tearoom hat sogar die bekannten Londoner Bäckereien geschlagen!"

„Oh ... wow!" Ich ärgerte mich zwar, dass sie mich hinter meinem Rücken angemeldet hatten, aber natürlich freute ich mich auch über die Anerkennung. „Das muss ich Dora erzählen, schließlich macht *sie* die Scones. Sie verdient das Lob – und den Preis, nicht ich."

Mabel winkte mich zurück, als ich die Tür zum Tearoom aufstoßen wollte. „Wir haben es ihr schon gesagt. Viel wichtiger ist: Wann fährst du nach Wien? Die Preisverleihung findet erst in zwei Wochen statt, aber es kann sicher nicht schaden, früher hinzufliegen und sich die Stadt anzusehen. Wien hat so viel zu bieten.“

„Oh ja!“, rief Ethel aufgeregt. „Da gibt es wunderbare Museen und die Hofburg und natürlich die Österreichische Nationalbibliothek - sie soll die schönste der ganzen Welt sein. Als ich noch in der Dorfbücherei gearbeitet habe und regelmäßig zu den Treffen der Vereinigung der Bibliothekare gefahren bin, haben alle davon geträumt, sie ein einziges Ma-“

„Stopp! Nicht so schnell! Ich kann nicht nach Wien fliegen. Devlin und ich haben einen Urlaub auf Malta gebucht, schon vergessen?“

Die Silberlocken sahen sich bestürzt an.

„Aber Gemma!“, rief Glenda eindringlich. „Du musst unbedingt zur Preisverleihung fahren! Immerhin vertrittst du England - und Meadowford-on-Smythe! Könntest du deinen Urlaub mit Devlin nicht verschieben?“

„Nein“, erwiderte ich entschlossen, doch als ich die niedergeschlagenen Mienen sah, fügte ich in freundlicherem Ton hinzu: „Es tut mir leid. Ich weiß, dass es eine Ehre ist, ausgewählt worden zu sein, und normalerweise wäre ich gerne gefahren, aber ich fürchte, an unseren Urlaubsplänen ist nicht zu rütteln.“

Die Umstehenden, die eben noch begeistert gestrahlt hatten, schienen in sich zusammenzusacken, wie ein Ballon, aus dem die

Luft entwich. Die Silberlocken wandten sich mit hängenden Schultern ab. Ich fühlte mich elend. Hastig reckte ich beide Hände in die Höhe, um ihre Aufmerksamkeit zu erlangen, und sagte aufmunternd: „Hören Sie, bestimmt wird der Preis auch in Abwesenheit verliehen. Und dann feiern wir alle zusammen im Tearoom nach. Tee und Scones gehen auf mich!"

Meine Ankündigung schien auf wenig Gegenliebe zu stoßen und bald löste sich die spontane Versammlung auf. Die Silberlocken schlurften trübsinnig die Straße hinunter. Ich biss mir auf die Lippe, dann zuckte ich hilflos mit den Schultern, nahm Müslis Transportkorb und ging in die Teestube. In der Küche knetete Dora gerade den Teig für die nächste Ladung Scones. Als sie mich sah, breitete sich auf ihrem sonst so strengen Gesicht ein strahlendes Lächeln aus.

„Hat Mabel Ihnen die frohe Botschaft schon überbracht?", fragte sie.

„Von dem Wettbewerb? Ja, das ist fantastisch. Das haben wir Ihnen zu verdanken", fügte ich herzlich hinzu. „Schließlich sind Sie es, die diese Köstlichkeiten zaubert." Plötzlich hatte ich eine Idee. „Hören Sie, wie wär's, wenn Sie nach Wien fahren?"

Sie warf mir einen erstaunten Blick zu. „Ich?"

„Ja, Sie! Ich habe einen Urlaub auf Malta gebucht, aber *Sie* könnten den Little Stables Tearoom bei der Preisverleihung vertreten. Ich übernehme alle Kosten. Das ist perfekt! Ich muss es den Silb-, ich meine, ich muss es Mabel und den anderen sofort sagen. Sie werden begeistert sein. Ich hatte ein furchtbar schlechtes Gewissen, weil sie so enttäuscht waren, als ich ihnen gesagt habe, dass ich nicht hinfahren kann, aber das ist ein toller Kompromiss. Sie fliegen nächste Woche und -"

„Fliegen? Oh, nein, nein ... das kann ich nicht, Gemma!" In Doras Miene spiegelte sich blankes Entsetzen. „Mich kriegen keine zehn Pferde in ein Flugzeug!"

Ich sah sie erstaunt an. „Warum nicht?"

Dora senkte den Blick und sagte unwirsch: „Ich ... ich fliege nicht gern. Es macht mir ... Angst."

„Okay, vielleicht gibt es eine andere Möglichkeit. Sie könnten mit der Fähre über den Ärmelkanal setzen und dann mit dem Zug von Frankreich nach Österreich -"

„Schiffe mag ich auch nicht", murmelte Dora. „Und ins Ausland fahren? Nein, davon halte ich nichts. Ich weiß nicht, warum heutzutage alle Welt in fremde Länder reist - gegen einen Urlaub an der englischen Küste ist doch nichts einzuwenden, oder?"

„Oh." Dazu fiel mir nichts ein. In den acht Jahren, in denen ich in Australien gelebt hatte, war ich mehrmals nach England gereist, und die Langstreckenflüge machten mir nichts mehr aus. Zwanzig Stunden in einem Flugzeug waren nie besonders angenehm, aber ich betrachtete sie als ein notwendiges Übel und es wäre mir nie in den Sinn gekommen, dass manche Menschen wegen ihrer Flugangst auf Auslandsreisen verzichteten. Einer stolzen Frau wie Dora musste es schwergefallen sein, ihre Schwäche zuzugeben.

Meine Konditorin sah mich an und sagte kleinlaut: „Außerdem ist eine schicke Preisverleihung nichts für mich." Sie schauderte. „Vor lauter Fremden zu stehen! Die plappern wahrscheinlich alle auf Deutsch. Nein, nein, ich bleibe lieber hier in der Küche und backe. Tut mir leid, Gemma."

Ich seufzte und lächelte sie an. „Machen Sie sich keine Sorgen. Es hat wohl nicht sollen sein. Mabel und den anderen habe ich schon versprochen, dass wir eine kleine Feier in Meadowford veranstalten, wenn ich aus dem Urlaub zurück bin. Wir schmeißen eine wunderbare Party in der Teestube, okay?"

Kapitel 2

Entgegen meiner Vorhersage war es an diesem Tag im Tearoom längst nicht so ruhig, wie ich erwartet hatte. Große Reisegruppen, zahlreiche Dorfbewohner und Studenten mit ihren Eltern sorgten dafür, dass mir kaum Zeit zum Verschnaufen blieb.

Meadowfords Nähe zu der berühmten Universitätsstadt Oxford bescherte mir das ganze Jahr über einen steten Strom an Gästen, doch so kurz vor Beginn des neuen Semesters hatten wir noch mehr zu tun als sonst. Mittlerweile hatte es sich herumgesprochen, dass wir den besten Afternoon Tea weit und breit servierten, und viele Gäste erzählten mir, dass sie nur wegen unserer frischen Scones, der hausgemachten Konfitüre und der

Clotted Cream ins Dorf gefahren waren.

Am Nachmittag hatte ich mich gerade für einen Moment hinter die Theke gesetzt, als die Tür aufging und meine Mutter in Begleitung einer eleganten, etwa sechzigjährigen Frau hereinkam.

„Hallo, Liebling!", trällerte meine Mutter. „Kennst du meine liebe Freundin Sofia Fritz noch? Sie hat in Oxford gewohnt, als du klein warst - sie hat mir sogar geholfen, dich ans Töpfchen zu gewöhnen!"

Ich warf einen verstohlenen Blick in die Runde – einige Gäste schmunzelten, denn sie hatten die peinliche Bemerkung meiner Mutter natürlich mitbekommen. Hastig führte ich die beiden Neuankömmlinge zu einem Tisch in der Ecke, hoffentlich außer Hörweite der anderen Gäste.

„Ähm, ich fürchte, ich erinnere mich nicht mehr, aber es freut mich, Sie kennenzulernen, Mrs Fritz", sagte ich mit einem höflichen Lächeln, während sie Platz nahmen.

„Oh, du kannst mich ruhig Sofia nennen." Sie erwiderte mein Lächeln und ihre Augen funkelten belustigt. „Du warst ein bezauberndes kleines Mädchen, Gemma, und es ist schön zu sehen, dass du zu einer hübschen jungen Dame herangewachsen bist."

Sie war eine schlanke Frau mit braunem Haar, das von grauen Strähnen durchzogen und im Nacken zu einem Dutt frisiert war. Passend zu ihrem schicken cremefarbenen Wollkleid trug sie Schuhe und eine Handtasche in der gleichen Farbe. Sie sprach fließend Englisch mit einem Hauch von Akzent.

„Sofia kommt ursprünglich aus Österreich, ihre Familie ist allerdings nach dem Krieg nach England ausgewandert", erklärte meine Mutter. „Ihr Vater hat in Oxford gearbeitet, damals haben sie um die Ecke von uns gewohnt. Wir sind immer zusammen zur Schule gegangen. Sofia ist ein paar Jahre älter als ich und als junges Mädchen habe ich sie geradezu angehimmelt. Ich war so traurig, als sie geheiratet hat und zu ihrem Mann nach Österreich gezogen ist."

„Ja, vielleicht hätte ich einen netten Engländer ehelichen und in England bleiben sollen, statt diesem Halunken nach Österreich zu folgen!", meinte Sofia schulterzuckend. „Aber das ist Schnee von gestern. Mittlerweile bin ich in Wien heimisch geworden und fühle mich dort sehr wohl."

„Es ist doch immer schön, in seine Heimat zurückzukehren, oder?", bemerkte ich.

„Nun, für mich ist England meine Heimat", erwiderte Sofia. „Es ist seltsam, nicht wahr? Vielleicht liegt es daran, dass ich den größten Teil meiner Kindheit hier verbracht habe. Oft ertappe ich mich sogar dabei, dass ich nicht Deutsch, sondern Englisch denke oder rede - vor allem, wenn ich in Eile bin oder mich über etwas aufrege. Es ist offenbar die Sprache, die mir am vertrautesten ist."

„Ja, ich weiß, was Sie meinen", sagte ich. „Nachdem ich acht Jahre im Ausland gelebt und gearbeitet habe, dachte ich, es sei eine echte

Kosmopolitin aus mir geworden - aber seit ich wieder in England bin, stelle ich fest, dass ich mir viele typisch englische Eigenarten bewahrt habe."

„Deine Mutter hat mir erzählt, dass du deinen gutbezahlten Job in Sydney gekündigt hast, um diesen Tearoom zu eröffnen. Das hörte sich nach einem recht gewagten Unterfangen an! Ich muss sagen, ich bewundere deinen Mut und die Entschlossenheit, mit der du diese Herausforderung angenommen hast - und es hat sich offensichtlich gelohnt."

Sofia sah sich anerkennend in der gemütlichen Teestube mit ihrem traditionellen Eckkamin um, den Fachwerkbalken und den Sprossenfenstern. „Es ist wunderbar geworden, Gemma, und das Geschäft scheint sehr gut zu laufen." Sie deutete auf die vollbesetzten Tische.

„Danke! Ja, es hat sich viel besser entwickelt, als ich erwartet hatte. Anfangs hatten wir ein paar kleine Probleme" – einen Gast, der mit einem Scone aus meinem Tearoom ermordet wird, kann man wohl mit Fug und Recht als kleines Problem bezeichnen – „aber seitdem geht es stetig bergauf. Ich hatte großes Glück mit den Räumlichkeiten. Der Charme des alten Gasthauses vermittelt den Touristen genau das Gefühl von ‚Good Old England', das sie suchen. Das Gebäude stammt aus der Tudorzeit und Gott sei Dank waren die historischen Elemente noch vorhanden. Ich musste nur alles in seinem alten Glanz erblühen lassen."

„Das hast du fantastisch hinbekommen", lobte Sofia und sah sich noch einmal im Raum um. „Ich habe selbst vor Kurzem renoviert, daher weiß ich, wie viel Arbeit dahintersteckt, und - OH!" Sie zuckte überrascht zurück, als ein kleines Fellbündel auf ihrem Schoß landete.

„Müsli!", ermahnte ich meine getigerte Katze beschämt, die Sofias Gesicht neugierig beschnupperte. Ich wollte sie wegsetzen, aber Sofia hielt meine Hand fest.

„Nein, nein, lass nur. Ich habe mich ein wenig erschrocken, das ist alles." Sie streichelte Müsli lachend. „Sie ist eine echte Persönlichkeit. Gehört sie dir?"

Ich seufzte gequält. „Ja. Sie heißt Müsli und ist sehr gesellig - manchmal sogar zu gesellig! Ich bringe sie jeden Tag mit zur Arbeit und sie liebt es, durch die Teestube zu streunen und sich mit den Gästen anzufreunden. Normalerweise ist sie ganz brav und springt nicht auf Stühle und Tische, aber ..." Ich hob resigniert die Hände. „Wie Sie sehen, kann sie manchmal sehr ungezogen sein."

„Oh, ich bin sicher, die meisten Gäste hätten nichts gegen so eine niedliche Gesellschaft einzuwenden." Sofia lachte erneut, als sich Müsli auf ihrem Schoß zusammenrollte und genüsslich die Augen schloss.

„Das stimmt, oft fragen sie sogar, ob sie sie mitnehmen dürfen. Aber Sie sagten, dass Sie gerade Ihr Haus renoviert haben?"

„Ja, so könnte man es ausdrücken ... Weißt du, nach der Scheidung bekam ich eine hübsche Summe ausbezahlt und habe beschlossen, das Geld in ein eigenes Hotel zu stecken. Davon habe ich immer schon geträumt – ein Boutique-Hotel, klein, gemütlich und familiär, aber selbstverständlich mit allem erdenklichen Komfort. Also habe ich vor einem Jahr mitten in Wien ein Haus gekauft und es nach und nach umgebaut. Tatsächlich sind die letzten Arbeiten fast abgeschlossen, nächste Woche ist Eröffnung. Jetzt müssen nur noch hier und da einige Kleinigkeiten erledigt werden, aber dafür werde ich nicht gebraucht, also dachte ich, ich nutze die Gelegenheit und fahre ein paar Tage weg. Wenn das Hotel erst einmal seinen Betrieb aufnimmt, ist an Urlaub nicht mehr zu denken. Dies ist also meine letzte Chance, bevor es losgeht." Sie betrachtete meine Mutter liebevoll. „Und da ich meine alte Freundin Evelyn so lange nicht gesehen hatte, habe ich beschlossen, sie in Oxford zu besuchen."

„Und ich bin so froh darüber!" Meine Mutter strahlte. Zu mir gewandt fuhr sie fort: „Dein Vater und ich wollen nächstes Jahr nach Wien fahren und freuen uns schon darauf, in Sofias Hotel zu wohnen."

„Bis dahin sind die anfänglichen Kinderkrankheiten hoffentlich ausgestanden", meinte Sofia nervös. „Ich habe mir Mühe gegeben, alle Eventualitäten zu bedenken, aber bestimmt habe ich etwas vergessen. Ich mache mir solche Sorgen, dass ich beim Farbkonzept des Hotels einen Fehler gemacht oder etwas nicht bis zum Ende durchgeplant habe oder -"

„Na, na, Sofia, bestimmt ist alles in bester Ordnung", versuchte meine Mutter, sie zu beruhigen. „Weißt du noch, wie sehr du dich früher wegen deiner Hausaufgaben aufgeregt hast? Einmal bist du sogar in Tränen ausgebrochen, weil du zwei Fehler hattest! Und erinnerst du dich, was die Lehrerin gesagt hat? Dass du gar nicht versuchen sollst, alles perfekt hinzubekommen. Und dass man kein Versager ist, wenn mal etwas *nicht* perfekt ist."

„Aber bei der Eröffnung *muss* alles perfekt sein!", rief Sofia. „Ich habe so hart gearbeitet, um meinen Traum zu verwirklichen. Das Hotel *muss* ein Erfolg werden. Es wäre eine solche Schmach, wenn -" Sie verstummte, als sei ihr plötzlich klar geworden, wie hysterisch sie klang. Sie holte tief Luft und sah mich verlegen an. „Tut mir leid, Gemma. Wahrscheinlich hältst du mich für verrückt."

„Nein, ganz und gar nicht", versicherte ich ihr. „Ich kann mir gut vorstellen, wie es Ihnen geht. Vor einem Jahr, als ich den Tearoom eröffnet habe, war ich genauso nervös. Vermutlich ist es ganz normal, wenn man ein eigenes Unternehmen gründet, oder? Man hofft und bangt, dass man alles richtig gemacht hat. Bestimmt zerbrechen Sie sich unnötig den Kopf, das Hotel wird sicher ein großer Erfolg."

Sofia seufzte. „Hoffentlich hast du recht. Ich habe einen sehr tüchtigen Geschäftspartner, einen alten Freund mit jahrelanger Erfahrung im Hotelgewerbe. Außerdem kennt er sich gut mit Werbung und

Öffentlichkeitsarbeit und dergleichen aus. Ich habe ein paar Vorschläge von ihm aufgegriffen und biete im ersten Monat nach der Eröffnung Sonderaktionen an - einflussreiche Mitglieder der Wiener Gesellschaft sind eingeladen, ein paar Tage gratis im Hotel zu verbringen. Wenn es ihnen gefällt, empfehlen sie uns hoffentlich weiter."

„Wow, das ist mehr, als ich je für die Teestube gemacht habe", lachte ich. „Bei der Eröffnung habe ich mich nur vergewissert, dass wir genug Scones haben und das OFFEN-Schild an der Tür richtig herum hängt."

„Apropos Scones – ich muss sie unbedingt probieren." Sofia studierte eifrig die Speisekarte. „In Österreich gibt es köstliche Kuchen und Torten, aber ich muss zugeben, dass ich die typischen britischen Backwaren meiner Kindheit vermisse. Oh, ihr habt Victoria Sponge Cake – und Chelsea Buns! Die habe ich seit Ewigkeiten nicht gegessen. Oh je, alles sieht so verlockend aus, dass ich gar nicht weiß, was ich bestellen soll."

„Wie wär's mit unserem traditionellen Afternoon Tea mit einer Auswahl an Kuchen, Brötchen, Teesandwiches und natürlich frischen Scones – das geht selbstverständlich aufs Haus", fügte ich lächelnd hinzu. „Welchen Tee darf ich Ihnen bringen? Außer verschiedenen Kräutertees haben wir English Breakfast Tea, Darjeeling und Assam – und Earl Grey. Das ist mein persönlicher Favorit."

„Ja, richtiger Tee aus Teeblättern, in einer

Teekanne mit Sieb, nicht diese lächerlichen Teebeutel“, meldete sich meine Mutter zu Wort.

„Manchmal sind Teebeutel sehr nützlich“, wandte ich ein.

„Nein, nein, ich bin mit deiner Mutter einer Meinung“, widersprach Sofia. „Es mag etwas altmodisch wirken, aber es ist schön, wenn man es ‚richtig‘ macht. Das ist es, was ich an Wien so liebe – der Wunsch, Traditionen zu erhalten. Daran festzuhalten, ist bei uns nichts Schlimmes. Es gibt viele Kaffeehäuser, in denen die Zeit stillzustehen scheint. Sie sehen immer noch so aus wie vor hundert Jahren.“

„Das klingt bezaubernd“, sagte ich wehmütig. „Hoffentlich kann ich das eines Tages mit eigenen Augen sehen.“

Sofia nahm meine Hand. „Wenn du nach Wien kommst, musst du bei mir im Hotel wohnen. Für dich gilt der Sonderpreis unbegrenzt. Das ist das Mindeste, was ich für die Tochter meiner alten Freundin tun kann.“ Mit einem Blick auf das Fellbündel auf ihrem Schoß fuhr sie fort: „Und deine kleine Freundin ist natürlich auch willkommen. Wir Österreicher hängen an unseren Haustieren und nehmen sie überall hin mit – in Geschäfte, in Restaurants, in Cafés, sogar in Banken und Büros.“

„Das ist ja toll! Ich wünschte, in England wäre es auch so.“

„In vielen Hotels darf man seine Katze oder seinen Hund mitbringen, selbst in den großen

Etablissements wie dem Hotel Sacher. Für die vierbeinigen Gäste gibt es spezielle Decken, Handtücher, Fressnäpfe und Körbchen. So will ich es in meinem Hotel auch machen."

Kapitel 3

Ich hatte gehofft, früher nach Hause fahren zu können, um mich in aller Ruhe für meine Verabredung mit Devlin fertig zu machen, aber ohne Cassie musste ich allein aufräumen und abschließen, nachdem der letzte Gast gegangen war. So kam es, dass ich gerade noch Zeit hatte, mich umzuziehen und mir mit dem Kamm durch die kurzen Haare zu gehen, nachdem ich mit Müsli zu meinem Cottage geradelt war. Vielleicht lag es am trüben Licht im Badezimmer, dass ich blass und abgespannt aussah und dunkle Ringe unter den Augen hatte. Hastig griff ich nach einem hellrosa Lippenstift und tupfte etwas Farbe auf Lippen und Wangen. Hoffentlich war es im Restaurant so dunkel, dass Devlin mir meine Müdigkeit nicht anmerkte. *Der Urlaub ist längst überfällig*, dachte ich mit einem schiefen Lächeln. *Aber nächste Woche um diese Zeit bin ich braungebrannt und entspannt und sehe aus wie das blühende Leben!*

Devlin hatte einen Tisch im Chutneys reserviert, einem gemütlichen indischen Restaurant in einer Seitenstraße im Zentrum von Oxford. Wir hatten vereinbart, uns dort zu treffen und so wartete er davor auf mich. Ich hielt einen Moment inne, als ich seine hochgewachsene Gestalt sah.

Wie er so in Gedanken versunken in die Ferne starrte, war er der Inbegriff des gutaussehenden Grüblers, als den Cassie ihn immer bezeichnete. Das dunkle Haar war vom Wind leicht zerzaust, die strahlend blauen Augen blickten nachdenklich. Dann bemerkte er mich und seine Miene hellte sich auf, er streckte die Hand aus, als ich näher kam, beugte sich hinunter und gab mir einen raschen, fordernden Kuss.

„Wartest du schon lange?", fragte ich atemlos.

„Nein, erst ein paar Minuten."

Er hielt mir die Tür zum Restaurant auf und bald saßen wir an einem Tisch am Fenster und knabberten Papadams, die wir in fruchtig-süßes Mango-Chutney tunkten. Ich erzählte Devlin munter von den Ereignissen des Tages und erst, als wir beim Hauptgang angekommen waren, fiel mir auf, wie schweigsam er war.

„Stimmt etwas nicht?", fragte ich.

„Nein, wieso?"

„Es ist nur ... na ja, du wirkst ein bisschen niedergeschlagen."

Er wich meinem Blick aus, räusperte sich und sah mir dann direkt in die Augen. „Gemma, ich muss mit dir reden."

„Oh je, das hört sich nicht gut an", sagte ich im Scherz. Als er mein Grinsen nicht erwiderte, wurde mir etwas mulmig zumute.

„Erinnerst du dich an die Ermittlungen in Cowley? An den Fall Hayley Smith?"

Ich runzelte die Stirn. „Ja, es ging um die arme Frau, die in ihrem eigenen Haus ermordet worden ist, nicht wahr? Die Polizei verdächtigt ihren Freund. Aber du arbeitest doch nicht daran, oder?"

Devlin schien sich in seiner Haut nicht mehr wohlzufühlen. „Nun, nein, Shaun Ferguson leitet die Ermittlungen. Aber er hat sich letzte Woche eine heftige Erkältung geholt, die sich zu einer üblen Bronchitis entwickelt hat. Und jetzt hat die Infektion die Lunge angegriffen, er wurde gestern mit einer Lungenentzündung ins Krankenhaus eingeliefert."

„Ins Krankenhaus!" Ich starrte Devlin an. „Aber ich habe Ferguson kennengelernt, er ist ein kerngesunder Bursche, den so leicht nichts umhaut."

Devlin zuckte mit den Schultern. „Auch solche Menschen können krank werden. Ferguson hat in letzter Zeit sehr hart gearbeitet, er hat irre viele Stunden in den Fall gesteckt und ist wahrscheinlich erschöpft. Wie dem auch sei – plötzlich gibt es niemanden, der die Ermittlungen leitet."

Das mulmige Gefühl verstärkte sich. „Was willst

du mir damit sagen, Devlin?"

Er räusperte sich. „Man hat mich gebeten, den Fall zu übernehmen. Ausgerechnet jetzt ist ein kritischer Zeitpunkt erreicht, weil die Sache vor Gericht geht und einige entscheidende Aspekte der Ermittlungen vor dem Prozess noch geklärt werden müssen ..." Er zögerte, dann fuhr er fort: „Sie können den Fall nicht auf Eis legen, während der leitende Ermittler in Urlaub fährt."

Ich sah ihn entsetzt an. „Soll das heißen, dass wir unseren Urlaub verschieben müssen?"

Devlin wand sich vor Unbehagen. „Gemma, es ist sehr wichtig -"

„Nein!", rief ich wütend. „Nicht schon wieder! Das kannst du nicht machen!"

„Gemma -"

„Nein, das ist nicht fair!" Tränen des Zorns brannten mir in den Augen. „Weißt du eigentlich, wie oft wir diese Unterhaltung schon geführt haben? Wie viele Reisen wir geplant und gebucht haben, die wir in letzter Minute absagen mussten, weil du für irgendjemanden eingesprungen bist? Warum du? Hat die Kripo von Oxfordshire niemand anderen?"

„Ich bin am besten dafür geeignet. Ich werde gebraucht."

„Du kannst auch mal eine Pause einlegen. Davon geht die Welt nicht unter, Devlin O'Connor!"

„Das habe ich auch nicht behauptet." Allmählich wurde Devlin ärgerlich. „Kannst du nicht wenigstens versuchen, es zu verstehen? Eine Frau ist ermordet worden und ihr Mörder muss zur Rechenschaft gezogen werden. Das ist wichtig!"

„Und was ist mit uns? Ist unser Urlaub nicht auch wichtig? Warum gehen die Bedürfnisse anderer Leute immer vor?"

„Das habe ich nicht gesagt. Wir können ein andermal verreisen, ein bisschen später -"

„Das sagst du jedes Mal, aber dieses ‚bisschen später' kommt nie. Stattdessen passiert ein weiterer Mord, ein weiterer Überfall, eine Entführung ..."

„Gemma", sagte Devlin sanft. „Das ist mein Job."

„Nein, ist es nicht", gab ich wütend zurück. „Es ist Fergusons Job."

Die Gäste an den anderen Tischen sahen verstohlen zu uns herüber, aber das war mir egal. Natürlich wusste ich insgeheim, dass ich mich kindisch aufführte: Devlin hatte diese Entscheidung sicher nicht leichten Herzens getroffen und wahrscheinlich war er ebenso enttäuscht wie ich, dass wir nicht verreisen würden. Die leise Stimme der Vernunft kam jedoch nicht gegen das Gefühl der himmelschreienden Ungerechtigkeit an.

Ich sah Devlin böse an. „Nicht dein Job ist schuld – *du* bist es! Du mit deiner ach so edlen Arbeitsmoral, die dich glauben lässt, dass du für alles und jeden verantwortlich bist. Du musst immer einspringen, um jeden Preis. Keiner deiner Kollegen würde der Kripo so viel Platz in seinem Leben einräumen." Ich schob frustriert meinen Teller beiseite und stand zitternd vor Wut auf. „Ich fahre nach Hause."

Ohne seine Antwort abzuwarten, schnappte ich mir meine Handtasche und stürmte nach draußen.

***

Ein schrilles Läuten weckte mich am nächsten Morgen. Schlaftrunken tastete ich auf dem Nachttisch nach meinem Handy und unterdrückte ein gequältes Stöhnen, als eine vertraute Stimme in mein Bewusstsein drang.

„Liebling! Ist das nicht eine wunderbare Neuigkeit?"

„Wovon redest du, Mutter?", murmelte ich, setzte mich auf und rieb mir die Augen.

„Von dem Europ-Tearoom-Backwettbewerb! Ich habe gerade Mabel Cooke im Gartencenter getroffen - übrigens, die haben ein fabelhaftes Angebot an Sukkulenten, Schatz, möchtest du welche?"

„Nein, nein! Ich habe genug Grünzeug, Mutter", beteuerte ich mit einem Blick auf die Fensterbank in meinem Schlafzimmer, auf der sich Spinnenpflanzen, Efeu und Aloe Vera drängten. Und das war nur eine kleine Auswahl! Das eifrige Bemühen meiner Mutter, die Luft in meinem Cottage zu reinigen, bescherte mir jede Woche eine neue Zimmerpflanze. Ich hatte Farne im Bad, Begonien in der Küche und eine bunte Mischung aus Gummibäumen, Bromelien und Birkenfeigen, die einen guten Teil meines Wohnzimmers einnahmen.

Meine Mutter sprach unbeirrt weiter, als hätte sie

mich nicht gehört: „... und sie hat mir alles erzählt. Ist es nicht fantastisch, dass deine Scones den ersten Platz belegt haben? Wenn das die Damen in meinem Buchclub hören! Oh, da fällt mir ein, Schatz, möchtest du diesen Roman in den Urlaub mitnehmen? Du weißt schon – er hat hervorragende Kritiken bekommen und sogar Helen meint -"

„Ich fahre nicht weg, Mutter."

„Was um alles in der Welt meinst du damit, Liebling?"

Alle Wut, alle verletzten Gefühle des gestrigen Abends kamen wieder hoch und ich verspürte das Bedürfnis, mich bei meiner Mutter auszuweinen, damit sie alles wieder heil machte, so wie früher, als ich klein war.

Ich sagte mit kläglicher Stimme: „Devlin kann nicht verreisen, Mutter. Er hat es mir gestern Abend gesagt. Da ist dieser blöde Fall ... Also sagen wir unsere Reise nach Malta ab."

„Aber ... das ist ja wunderbar, Schatz!"

Wie bitte?! Ich ließ das Handy sinken und starrte es einen Moment lang verdutzt an, dann hielt ich es wieder ans Ohr. „Nein, du verstehst nicht, Mutter. Es ist furchtbar - es bedeutet, dass ich nicht in Urlaub fahren kann! Und ich hatte mich so darauf gefreut!"

„Unsinn, Liebes. Du kannst auch ohne Devlin verreisen. Man muss sein Leben nicht immer nach den Männern ausrichten, weißt du. Als dein Vater nicht mit nach Indonesien wollte, sind Helen Green und ich eben alleine losgezogen!"

Ja, und ihr habt eine Spur der Verwüstung in Südostasien hinterlassen, dachte ich. Laut sagte ich: „Das war etwas anderes, Mutter. Du wolltest ausprobieren, wie es ist, ohne Dad zu verreisen. Es war ja nicht so, als hättest du einen Urlaub, den du mit Dad gebucht hattest, absagen müssen."

„Ja, in mancher Hinsicht mag die Sache anders gewesen sein, aber das Prinzip ist dasselbe. Du weißt doch: Wenn dir das Leben Zitronen beschert – hm, was sollte man damit noch machen? Konfitüre? Nein, die ist nicht gut für die Zähne. Zitronensaft vielleicht? In Amerika gibt es ein Sprichwort ..."

„Ich glaube, du meinst Limonade, Mutter."

„Limonade? Oh nein, die ist ja noch schlimmer als Konfitüre!"

„Äh ..." Warum hatte ich bei Gesprächen mit meiner Mutter immer das Gefühl, in ein Paralleluniversum zu geraten? „Nein, nein, das Sprichwort lautet: ‚Wenn das Leben dir Zitronen gibt, mach Zitronenlimonade' - ach, egal! Aber was findest du daran wunderbar, dass ich nicht in Urlaub fahren kann?", fragte ich.

„Nun, Mabel meinte, es sei schade, dass du nicht zur Preisverleihung nach Wien fahren kannst - aber jetzt steht dem nichts mehr im Weg!"

„Ich will aber nicht nach Wien fahren", widersprach ich schmollend.

„Ach, Unsinn, Schatz, du bist bockig und tust dir selbst leid." Es war, als hätte meine Mutter meinen Wunsch erraten – sie behandelte mich wie eine

Achtjährige. „Du wolltest doch schon immer nach Wien und das ist die perfekte Gelegenheit." Plötzlich stieß sie einen begeisterten Schrei aus. „Und weißt du was? Du könntest bei Sofia in ihrem neuen Hotel wohnen! Das ist doch eine wunderbare Idee, findest du nicht? Sie würde sich ganz bestimmt freuen. Ich rufe sie gleich an."

„Nein, Mutter, warte!"

Zu spät – sie hatte bereits aufgelegt. Ich ließ mich seufzend in die Kissen zurücksinken. Doch während ich so dalag und wütend an die Decke starrte, dachte ich noch einmal über die Worte meiner Mutter nach. Mit einem Ruck setzte ich mich wieder auf. Vielleicht hatte sie ja recht. Warum bejammerte ich mein Schicksal, wenn ich stattdessen in einer der schönsten Städte Europas Urlaub machen konnte?

Kurzentschlossen rief ich das Reiseunternehmen an, bei dem ich unsere Tickets nach Malta gebucht hatte.

Die junge Frau am anderen Ende der Leitung war verständnisvoll, als ich ihr meine Situation schilderte. Sie rief die Buchung in ihrem Reservierungssystem auf.

„Hmm, für eine volle Rückerstattung ist es leider zu spät ..." Ich hörte das Klappern einer Tastatur. „Aber ich könnte Ihnen eine Gutschrift ausstellen, die Sie für Flüge und Unterkunft zu einem späteren Zeitpunkt verwenden können."

Ich zögerte, dann fragte ich: „Könnte ich einen Teil davon für einen Flug nach Wien verwenden?"

„Ja, das lässt sich machen. Wien ist wundervoll."

„Selbst um diese Jahreszeit?" Ich dachte voller Bedauern an die Sonne und das türkisfarbene Meer auf Malta. Beides würde mir nun entgehen.

„Oh, es ist vielleicht ein bisschen kühl, aber dadurch wird es drinnen umso gemütlicher, nicht wahr?", meinte die junge Frau fröhlich. „Sie können in einem behaglichen Kaffeehaus sitzen, bei heißer Schokolade und Apfelstrudel ..."

Das klang so verlockend, dass sich meine Laune trotz allem zu bessern begann.

Nach dem Gespräch ließ ich mich erneut in die Kissen sinken, diesmal jedoch mit einem zufriedenen Lächeln.

„Miau?", machte Müsli, erhob sich von ihrem Stammplatz am Fußende meines Bettes und kletterte über die Decke nach oben. Sie legte mir die Vorderpfoten auf die Brust und stieß mich sanft mit der Nase an. *„Miau?"*

„Keine Sorge, Müsli, du verpasst nichts", beruhigte ich sie und fasste einen plötzlichen Entschluss. Lächelnd strich ich ihr über den Kopf. „Du kommst mit nach Wien!"

Kapitel 4

„Na, wen haben wir denn hier?" Die pummelige Frau mittleren Alters stand unter einem Schild mit der Aufschrift „HAUSTIERE - CHECK-IN" und streckte lächelnd die Hand nach der Katzentransportbox aus.

„Das ist Müsli." Ich sah nervös zu, wie sie die Box auf den Tresen stellte.

„*Miau!*", machte Müsli. Sie drückte die Nase neugierig gegen die Gitterstäbe und blickte sich mit großen Augen um.

„Hallo, Süße!" Die Frau kitzelte Müsli unter dem Kinn, bevor sie sich ihren Heimtierausweis vornahm. Nach einem flüchtigen Blick auf die Einträge brachte sie ein Etikett an der Transportbox an und nickte mir zu. „Alles okay. Den Rest erledige ich. Ich wünsche Ihnen einen angenehmen Flug - und Müsli können Sie gleich nach Ihrer Ankunft in Wien in Empfang nehmen.“

„Warten Sie!“ Ich legte ihr die Hand auf den Arm. „Wie geht es jetzt weiter? Bleibt Müsli bis zum Boarding hier?“

„Ja, machen Sie sich keine Sorgen. Alle Räume sind klimatisiert und wir achten darauf, dass die Tiere möglichst wenig Stress ausgesetzt sind, wir machen alles in Ruhe und ohne Hektik. Müsli wird in einem speziellen Tier-Taxi zum Flugzeug gebracht, sie kommt als Letzte rein und ist als Erste wieder draußen, also hat sie keine Wartezeiten. Außerdem bekommen die Piloten Bescheid, wenn ein Haustier an Bord ist, damit die Temperatur im Frachtraum entsprechend geregelt werden kann.“

Ich schaute meine Katze besorgt an. „Sie ist also allein im Frachtraum? Meinen Sie, die Motorengeräusche werden ihr Angst machen?“

Die Frau schmunzelte. „Immer wieder die gleichen Fragen! Oft sind Herrchen und Frauchen angespannter als ihre Lieblinge. Die allermeisten Tiere verschlafen den Flug.“ Sie tätschelte mir den Arm. „Sie werden sehen: Wenn Sie sie in Wien abholen, ist sie putzmunter und bei bester Laune.“

Trotz ihres beruhigenden Zuredens war mir mulmig zumute, als die Frau mit der Transportbox durch die Flügeltüren verschwand. Als ich mich auf den Weg zum Abflugterminal machte und mich in die Schlange am Check-in-Schalter einreihte, spürte ich jedoch, wie sich meine Sorgen in Luft auflösten und sich stattdessen eine angenehme Vorfreude ausbreitete. *Ich fahre in den Urlaub!*, dachte ich und sah mit einem zufriedenen Lächeln zu, wie mein Koffer mit einem Etikett versehen und auf das Förderband geschoben wurde.

Meine Vorfreude erhielt jedoch einen empfindlichen Dämpfer, als ich neben mir eine vertraute dröhnende Stimme hörte.

„Wir hätten gerne Plätze neben dieser jungen Dame."

Ich wandte ungläubig den Kopf. Die Silberlocken!

„Mabel? Glenda? Florence? Ethel? Was machen Sie denn hier?" Ich starrte die vier alten Damen fassungslos an.

„Wir kommen mit dir nach Wien, Liebes", verkündete Mabel und hievte einen uralten lavendelfarbenen Koffer auf die Waage.

„*Was?*"

Mabel sah mich stirnrunzelnd an. „Du solltest dir wirklich abgewöhnen, ‚was' zu sagen, Gemma - das ist sehr ungehobelt. Es heißt ‚Verzeihung'. Deine Mutter hat dir sicher bessere Manieren beigebracht."

Ohne auf ihren Tadel einzugehen, fragte ich: „Was soll das heißen: Sie kommen mit mir nach Wien?"

„Na ja, als deine Mutter uns erzählt hat, dass du deine Reisepläne geändert hast, haben wir kurzerhand beschlossen, dass wir endlich mal wieder Urlaub machen sollten", erklärte Mabel.

„Und wie es der Zufall will, hat ihre Freundin Sofia Fritz in ihrem Hotel Platz für uns alle. Ist das nicht wunderbar?", mischte sich Glenda munter ein.

Florence rieb sich begeistert die Hände. „Oh, ich kann es kaum erwarten, all die köstlichen Backwaren zu probieren."

„Ja, in einer Buchhandlung in Oxford habe ich ein wundervolles Kochbuch über die Wiener Küche gefunden, in dem alle Spezialitäten ausführlich beschrieben sind", sagte Ethel und zog einen dicken Wälzer aus ihrer Handtasche. Sie befeuchtete den rechten Zeigefinger und begann, die Seiten durchzublättern. „Es gibt Gugelhupf und Kaiserschmarrn, ach ja, und Quarkknödel ..."

„Wollen Sie einchecken oder was?", ertönte eine zornige Stimme hinter uns. Ein Geschäftsmann im dunklen Anzug sah ungeduldig auf seine teure Armbanduhr und warf den Silberlocken einen finsteren Blick zu. „Ich habe nicht den ganzen Tag Zeit."

Mabel wandte sich der Frau hinter dem Schalter zu, drückte ihr vier Reisepässe in die Hand und deutete auf mich: „Sorgen Sie dafür, dass wir neben dieser jungen Dame sitzen."

Die Frau schürzte die Lippen. „Ma'am, ich fürchte, ich kann nicht ..."

Ich schaute zu den Silberlocken, dann zu dem Geschäftsmann und der immer länger werdenden Schlange hinter ihm und seufzte resigniert. „Das ist schon in Ordnung", sagte ich zu der Frau und nannte ihr meine Sitznummer. „Wir reisen ... ähm ... zusammen."

Als ich zwei Stunden später den Sicherheitsgurt

anlegte, sagte ich mir, dass es vielleicht doch nicht so schlimm werden würde, wie ich zunächst gedacht hatte. Abgesehen davon, dass sie im Duty-Free-Shop nach einem Parfüm gesucht hatten, das bereits 1977 aus dem Programm genommen worden war, und von dem Beamten an der Passkontrolle wissen wollten, ob er eine Freundin habe, hatten sich die Silberlocken bisher bemerkenswert gut benommen. Ich konnte nicht anders: Ich musste grinsen, als ich daran dachte, wie ich mir diesen Tag immer vorgestellt hatte - mit Devlin an meiner Seite, auf dem Weg zu einem erholsamen Urlaub mit Sonne und Strand ... Dass ich in Begleitung von vier energischen alten Damen nach Wien fahren würde, wäre mir nie in den Sinn gekommen! Doch jetzt, wo sie hier waren, genoss ich ihre Gesellschaft.

Ich beugte mich zum Fenster und beobachtete, wie die Landschaft vorbeizog und allmählich in der Ferne verschwand, während das Flugzeug die Startbahn hinunterrauschte und schließlich abhob. Ich verspürte das vertraute Kribbeln in der Magengrube, das sich auch bei der x-ten Flugreise noch einstellte. Plötzlich bohrte sich eine Fingerspitze in meine Schulter: Glenda lehnte sich von der anderen Seite des Ganges zu mir und stieß mich aufgeregt an.

„Gemma! Gemma! Zieh die an!", forderte sie mich eindringlich auf.

Sie hielt mir zwei lange Nylonstrümpfe in einem grässlichen Senfgelb vor die Nase. Ich ergriff sie zaghaft mit Daumen und Zeigefinger.

„Was ist das?"

„Das sind Kompressionsstrümpfe, meine Liebe!" Glenda strahlte mich an. „Das aktuelle Modell. Ich habe sie bei einem Spezialversand für Senioren bestellt. Hundert Prozent Nylon! Es war eine Sonderaktion in ihrem neuesten Versandhauskatalog. Hoffentlich ist es die richtige Größe für dich. Ich wusste nicht mehr, ob du kräftige Waden hast, also musste ich schätzen."

„Äh, okay, danke." Die Strümpfe sahen scheußlich aus, aber ich fand es rührend, dass sie sich meinetwegen solche Mühe gemacht hatte.

Mabel stupste mich ebenfalls an. „Ich habe dir auch etwas mitgebracht", verkündete sie mit bedeutungsschwangerer Stimme.

Ich war mir nicht sicher, ob ich wirklich wissen wollte, was es war, und im nächsten Augenblick bewahrheiteten sich meine schlimmsten Befürchtungen, als Mabel eine Plastiktüte aus ihrer riesigen Lederhandtasche holte. In der Tüte klebten große, schleimige, schwarze Brocken.

„Igitt! Was ist das?" Ich zuckte erschrocken zurück.

„Gedünstete Pflaumen, Liebes. Ich habe sie gestern zubereitet."

„Oh, nein danke", sagte ich schwach.

„Vom Fliegen bekommt man furchtbare Verstopfung", dozierte Mabel. „Daher ist es wichtig, dass man zusätzliche Ballaststoffe zu sich nimmt, die für regelmäßigen Stuhlgang sorgen, und gedünstete Pflaumen sind dafür ideal. Ich esse jeden Morgen ein paar zum Frühstück, und mein Hausarzt sagt, dass mein Stuhlgang sei wirklich beeindruckend, pünktlich wie ein Uhrwerk -"

„Okay, okay, ich nehme welche", unterbrach ich sie hastig. Nicht auszudenken, was die anderen Fluggäste dachten, als Mabels Stimme durch den ganzen Flieger dröhnte. „Gemma! Gemma!" Glenda winkte mir erneut von der anderen Seite des Ganges zu. Sie hielt zwei weitere schlaffe Nylonteile hoch. „Mir ist gerade eingefallen, dass ich auch ein Paar in Grau mit gelben Streifen gekauft habe! Magst du diese Farbe lieber?"

Ich seufzte. Bis Wien waren es nur zwei Stunden, aber ich hatte das Gefühl, dass dies ein sehr langer Flug werden würde ...

Kapitel 5

Sofias Hotel - das Hotel Herzl - lag mitten in der sogenannten Inneren Stadt, dem 1. Gemeindebezirk, in dem sich auch ein Teil des historischen Kerns von Wien befand und der von der berühmten Ringstraße, einem Prachtboulevard entlang der alten Stadtmauer, umschlossen wurde. Es war eine geschichtsträchtige Gegend mit vielen berühmten Sehenswürdigkeiten, von der Hofburg mit ihrer kunstvollen Barockarchitektur bis zur opulenten Staatsoper und natürlich dem berühmtesten Wahrzeichen Wiens: dem riesigen gotischen Stephansdom.

Unser Taxi schlängelte sich gekonnt durch die engen Einbahnstraßen der Inneren Stadt und setzte uns so nah wie möglich am Hoteleingang in einer Seitenstraße im Schatten des Doms ab. Ich half den Silberlocken, ihre Koffer die Treppe hinaufzuschleppen.

Im Erdgeschoss des Gebäudes aus der Gründerzeit lagen Büroräume, sodass die eigentliche Hotellobby im ersten Stock eingerichet war, den man über eine breite, geschwungene Treppe erreichte. Oben angekommen blieben wir erst einmal stehen und sahen uns voller Bewunderung um. Die Lobby war nicht geräumig, aber was ihr an Größe fehlte, machte sie mit ihrem klassischen Charme mehr als wett: hohe, stuckverzierte Decken, cremefarbene Wände mit eleganter Vertäfelung, glänzendes Parkett im Fischgrätmuster und ein auf Hochglanz polierter Empfangstresen aus Mahagoniholz.

„Gemma, herzlich willkommen!" Sofia Fritz trat hinter dem Empfangstheke hervor und eilte uns entgegen.

Sie sah ganz anders aus als in meiner Teestube. Ihr Kleid hatte Ähnlichkeit mit einer hübschen Bauerntracht, allerdings würde keine Bauerntracht einen so eleganten Schnitt und derart luxuriöse Stoffe aufweisen. Sie trug ein rosafarbenes Miederkleid mit geraffter Taille, einem weiten Rock, einer bestickten lavendelfarbenen Schürze und eine weiße Bluse mit Puffärmeln. Es erinnerte mich an die Maria von der Trapp-Familie.

Sofia bemerkte meinen Blick und lächelte. „Gefällt dir mein Kleid? Es ist ein Dirndl, in Österreich die althergebrachte Tracht für Frauen."

„Es ist wunderschön! Ich wusste gar nicht, dass Frauen hierzulande noch Trachten tragen."

„Nun, das Dirndl ist in der Regel nur bei förmlichen Anlässen wie Hochzeiten und bei traditionellen Veranstaltungen und Festen üblich. In der Tourismusbranche sind sie allerdings weit verbreitet, den Gästen zuliebe." Sofia ließ den weichen, seidigen Stoff ihrer Schürze durch die Finger gleiten und lachte. „Es stellt auf jeden Fall eine angenehme Abwechslung zu einem Kostüm mit Bleistiftrock oder anderen Business-Outfits dar." Sie legte mir eine Hand auf die Schulter. „Komm, du bist sicher müde von der Reise und möchtest dein Zimmer sehen. Ah, und da ist Müsli!" Sie beugte sich hinunter und schaute durch die Tür der Katzenbox.

„Ja, ich habe mir Sorgen gemacht, dass ihr der Flug nicht bekommt, aber sie scheint die Umstellung mit Bravour zu meistern."

„*Miau!*", machte Müsli und steckte eine kleine weiße Pfote durch die Gitterstäbe, um Sofia die Hand zu tätscheln.

„Ich habe eine Decke und ein paar Näpfe für sie vorbereitet, eine Kunststoffwanne mit Streu steht in deinem Badezimmer. Sag mir bitte Bescheid, wenn du noch etwas brauchst."

„Oh, das ist wirklich nett von Ihnen – ich hatte gar nicht erwartet, dass Sie etwas für sie bereitstellen würden", sagte ich überrascht.

Sofia lächelte. „Im Hotel Herzl tun wir alles dafür, dass sich unsere Gäste wie zu Hause fühlen." An die Silberlocken gewandt sagte sie: „Und Sie müssen die Freundinnen von Evelyn sein."

„Oh, ja - entschuldigen Sie, wie unhöflich von mir!", sagte ich und stellte die Damen eilig vor.

Dann warteten wir, während Sofia zu der Wand hinter dem Empfangstresen ging. Sie war mit mehreren Reihen hölzerner Fächer ausgestattet, die mich an die Postfächer in der Portierloge meines Colleges in Oxford erinnerten. Aus der obersten Reihe zog sie einen altmodischen Schlüssel mit einem schweren Schlüsselanhänger hervor.

„Bitte sehr", sagte sie und reichte ihn mir. „Der Schlüssel zu eurer Suite. Wenn ihr rausgeht, könnt ihr ihn hier an der Rezeption abgeben."

Ich schloss lächelnd die Finger um den massiven Anhänger. Es war ewig her, dass man mir in einem Hotel einen echten Schlüssel statt einer elektronischen Magnetkarte gegeben hatte.

Wir wollten gerade gehen, als ein dünner Mann mit angegrautem Haar und exakt gestutztem Schnurrbart aus dem Aufzug neben der Treppe trat. Bei seinem Anblick erhellte sich Sofias Miene. Sie winkte ihn zu sich.

„Darf ich den Damen den Concierge vorstellen? Dies ist Stefan Dreschner. Er ist zugleich mein Geschäftspartner."

„Freut mich, Sie kennenzulernen. Ah, warten Sie, ich helfe Ihnen mit dem Gepäck", sagte er galant und nahm uns die Koffer nacheinander ab und trug sie zum Aufzug. Wie Sofia sprach er fließend Englisch, allerdings mit einem stärkeren Akzent. Darüber hinaus strahlte er die freundliche Gelassenheit und charmante Dienstfertigkeit eines guten Concierge aus.

„Stefan ist mir eine große Hilfe." Sofia betrachtete ihn so hingebungsvoll, dass ich mich fragte, ob er vielleicht mehr als ihr Geschäftspartner war. „Er hat viele Jahre in verschiedenen Hotels in Wien gearbeitet und verfügt neben seinen Erfahrungen in der Tourismusbranche auch über zahlreiche nützliche Kontakte! Viele Stammgäste, die er in den anderen Hotels kennengelernt hat, sind inzwischen wie alte Freunde, und ein paar nehmen unser Eröffnungsangebot wahr und wohnen kostenlos im Hotel."

„Oh ja, ich erinnere mich, dass Sie bei Ihrem Besuch im Tearoom davon erzählt haben." Zu Stefan gewandt sagte ich: „Das ist eine sehr gute Idee, finde ich."

Der Concierge neigte den Kopf. „Danke. Ja, ich hoffe, dass es ihnen hier gefällt und sie uns bei ihren Freunden weiterempfehlen oder sogar im Internet eine Bewertung abgeben."

„Ach, diese Bewertungen." Sofia verzog das Gesicht. „Nicht zu fassen, wie sehr wir in der Hotelbranche heutzutage von Online-Kommentaren und Blogs und sozialen Medien abhängen. Viele Leute machen ihre Entscheidung, zu buchen oder nicht zu buchen, von ein paar Sätzen im Internet abhängig. Ich finde das nicht richtig."

„Tja, Sofia, die Welt verändert sich und man sollte mit den Veränderungen Schritt halten, statt sich dagegen zu wehren", wandte Stefan ein. „Auf jeden Fall ist es nur fair, wenn Gäste ihre Eindrücke mit anderen teilen."

„Aber es sind eben nur persönliche Eindrücke, kein objektives Urteil", protestierte Sofia. „Es handelt sich lediglich um *eine* Meinung, *eine* Momentaufnahme, und dafür haben diese Kommentare viel zu viel Einfluss. Man sollte -"

„Ich bin sicher, Sie bekommen hervorragende Bewertungen", versuchte ich sie zu besänftigen. „Ich werde auf jeden Fall einen begeisterten Kommentar ins Netz stellen, sobald ich wieder zu Hause bin."

Sofia hatte sich ein wenig beruhigt. „Danke, Gemma, das ist nett von dir, aber du musst natürlich ehrlich deine Meinung sagen."

Ich lachte. „Oh, keine Sorge, ich schreibe einen ehrlich begeisterten Kommentar. Mir gefällt das Hotel jetzt schon", sagte ich und sah mich um.

„Wie wär's mit einer kurzen Führung?", fragte Sofia eifrig. „Es ist gerade Zeit für den Afternoon Tea, den die Gäste im Speisesaal oder in der Lounge einnehmen können. Natürlich trinken die Österreicher lieber Kaffee als Tee und das den ganzen Tag über, nicht nur am Nachmittag. Ich muss allerdings zugeben, dass ich mir seit meiner Kindheit in England eine Vorliebe für Tee bewahrt habe. Kommen Sie, ich zeige Ihnen alles – oh, um Ihr Gepäck brauchen Sie sich nicht zu kümmern, Stefan kann es nach oben bringen."

„Ich glaube, wir gehen mit ihm, Gemma", sagte

Florence. Sie massierte sich mit einer Hand den Rücken und verzog dabei das Gesicht. „Ich würde jetzt gerne die Füße hochlegen und eine Tasse Tee trinken."

Mir fiel plötzlich auf, dass die Silberlocken ungewöhnlich still waren, seit uns das Taxi vor dem Hotel abgesetzt hatte. Selbst Mabel wirkte längst nicht mehr so herrisch wie sonst und schien nichts gegen Florence' Vorschlag einzuwenden haben. Beim Anblick ihrer müden, alten Gesichter bekam ich ein schlechtes Gewissen. Die Silberlocken waren rührig und mischten sich in alles ein, aber es ließ sich nicht leugnen, dass sie achtzig Jahre und älter waren – und eine Reise wie diese war selbst für jemanden anstrengend, der nur halb so alt war wie sie. Dafür hielten sie sich noch ganz wacker. Ich nahm mir vor, in Zukunft mehr Rücksicht auf sie zu nehmen.

„Natürlich", sagte ich schnell. Ich hielt die Katzenbox hoch. „Könnten Sie Müsli mitnehmen? Bestimmt möchte sie sich die Beine vertreten und unser Zimmer erkunden."

Während die Silberlocken mit Stefan in den Aufzug stiegen, führte mich Sofia durch eine Flügeltür in einen breiten Flur, von dem mehrere Räume abgingen. Als Erstes kam die Gästelounge mit einer kleinen Bibliothek in einem Alkoven, der sich um eine Zimmerecke anschloss. Durch die Grün- und Beigetöne von Wänden und Vorhängen, die gemütlichen Ledersofas, die dunkle Holzvertäfelung und ein paar Hirschgeweihe erinnerte der Raum an einen klassischen Herrenclub.

Am Fenster saß ein chinesisches Paar mit einem kleinen Mädchen über bunt bebilderte Informationsbroschüren gebeugt und zuerst dachte ich, die drei seien die einzigen Gäste. Doch als ich Sofia zu der Bibliothek folgte, stellte ich zu meiner Überraschung fest, dass in einem Ohrensessel an einem der Bücherregale ein Mann saß, der durch die hohe Rückenlehne kaum zu sehen war. In einer Hand hielt er ein Buch und auf den Knien balancierte er einen Teller mit einem Stück Apfelstrudel. Er zuckte schuldbewusst zusammen, als wir neben ihm auftauchten.

„Herr Müller, Sie wissen doch, dass Essen und Trinken in der Bibliothek nicht erlaubt sind", ermahnte ihn Sofia freundlich.

Der Mann stellte den Teller schnell auf ein Tischchen neben dem Sessel und erhob sich lächelnd. Er zwinkerte uns gut gelaunt zu. „Ich bitte vielmals um Entschuldigung, aber ich konnte der Versuchung nicht widerstehen und habe mir einen Nachschlag von dem köstlichen Apfelstrudel genommen. Und da ich unbedingt in meinem Buch weiterlesen wollte, erschien es mir passend, beide Vergnügungen miteinander zu verbinden. Leider habe ich die Hausordnung dabei vergessen."

Er war eher klein, mit beginnender Glatze, hellbraunen Augen und einem schmalen, klugen Gesicht. Sein Anzug wirkte etwas altmodisch, war jedoch von guter Qualität. Zu seinem strahlend weißen Hemd trug er eine rötlichbraune Fliege mit so viel Würde, dass man gar nicht auf den Gedanken kam, sie lächerlich zu finden. Er erinnerte mich an die Dons in Oxford und ich fragte mich, ob er Akademiker war.

Sofia stellte uns vor und fügte hinzu: „Herr Johann Müller ist der Besitzer und Kurator eines wunderbaren Privatmuseums. Du musst es dir unbedingt ansehen!"

Herr Müller hüstelte verlegen. „Es ist nur ein ganz kleines Museum, kein Vergleich mit den bedeutenden Sammlungen, die so viele Touristen anlocken."

„Das mag sein", erwiderte Sofia, „aber Sie haben ein paar berühmte Gemälde vorzuweisen, vor allem aus der Zeit der Wiener Secession und des Jugendstils. Und Sie haben einen Originalstuhl von Koloman Moser! Stell dir vor, Gemma, in seinem Museum hängt sogar ein Werk von Klimt! Man nimmt an, dass es zu den Porträts gehört, die Hitler für seine private Sammlung hat stehlen lassen." Sofia lächelte. „Das ist so eine romantische Geschichte, wie Herr Müller das Gemälde bei einem Nachlassverkauf entdeckt hat; die muss er dir bei Gelegenheit einmal erzählen."

Wieder hüstelte Müller verlegen. „Ich hatte einfach großes Glück, das ist alles. Ich wusste nicht einmal, ob ich mit meiner Einschätzung richtig lag. Eigentlich war es kaum mehr als eine vage

Vermutung. Ich habe erst gefeiert, als mehrere Experten das Gemälde für echt erklärt hatten.“

„Und es war so aufregend, als es endlich authentifiziert worden ist! Ich erinnere mich an den Tag, als das Bild zum ersten Mal der Öffentlichkeit vorgestellt wurde. Viele Touristeninformationen listen Herrn Müllers Museum inzwischen als eine der wichtigsten Sehenswürdigkeiten für Kunstliebhaber.“

„Was stellt das Bild dar?“

„Es ist das Porträt einer Dame, die ihre Siamkatze in den Armen hält. Wussten Sie, dass Klimt ein großer Katzenfreund war?“

„Nein, das wusste ich nicht – ich dachte immer, er sei ein großer Freund der Damenwelt gewesen“, lachte ich.

„Ja, das war er auch“, bestätigte Sofia augenzwinkernd. „Aber Katzen mochte er ebenfalls und hatte immer viele in seinem Atelier. Es gibt ein Foto von ihm mit seiner Lieblingskatze auf dem Arm. Er trägt seinen berühmt-berüchtigten Malerkittel, den er für gewöhnlich bei der Arbeit anhatte – und sonst nichts!“

„Typisch exzentrischer Künstler!“ Ich verdrehte die Augen. „Aber ich mag seine Bilder, vor allem ‚Der Kuss‘. Als kleines Mädchen habe ich zum ersten Mal eine Kopie davon gesehen und kann es kaum erwarten, das Original im Belvedere zu bestaunen.“ Mit einem Blick auf Herrn Müller fügte ich schnell hinzu: „Aber Ihre Sammlung werde ich auch besuchen.“

Er deutete eine Verbeugung an. „Es wäre mir eine Ehre, Ihnen alles zu zeigen."

„Oh, das brauchen Sie -"

„Nein, nein, es ist ein Vergnügen, eine nette junge Dame wie Sie durch mein Museum zu führen", sagte er mit altmodischer Galanterie. „Ich betrachte es als einen der Vorzüge meines Aufenthaltes im Hotel Herzl."

„Wir waren so froh, dass Sie Stefans Einladung angenommen haben", seufzte Sofia glücklich. „Für uns ist es etwas ganz Besonderes, Sie als angesehenen Vertreter der Wiener Kunstszene hier beherbergen zu dürfen."

Müller bedankte sich mit einer weiteren Verbeugung. „Nein, die Freunde ist ganz meinerseits. Ich fühle mich geehrt, einer Ihrer ersten Gäste zu sein. Hier ist es sehr schön und vor allem Ihr Apfelstrudel hat es mir angetan" – er wies auf seinen Kuchenteller. „Er ist fantastisch - ich würde schon allein wegen des Apfelstrudels wiederkommen! Machen Sie den selbst?"

Sofia lachte. „Ja, ich bereite ihn nach einem alten Rezept meiner Mutter zu. Es freut mich, dass er Ihnen schmeckt. Danke!"

Wir überließen Müller seinem Buch und seiner süßen Köstlichkeit und Sofia zeigte mir die restlichen Räume auf dieser Etage: einen weitläufigen, elegant eingerichteten Speisesaal gegenüber der Gästelounge und um die Ecke des L-förmigen Flures ein geräumiges Zimmer mit einem alten Flügel und zwei gemütlichen Sesseln an einem großen offenen Kamin. In der Luft hing dichter Zigarettendunst, trotz der halb geöffneten Fenstertüren, die zu einem breiten Balkon führten.

„Hier war früher der Musiksalon, aber einige Gäste benutzen ihn als Raucherzimmer." Sofia verzog angewidert das Gesicht. Als sie meinen überraschten Blick bemerkte, fügte sie hinzu: „Ja, du wirst feststellen, dass man in Österreich in vielen Restaurants und Cafés noch rauchen darf. Ich weiß, es scheint schier unglaublich, dass so etwas heutzutage erlaubt ist. Die Regierung erwägt seit Längerem ein Rauchverbot, aber sie stößt auf heftigen Widerstand. Das Rauchen ist einfach Teil der Kaffeehauskultur. In einem typischen Wiener Kaffeehaus bestellt man sich einen Kaffee und raucht eine Zigarette." Sie zuckte mit den Schultern. „Während in anderen Ländern ein striktes Rauchverbot durchgesetzt wird, hat man sich in Österreich für getrennte Raucher- und Nichtraucherbereiche entschieden."

Wir gingen auf den Balkon, auf dem am Rand einige Topfpflanzen aufgereiht waren – welke Geranien, Kräuter und eine Kletterrose, die noch ein paar verblasste Blüten aufwies. Ich trat ans Balkongeländer und blickte mich um. Unter mir lag ein ummauerter Garten an der Rückseite des Hotels, daran schloss sich eine Straße an, die zu einem kleinen Park führte.

„Ich dachte, ein ansprechend gestalteter Balkon

würde meine Gäste ermuntern, zum Rauchen nach draußen zu gehen", erklärte Sofia und wies auf die Blumentöpfe, „aber es ist recht spät im Jahr, die Blumen sind verblüht und braun – oh, Vorsicht!"

Ich war der Kletterrose zu nahe gekommen und hatte mich mit meinem Pullover in den Dornen verhakt. Sofia half mir, mich zu befreien. „Tut mir leid", sagte sie. „Die wollte ich zurückschneiden, sie ist so schnell gewachsen. Aber es gab viel zu viel zu tun ..." Sie seufzte. „Eigentlich müsste ich mich mehr um die Pflanzen kümmern, es sieht alles so unordentlich aus."

„Nein, das finde ich nicht", beruhigte ich sie. „Ich glaube, den meisten Leute fällen die Blumen gar nicht auf, und wenn Sie im Frühjahr ein paar Stühle auf den Balkon stellen, werden die Gäste sicher gerne hier draußen sitzen, auch die Nichtraucher."

Nach unserem Rundgang brachte mich Sofia zu unserer schönen hellen Suite. Sie bestand aus einem Wohnbereich, einem Bad und zwei Schlafzimmern. Wie der Rest des Hotels war sie einfach, aber elegant eingerichtet, mit blau gemusterten Tapeten und idyllischen Landschaftsbildern an den Wänden.

„Leider sind in den Schlafzimmern jeweils nur zwei Betten", bemerkte Sofia entschuldigend. „Deshalb habe ich im Alkoven ein zusätzliches Bett aufgestellt - ich hoffe, es macht dir nichts aus, Gemma."

Sie wies auf den hinteren Teil des Wohnbereichs, an den sich um die Ecke eine große Nische anschloss.

Unsere Suite befand sich offensichtlich unmittelbar über der Gästelounge mit der Bibliothek und war genauso geschnitten. Aus unerfindlichen Gründen hatte man an einer Seite des Gebäudes einen rechteckigen Vorsprung angefügt, der sich wie ein Turm an die Hauswand schmiegte und über alle Etagen reichte. Dadurch hatten die Räume keinen konventionellen Grundriss, nichts war symmetrisch, was bei der Einrichtung sicher ein Problem darstellte, dem Hotel aber zusätzlichen Charme verlieh.

Im Alkoven war eine Klappliege aufgebaut, daneben befand sich ein improvisierter Nachttisch und neben dem Fenster stand eine Kommode. Am Fußende des Bettes war eine Decke für Müsli ausgebreitet, während mein Gepäck ordentlich auf einem Kofferständer in der Ecke lag.

„Das sieht richtig gemütlich aus", versicherte ich Sofia lächelnd. „Außerdem habe ich eine fantastische Aussicht."

„*Miau?*" Müsli sprang auf die Fensterbank. Gemeinsam sahen wir hinaus auf die Dächer Wiens, die sich vor uns ausbreiteten. Links unten konnte ich den Balkon vor dem Musiksalon sehen, auf dem wir eben noch gestanden hatten.

„Dann lasse ich euch in Ruhe auspacken - vielleicht habt ihr ja Lust, zum Nachmittagskaffee nach unten zu kommen?", schlug Sofia vor, als wir ins eigentliche Wohnzimmer zurückgingen. „Am

Buffet im Esszimmer gibt es Tee und Kaffee und eine Auswahl an traditionellen Wiener Köstlichkeiten."

Ein Blick in die angrenzenden Schlafzimmer zeigte mir, dass die Silberlocken sich erholt hatten. Florence, Ethel und Glenda räumten ihre Sachen in Schränke und Schubladen, während Mabel auf ihrem Bett saß, in einem Reiseführer blätterte und den anderen mit ihrer üblichen herrischen Art das Programm für den morgigen Tag verkündete.

Als sie Sofias Bemerkung hörte, blickte sie auf und sagte: „Wo Sie gerade von traditionellen Köstlichkeiten sprechen - hier steht, dass man bei einem Besuch in Wien unbedingt ein Stück Sachertorte probieren muss."

Sofia lachte. „Oh ja, das kann ich nur empfehlen. Angeblich ist Sachertorte die berühmteste Schokoladentorte der Welt."

„Was ist da drin?", fragte ich.

„Das weiß niemand so genau, das Originalrezept ist streng geheim. Im Grunde ist es ein sehr reichhaltiger, bittersüßer Schokoladenkuchen mit Schichten aus Marillenmarmelade und einer Schokoladenglasur."

„Hm, allein die bittersüße Schokolade hört sich köstlich an!", schwärmte ich.

„Dann solltet ihr sie probieren. Das Hotel Sacher ist ganz in der Nähe. Außerdem müsst ihr auch die traditionellen Wiener Kaffeespezialitäten kosten, etwa den Einspänner. Das ist ein Mokka mit einer Sahnehaube, der in einem Henkelglas serviert wird.

Früher haben ihn die Kutscher auf dem Kutschbock getrunken, angeblich weil die Sahne verhindert hat, dass der Kaffee zu schnell abkühlt."

„Was für eine wunderbare Geschichte!", rief Ethel begeistert. „So einen bestelle ich mir und dann tue ich so, als würde ich eine Kutsche lenken."

Ich warf ihr einen zweifelnden Blick zu. *Oh-kay.*

„Ihr bekommt dort auch ein frühes Abendessen, wenn ihr mögt. Im Café werden einfache Mahlzeiten wie Suppen und Sandwiches angeboten."

„Das Programm für den Abend steht", grinste ich. „Sachertorte, wir kommen!"

Kapitel 6

Das Hotel Sacher war eine Wiener Institution und machte seinem Ruf alle Ehre. Ende des 19. Jahrhunderts als Mittelpunkt des kulturellen Lebens von Wien erbaut, wurde es bald zum bevorzugten Treffpunkt für Mitglieder des Königshauses, einflussreiche Politiker und andere berühmte Persönlichkeiten und war immer noch eines der luxuriösesten Hotels der Welt. Das prächtige Interieur war mit Perserteppichen, kostbaren Antiquitäten, Barock- und Rokokomöbeln ausgestattet, und alles verströmte den Hauch hochherrschaftlicher Eleganz. Im ersten Moment, als ich in dem opulenten Foyer stand und mich verstohlen umsah, fühlte ich mich inmitten von so viel Glanz und Glamour ein wenig verloren. Ich hätte mich nicht gewundert, wenn plötzlich ein Hollywoodstar oder eine blaublütige Prinzessin im

Blitzlichtgewitter lauernder Paparazzi aufgetaucht wäre, und ich war fast ein wenig enttäuscht, als sich die Gästeschar, die aus den schönen originalgetreuen Aufzügen stieg, als eine Gruppe fröhlicher amerikanischer Touristen entpuppte.

Ein freundlicher Türsteher mit Zylinder und purpurrotem Mantel wies uns den Weg zum Eingang des Café Sacher um die Ecke. Das Café war mindestens so opulent ausgestattet wie das Hotel selbst, mit rotem Samt bezogenen Sitzbänken, funkelnden Kronleuchtern und Tischen mit gusseisernen Beinen und marmornen Tischplatten. Eine Serviererin in der traditionellen schwarz-weißen Uniform (jawohl, bis hin zum weißen Rüschenhäubchen!) geleitete uns zu einer gemütlichen Nische und und reichte uns die Speisekarte, die sie uns in Ruhe studieren ließ.

Schon bald wurden wir jedoch durch ein Pärchen in der Nische neben unserer abgelenkt. Das Café war nicht sehr groß und die Tische standen dicht beieinander, sodass man die anderen Gäste kaum ignorieren konnte – schon gar nicht, wenn sie sich derart hingebungsvoll küssten, dass sie die Kuchenteller auf ihrem Tisch komplett zu vergessen schienen.

„Na so was! Die jungen Leute von heute ..." Mabel schüttelte missbilligend den Kopf. „Überhaupt kein Schamgefühl!"

„Ich finde es romantisch", sagte Glenda und sah wehmütig zu den beiden hinüber. „So verliebt zu sein, dass es einem egal ist, wer einen sieht …“ Sie seufzte verträumt. „Ich kann mich erinnern, dass ich auch einmal so verliebt war!“

„Einmal?“, schnaubte Mabel. „Ich würde sagen, du bist jede Woche in einen anderen verliebt, Glenda!“

Ethel und Florence kicherten.

„Ja, es gab sicher den einen oder anderen Mann in meinem Leben, das gebe ich zu“, erwiderte Glenda würdevoll.

„Den einen *und* den anderen, würde ich sagen“, meinte Mabel bissig. „Du bist nicht gerade wählerisch – dem Kerl, mit dem du letztens beim Bingo geplaudert hast, fielen fast die dritten Zähne aus dem Mund!“

Glenda starrte sie böse an. „Nun, nicht alle sind so alt und verschrumpelt, dass sie ein wenig Romantik nicht zu schätzen wüssten!“

„Äh, wissen Sie schon, was Sie bestellen wollen?“ Ich hielt es für ratsam, das Thema zu wechseln.

„Oh ja, ich freue mich auf eine Romanze mit einem Stück Sachertorte“, kicherte Florence.

Schließlich bestellten die Silberlocken je ein Stück Sachertorte. Entweder lag es an unserem Spaziergang durch den kühlen Herbstabend oder an meiner ungezügelten Gier – jedenfalls entschied ich mich für den süßen Sacher-Turm, einen vierstöckigen Tortenständer mit großen Stücken Sachertorte mit frischer Schlagsahne, Schokoladenmousse mit saftigen Erdbeeren und spritzigem Sorbet, einem weichen, luftigen Pfannkuchen, gefüllt mit Beerenkompott und mit Puderzucker bestäubt, und zum guten Schluss einer Auswahl an Schokoladenbonbons.

All die köstlichen Naschereien boten einen wundervollen Anblick, doch als ich zur Gabel griff, kamen mir Zweifel, ob ich mit meiner Bestellung eine kluge Entscheidung getroffen hatte. Zum Glück ließ sich Florence, die für ihr Leben gerne aß, nicht lange bitten und langte ordentlich zu, doch selbst mit ihrer Hilfe war mir ein wenig übel, nachdem wir uns durch die vier Etagen gearbeitet hatten. Als ich mich nach getaner Arbeit zurücklehnte und dabei mit Mühe ein wenig damenhaftes Stöhnen unterdrückte, fiel mein Blick auf einen Herrn am Nebentisch, der mich amüsiert beobachtete. Er war ein gutaussehender, weltgewandt wirkender Mittfünfziger in einem schicken dunklen Anzug und einer grauen Seidenkrawatte, die seine grauen Schläfen betonte. Mir fiel auf, dass vor ihm nur ein kleines Tablett mit schwarzem Kaffee und einem Glas Wasser stand.

„Ich wünschte, ich hätte mich zurückgehalten, so wie Sie", sagte ich reumütig.

Er lachte. „Das ist etwas, was wir Wiener schnell lernen, sonst verlieren wir inmitten all der köstlichen Kuchen und Leckereien den Verstand. Obwohl ... diese reizende Dame scheint keine Probleme mit der Disziplin zu haben", fügte er mit Blick auf Glenda hinzu.

Sie lächelte affektiert. „Das ist nett, dass Sie das

sagen, aber in meinem Alter muss man wirklich auf seine Figur achten."

Der Herr musterte sie mit übertriebener Verwunderung. „In *Ihrem* Alter? Sie können doch keinen Tag älter sein als ich mit meinen fünfundfünfzig."

Ich wollte die Augen verdrehen, aber Glenda errötete vor Freunde. Bald waren sie und unser Tischnachbar ins Gespräch vertieft, während die anderen Silberlocken und ich ein wenig verdutzt zusahen. Als es schließlich Zeit war, die Rechnung zu bezahlen und uns zu verabschieden, mussten wir die widerwillige Glenda förmlich mitzerren.

„Es war so schön, mit Ihnen zu plaudern, Herr Wagner. Ich wünschte, wir könnten uns länger unterhalten ...", sagte Glenda wehmütig, als der Herr sich, ganz der Gentleman, ebenfalls höflich erhob.

„Bitte, nennen Sie mich Moritz", sagte er freundlich. „Und das Zentrum von Wien ist nicht groß - vielleicht begegnen wir uns ja wieder. Darf ich fragen, ob Sie in einem Hotel in der Nähe wohnen?"

Ich zögerte, weil ich nicht wusste, ob es klug war, einem völlig Fremden unsere Adresse zu geben, aber Glenda antwortete sofort: „Oh ja, wir wohnen im Hotel Herzl gleich um die Ecke."

Seine Augenbrauen schossen in die Höhe. „Im Hotel Herzl? So ein Zufall! Dort wohne ich auch."

„Aber sagten Sie nicht, Sie seien Wiener?", fragte ich.

Er legte den Kopf schief. „Ja, das bin ich. Aber ein

Freund von mir hat eine Einladung zu einem kostenlosen Aufenthalt in dem neu eröffneten Hotel bekommen und hat mir vorgeschlagen, ebenfalls ein paar Tage dort zu verbringen. Ich bin Kunstkritiker", erklärte er, „außerdem schreibe ich in einer überregionalen Zeitung eine beliebte Kolumne über das Leben in Wien und habe eine große Fan-Gemeinde in den sozialen Medien. Deshalb bittet man mich oft, neue Etablissements in der Stadt zu besprechen."

„Oh, das ist ja wunderbar!" Glenda klatschte begeistert in die Hände. „Dann sehen wir uns sicher morgen früh beim Frühstück."

Er verzog leicht das Gesicht. „Falls ich es ertragen kann, eine weitere Mahlzeit in diesem Speisesaal einzunehmen. Furchtbar, vor allem die Bedienung."

„Das sind sicher nur Kinderkrankheiten." Ich wollte Sofia Fritz unbedingt in Schutz nehmen. „Wahrscheinlich hat jeder neue Betrieb dieser Art am Anfang ein paar Schwierigkeiten, das ist doch normal."

Er schnaubte. „Im Gegenteil: Ein Hotel, das etwas auf sich hält, darf sich keine Fehler erlauben, und ich werde nicht zögern, die Probleme anzusprechen. Heutzutage findet man sich viel zu schnell mit mangelnder Qualität ab. Wenn Leute wie ich, die Einfluss haben, nicht darauf hinweisen, kann man kaum auf Verbesserungen hoffen."

„Hm, vielleicht haben Sie recht", murmelte ich. Seine arrogante und unnachgiebige Art begann mich zu ärgern.

Ich behielt meine Gedanken jedoch für mich, zumal Glenda völlig vernarrt in ihn zu sein schien. Auf dem Rückweg zum Hotel schwärmte sie uns ununterbrochen vor, wie charmant er sei.

Müsli wartete schon sehnsüchtig auf uns, als wir in unser Hotelzimmer zurückkehrten, und nachdem ich sie gefüttert hatte, beschloss ich, mit ihr eine Runde um den Block zu drehen, um etwas frische Luft zu schnappen. Während die Silberlocken eine nach der anderen ein Bad nahmen, schnallte ich meiner kleinen Katze das Laufgeschirr um, nahm sie auf den Arm und ging mit ihr die Treppe hinunter. Da die Gästelounge und die Lobby menschenleer zu sein schienen, ließ ich Müsli ein wenig herumlaufen, achtete aber darauf, dass sie nicht an den Möbeln kratzte, bevor wir die Haupttreppe hinunter zur Straße gingen.

Inzwischen war es dunkel geworden und in der Luft lag ein herbstlicher Hauch. Ich schlug den Mantelkragen hoch und ging mit Müsli vorsichtig um die Ecke in die Gasse, die seitlich am Hotel vorbeiführte. Eigentlich hatte ich nur einen kurzen Spaziergang machen wollen, aber Müsli wurde immer langsamer und blieb schließlich an einer Rasenfläche neben dem Hotel stehen.

„Komm schon, Müsli", sagte ich ungeduldig und zog leicht an der Leine.

Wie üblich hörte sie nicht auf mich, sondern begann, Gras zu fressen. Zu Hause hatte ich einen kleinen Topf mit Katzengras auf der Fensterbank stehen, das Müsli mit Begeisterung abfraß. Jetzt rupfte sie eifrig die Grashalme ab und kaute langsam.

Ich übte mich in Geduld; erfahrungsgemäß konnte es eine Weile dauern, bis sie fertig war. Als ich so dastand, hörte ich über mir aus einem hell erleuchteten Fenster Stimmen, die mir bekannt vorkamen. Wenn mich meine Erinnerung nicht trog, musste an dieser Seite der private Bereich des Hotels sein, wo Sofia und Stefan wohnten. Es hörte sich an, als würden sie sich heftig streiten. Sofias Stimme schallte schrill und wütend durch die Abendluft.

„... es ist mir egal, was er sagt. Ein solcher Fehler kann schon mal passieren, und es gab keinen Grund, so unhöflich zu werden!"

Stefans Stimme war beschwichtigend. Er sagte etwas auf Deutsch, und als sie nicht antwortete, fügte er auf Englisch hinzu: „Moritz Wagner gehört zu einer besonderen Sorte von Gast, die in Hotelkreisen bestens bekannt ist - sie gilt als schwierig, anspruchsvoll und völlig irrational. Aber leider gehört sie zum Hotelgewerbe wie die Angestellten und die Touristen. Du darfst das nicht so an dich herankommen lassen."

„Ich kann es nicht ändern! Du weißt, dass er eine Kritik über das Hotel schreibt ..."

„Und wir haben keinen Einfluss auf das, was er schreibt. Wir können nur unser Bestes geben und hoffen, dass er uns eine faire Bewertung gibt."

„Aber seine Bewertungen sind nie fair!", sagte Sofia verbittert. „Du weißt doch, dass Wagner in seiner Kolumne gerne über andere herzieht. Er behauptet, dass er damit seine Leser informieren und gleichzeitig unterhalten will, aber ich glaube, es geht ihm allein um das Gefühl, Macht über andere Leute zu haben und sich über sie zu erheben. Hast du letzten Monat die Kritik über das neue ungarische Restaurant gelesen? Sie war schrecklich!" Sie stöhnte auf. „Ich könnte es nicht ertragen, wenn er so etwas über uns schreiben würde. Das wäre unser Ruin!"

„Sofia ..." Stefan hörte sich an, als würde er langsam die Geduld verlieren. „Vielleicht machst du dir umsonst Sorgen. Wagners Kritik muss gar nicht so katastrophal ausfallen, wie du befürchtest. Und außerdem ..."

Seine Stimme wurde lauter, als er sich dem Fenster näherte, und ich wich schnell zurück, weil ich nicht gesehen werden wollte. In meiner Hast strauchelte ich – und im nächsten Moment ertönte ein schrilles Kreischen. Ich war Müsli versehentlich auf den Schwanz getreten.

„Was zum Teufel war das?"

Ich zuckte zusammen, als plötzlich das Fenster aufgerissen wurde und Stefan und Sofia auf mich herabstarrten.

„Oh! Hallo", sagte ich und zauberte ein strahlendes Lächeln auf mein Gesicht.

„Gemma?" Sofia schaute mich erstaunt an. „Was

machst du denn da im Dunkeln?"

Ich zeigte auf Müsli, die sich den Schwanz leckte und mir immer wieder einen vorwurfsvollen Blick zuwarf. „Meine Katze brauchte etwas frische Luft."

„Bleib nicht zu lange draußen", sagte Sofia missbilligend. „Es ist kühl, du holst dir noch den Tod. Und was würde deine Mutter dann sagen?"

„Wir kommen gleich wieder rein", versicherte ich ihr. Stefan sah mich nachdenklich an, sicher überlegte er, ob ich ihr Gespräch belauscht hatte. Bevor er oder Sofia noch etwas sagen konnten, schnappte ich mir Müsli, wünschte den beiden eine gute Nacht und eilte zurück ins Hotel.

Kapitel 7

Beim Frühstück am nächsten Morgen ging es locker und entspannt zu. Die Hotelgäste trafen nach und nach im Speisesaal ein und bedienten sich am Buffet. Ich war als Erste hinuntergegangen, während meine vier Begleiterinnen noch damit beschäftigt waren, sich die Lockenwickler aus den Haaren zu drehen und Talkumpuder in die Schuhe zu streuen.

Das Frühstücksangebot auf der Anrichte sah verlockend aus. Es gab frische Brötchen in allen möglichen Variationen, Croissants, feinen Schinken, eine Käseplatte, selbstgemachte Marmelade, Getreideflocken, Müsli und Obstsalat. Normalerweise bevorzugte ich das traditionelle englische Frühstück mit Spiegeleiern und möglichst viel Bacon, doch angesichts dieser Vielfalt konnte ich nicht widerstehen und türmte mir eine Köstlichkeit nach der anderen auf den Teller.

Dann sah ich mich nach einem Sitzplatz um. Am äußeren Rand waren kleinere Tische aufgestellt, doch die meisten Gäste entschieden sich für den langen Gemeinschaftstisch in der Mitte.

Ich blieb überrascht stehen, als mein Blick auf Moritz Wagner fiel. Nach seinen vernichtenden Kommentaren vom gestrigen Abend hätte ich nicht damit gerechnet, ihn im Speisesaal zu sehen. Er saß an einem der Einzeltische, mit Johann Müller und einer glamourösen Dame. Sie hatte dunkle gewölbte Augenbrauen und tiefrot geschminkte Lippen. Ihr Haar war aus der Stirn gekämmt und zu einem voluminösen Bouffant toupiert, an ihrem Hals glänzte eine Goldkette, an den Ohrläppchen funkelten goldene Ohrringe. Um die Schultern hatte sie sich eine Pelzstola drapiert, wie ich erschrocken feststellte. Nach der satten Farbe und dem Glanz der Stola nach zu urteilen, war es kein Kunstpelz. So etwas bekam man in Zeiten der Political Correctness nur noch selten zu Gesicht, jedenfalls zu Hause in England.

Das Auffallendste an der Frau war jedoch ihr finsterer Gesichtsausdruck. Sie richtete eine ärgerliche Bemerkung an Wagner, doch der beachtete sie kaum, sondern lachte und redete stattdessen mit Müller. Als sie ihm die Hand auf den Arm legte, schüttelte er sie ungeduldig ab und schien eine abschätzige Äußerung zu machen, die ihr die Zornesröte auf die Wangen trieb. Sie stand abrupt auf, stürmte aus dem Speisesaal und hinterließ eine atemberaubende Parfümwolke.

„Ach du meine Güte, meinen Sie, sie haben sich gestritten? Sie sieht ganz schön sauer aus, finden Sie nicht? Ich hätte nicht gedacht, dass man so wütend auf seinen Mann sein kann, wo er doch so gut aussieht - allerdings war ich selbst nie verheiratet. Nicht, dass ich beschwören würde, dass sie tatsächlich verheiratet sind, obwohl ich gesehen habe, wie sie zusammen eingecheckt haben. Aber sie könnte ja auch seine Freundin sein – hört sich komisch an, sie so zu bezeichnen, als seien sie verliebte Teenager, nicht wahr? Dabei sind sie beide nicht mehr ganz jung! Ich meine, sie sind nicht wirklich alt, eher ... im reiferen Alter, so wie dieser Schauspieler, Clooney, George Clooney, den meine ich. Diese Typen sehen immer besser aus, je älter sie werden. Wie nennt man sie noch? Silberwölfe? Nein, Silberfüchse."

Ich drehte mich zu der Quelle dieses Redeschwalls um und sah mich einer großen dünnen Frau Ende vierzig gegenüber. Sie hatte ein gutmütiges Gesicht und eine dunkel gerahmte Brille, die ihr das Aussehen einer freundlichen Eule verlieh. Kleidung und Akzent wiesen sie eindeutig als Engländerin aus, wenngleich es ihr zweifelsohne an der typisch britischen Zurückhaltung mangelte. Sie strahlte mich an und plapperte weiter, ohne zwischen den Sätzen erkennbar Luft zu holen.

„... da ich schon immer einmal nach Wien wollte, dachte ich: warum nicht? Man lebt nur einmal, so sagt man doch, oder? Und dieses Hotel war dermaßen günstig, auf der Website wurde ein Rabatt für den Eröffnungsmonat angeboten. Allerdings frage ich mich, ob ich stattdessen nach Venedig hätte fahren sollen. Da wollte ich auch schon immer hin. Manchmal verwechsle ich die Städte, wissen Sie. Die Namen klingen so ähnlich, jedenfalls auf Englisch, finden Sie nicht auch? Natürlich liegt die eine Stadt in Italien und die andere hier in Österreich, und die Sprachen sind unterschiedlich. Ich hätte gerne Italienisch gelernt, das klingt viel schöner als Deutsch. Sprechen Sie Deutsch? Ich hatte überlegt, vor unserer Reise einen Kurs an einer Abendschule bei uns in der Nähe zu belegen, gleich um die Ecke von meinem Haus, aber dann hat Claire - das ist meine beste Freundin - mir gesagt, ich solle einfach diese App auf meinem Handy benutzen. Also, ehrlich gesagt, bin ich mir nicht sicher, was diese ganzen Apps angeht. Mum sagt, ich hätte mir einen altmodischen Sprachführer kaufen sollen, und vielleicht hat sie recht - oh, kennen Sie meine Mum?"

Die Frau hielt für den Bruchteil einer Sekunde inne und wies auf eine ältere Dame hinter sich. „Das ist meine Mutter - und ich bin Jane - Jane Hillingdon." Sie streckte mir eine Hand entgegen.

„Freut mich, Sie kennenzulernen. Ich bin Gemma Rose", sagte ich und schüttelte ihre Hand.

„Sie sind Engländerin, nicht wahr? Woher kommen Sie?"

„Aus Oxf-"

„Oh, ich liebe Oxford! Ich habe dort in der Nähe gearbeitet. Na ja, eigentlich in Reading, das ist nicht ganz nah, aber mit dem Zug ist es nur eine halbe Stunde. Was führt Sie hierher? Bin ich froh, mal eine Engländerin zu treffen. Nicht, dass die anderen Gäste nicht sehr freundlich wären - da ist eine chinesische Familie mit einem süßen kleinen Mädchen und dann dieser ruhige Typ, der da drüben mit Mr George Clooney zusammensitzt - er hat irgendwas mit Museen zu tun, nicht wahr? Außerdem der Amerikaner, der gestern angekommen ist - das ist er, am Buffet - er ist ausgesucht höflich. Und Mrs Fritz ist ganz reizend und sie ist selbst in England aufgewachsen, aber es ist nicht dasselbe, meinen Sie nicht auch? Gestern habe ich noch zu Mum gesagt: Es hat etwas, mit einer schönen Tasse Tee und jemandem von zu Hause zusammenzusitzen und zu plaudern. Wir waren gestern Morgen in der Gästelounge und diese Frau war auch da und sie hat kein einziges Wort mit uns gesprochen! Hat sie mit dir gesprochen, Mum?"

Die alte Mrs Hillingdon öffnete den Mund, um zu antworten, aber Jane ließ sie nicht zu Wort kommen:

„Ehrlich gesagt, bin ich sicher, dass sie nicht verheiratet sind, denn ich habe gehört, wie sie ihren Namen genannt hat – sie heißt Ana Bauer - und ich glaube nicht, dass *er* Bauer mit Nachnamen heißt. Der Concierge hat ihn gestern mit einem anderen Namen angesprochen, aber ich kann mich nicht mehr erinnern. Weißt du noch, wie er heißt, Mum?"

Wieder öffnete Mrs Hillingdon den Mund, und wieder kam ihr Jane zuvor.

„Es war ein deutscher Name ... Walter? Nein. Wenger? Nein. Oh, jetzt weiß ich - Wagner! Man spricht es natürlich Vag-ner aus, so wie man Vase sagt. Hier spricht man das W ganz anders aus als in England - eine komische Sprache, das Deutsche, nicht wahr? Sprechen Sie Deutsch?"

„Nein, leider nicht, obwohl ich ein paar Worte verstehe. Entschuldigen Sie, ich sollte mir einen Sitzplatz suchen." Ich zog mich eilig zurück, bevor Jane Hillingdon zum nächsten Redeschwall ansetzen konnte.

Puh, dachte ich, als ich mich auf den erstbesten Platz an dem großen Tisch setzte. *Diese Frau schwatzt einem einen Knopf an die Backe. Unglaublich, dass jemand so viel reden kann.* Als ich mich umsah, stellte ich fest, dass ich mich neben die chinesische Familie gesetzt hatte. Das Ehepaar grüßte höflich, schien aber keine Lust auf Konversation zu haben. Das kleine Mädchen erwiderte jedoch meinen Blick und lachte mich schüchtern an, wobei eine charmante Zahnlücke zum Vorschein kam.

„Hallo, ich heiße Gemma. Wie heißt du?"

„Mei-Mei."

„Machst du Ferien in Wien?"

Sie nickte.

„Was hat dir bis jetzt am besten gefallen?"

Sie zögerte, dann zog sie etwas hervor, das unter

dem Tisch auf ihrem Schoß gelegen hatte. Es war ein Skizzenblock. Sie blätterte ein paar Seiten durch, drehte ihn dann um und zeigte ihn mir. Es war eine wunderschöne Buntstiftzeichnung von zwei Schimmeln, die eine glänzende schwarze Kutsche zogen. Es handelte sich offensichtlich um einen der zahlreichen Fiaker, mit denen Touristen durch Wien gefahren wurden.

„Wow, hast du das gezeichnet? Das ist toll! Ja, die Pferdekutschen sind unglaublich romantisch, nicht wahr? Bist du schon einmal in einer gefahren?"

Ein Schatten flog über das Gesicht des Mädchens und mit einem raschen Blick auf seine Eltern antwortete es leise: „Nein, Ma-Ma hat verboten."

„Geldverschwendung", meldete sich die Mutter plötzlich zu Wort. „Nutzlos, nur im Kreis fahren. Nichts lernen. Nur Pferd gucken."

„Oh, äh, wahrscheinlich haben Sie recht. Es ist eine reine Touristenattraktion", sagte ich, doch als ich die Enttäuschung in den Augen ihrer Tochter sah, kam mir der Gedanke, dass man sich manchmal etwas „Nutzloses" gönnen sollte, um die Schönheit und Romantik des Augenblicks zu genießen.

„Sie sind aus England?" Mei-Meis Mutter sah mich neugierig an.

„Ja, ich lebe in Oxford."

Ihre strenge Miene wurde etwas sanfter und sie nickte wohlwollend. „Ah! Oxford! Sehr gute Universität."

„Ja", bestätigte ich, „dort habe ich studiert."

Offenbar befand sie mich nun für würdig, sich mit mir zu unterhalten. Sie neigte den Kopf und stellte sich vor: „Ich bin Mrs Chow. Das ist mein Mann. Und das ist unsere Tochter Mei-Mei." Mit gerunzelter Stirn betrachtete sie das Bild von den Pferden und der Kutsche. Sie seufzte gereizt. „Mei-Mei will immer Tiere malen – überall sieht man Tiere. In Wien muss man ins Museum, die Geschichte, die Regierung in Europa, berühmte Komponisten und klassische Musik studieren."

„Oh, aber nach Wien zu kommen, ohne die Lipizzaner zu sehen? Das geht doch nicht!", ertönte eine nasale Stimme von der anderen Seite des Tisches. Es war der gutaussehende Amerikaner, auf den Jane Hillingdon mich aufmerksam gemacht hatte. Er beugte sich eifrig vor, seine blauen Augen schauten ernst und die Bestürzung in seinem Gesicht mit dem kantigen Kinn wirkte fast komisch.

Das chinesische Paar sah ihn verständnislos an.

„Kennen Sie die Spanische Hofreitschule nicht?", fragte der Amerikaner ungläubig.

„Ich weiß es!", rief das kleine Mädchen. „Da tanzen die schönen weißen Pferde."

Der Amerikaner lächelte erfreut. „Ja, stimmt. Die Spanische Hofreitschule ist mehr als vierhundertfünfzig Jahre alt, nur dort wird noch die klassische Reitkunst gelehrt. Und die Winterreitschule! Mannomann, die muss man gesehen haben! Sie ist wie ein riesiger Ballsaal mit

Kronleuchtern, Säulen und Stuckdecken, einfach umwerfend. Wenn die Hengste mit ihren Reitern rauskommen, ist es, als würden sie ein Ballett tanzen. Ehrlich, du solltest versuchen, dir eine Vorführung anzusehen."

Das kleine Mädchen hing an seinen Lippen. Sie wandte sich hoffnungsvoll an ihre Eltern: „Ma-Ma, können wir hingehen? Bitte?"

Statt auf ihre Frage zu antworten, sagte ihre Mutter zu dem Amerikaner: „Wir besichtigen heute die Kaiserappartements in der Hofburg."

„Na, das ist doch perfekt!" Der Amerikaner strahlte. „Die Spanische Hofreitschule ist Teil der Hofburg. Auf dem Weg zum Michaelerplatz, wo der Eingang zum Sisi-Museum liegt, kommen Sie an der Stallburg vorbei. Sie können einfach an der Kasse fragen -"

„Danke, aber keine Zeit für tanzende Pferde", unterbrach ihn Mrs Chow barsch. „Mei-Mei soll wichtige europäische Geschichte und Kultur lernen. Eines Tages wird sie Topanwältin", fuhr sie stolz fort. „Beste Bildung wichtig."

„Aber -" Der Amerikaner wollte widersprechen, wurde jedoch erneut unterbrochen, diesmal von einem lauten, klagenden *„Miau?"*.

„Oh, das ist Müsli!" In der Tür zum Speisesaal erschien ein kleines Fellbündel.

„Miau? Miau?"

„Müsli, was machst du denn hier?" Ich sprang auf und ging zu ihr.

Meine Katze begrüßte mich mit einem freudigen *„Miau!"*, als sie mich sah, und kam mir mit vor Begeisterung zitterndem Schwanz entgegen. Sie wand sich um meine Beine und rieb ihr Kinn an meiner Jeans. Dann wandte sie sich dem Stuhl neben meinem zu, auf dem Mei-Mei saß und sie fasziniert beobachtete.

„Miau?" Sie reckte den Hals, um das Mädchen zu beschnuppern.

Mei-Mei strahlte über das ganze Gesicht und streckte ihr vorsichtig einen Finger entgegen, doch im selben Moment riss Mrs Chow ihr die Hand weg.

„Ayah! Nein! Nicht anfassen - schmutziges Tier!", ermahnte sie ihre Tochter scharf. Sie sprang vom Tisch auf und betrachtete Müsli voller Abscheu. „Komm, Mei-Mei! Wir gehen", befahl sie.

Sie hastete davon, während ihr Mann ihr kleinlaut folgte. Mei-Mei zögerte und warf meiner Katze einen wehmütigen Blick zu. Einen Moment lang dachte ich, sie würde versuchen, sie zu streicheln, aber dann rief ihre Mutter sie von der Tür des Esszimmers aus, und sie huschte davon.

Kapitel 8

„Mannomann, schlimm, wie sie die Kleine gängelt", klagte der Amerikaner, kaum dass die Familie außer Hörweite war.

Insgeheim teilte ich seine Meinung, aber im Gegensatz zu Jane Hillingdon waren mir die Regeln der britischen Mittelschicht in Fleisch und Blut übergegangen und ich brachte es nicht über mich, mit einem Fremden hinter dem Rücken der Chows über sie zu reden. Also wechselte ich das Thema und fragte ihn, was ihn nach Wien geführt hatte.

„Oh, ich bin wegen der Lipizzaner hier", sagte er und kraulte Müsli grinsend unter dem Kinn. Dank der entspannten, offenen Art des typischen Amerikaners war es leicht, mit ihm zu reden. „Ich heiße übrigens Randy. Randy McGrath. Und Sie sind Gemma, nicht wahr? Ich habe gehört, wie Sie sich dem kleinen Mädchen vorgestellt haben. Und gestern habe ich Sie gesehen, beim Einchecken. Ich habe unmittelbar vor Ihnen eingecheckt. Sie waren mit einer Damentruppe da, stimmt's? Machen Sie Urlaub in Wien?"

„Ja, und ich werde mir ganz bestimmt die Spanische Hofreitschule ansehen. Das hatte ich sowieso vor, aber nachdem Sie so davon geschwärmt haben, lasse ich mir den Programmpunkt auf keinen Fall entgehen."

„Sie werden es nicht bereuen – die Pferde sind der Hammer! Natürlich bin ich ein bisschen voreingenommen", fügte er schmunzelnd hinzu. „Ich finde alles toll, was mit Pferden zu tun hat."

„Ah, Haben Sie beruflich mit Pferdenzu tun?"

„Könnte man so sagen. Ich besitze eine Ranch in Florida und züchte Lipizzaner. Aus meiner Zucht stammen einige der besten Lipizzaner-Fohlen in den USA", sagte er stolz. „Ich trainiere Dressurfiguren mit ihnen, natürlich nur mit den Hengsten, nicht mit den Stuten oder Wallachen. An den Wochenenden veranstalten wir Shows auf der Ranch und gehen auch auf Tour."

„Wow, das hört sich nach einem vollen Programm an."

„Ja, eine Ranch zu leiten ist kein Zuckerschlecken, das kann ich Ihnen sagen. Man hat rund um die Uhr zu tun, jeden Tag, Woche um Woche. Entweder misten Sie die Ställe aus oder füttern die Pferde oder bewegen sie. Aber mir gefällt es. Ich habe immer mit Pferden zusammengelebt und kann es mir nicht anders vorstellen."

„Sehen Sie sich in Wien nach neuem Zuchtmaterial um oder ... tut mir leid, aber ich habe keine Ahnung von der Pferdezucht."

Er zögerte für den Bruchteil einer Sekunde, dann lächelte er unbekümmert und antwortete: „Nein, das ist eine reine Vergnügungsreise. Als sich die Möglichkeit ergab, dachte ich: Diese Gelegenheit, die Lipizzaner an ihrem Ursprungsort zu sehen, lasse ich mir nicht entgehen. Ich meine, es ist nicht mein erster Besuch hier, aber es ist immer wieder beeindruckend." Er trank seinen Kaffee aus und sah auf die Uhr. „Ich mache mich besser auf den Weg. Ich wollte mir die Morgenarbeit in der Hofreitschule ansehen. War nett, Sie kennezulernen."

Nachdem er gegangen war, wandte ich mich meinem Frühstück zu. Ich beeilte mich mit dem Essen und warf dabei immer wieder einen Blick auf Jane Hillingdon am anderen Ende des Tisches, in der Hoffnung, dass sie die leeren Plätze neben mir nicht zum Anlass nahm, sich zu mir zu setzen. Müsli machte es sich auf Randys Stuhl gemütlich. Ich war mir nicht sicher, ob das erlaubt war, und beobachtete sie besorgt. Als könnte sie Gedanken lesen, kam in diesem Moment Sofia mit schnellen Schritten zu uns.

„Gemma ..." Sie sah mich entschuldigend an. „Es tut mir wirklich leid - Haustiere sind fast überall im Hotel willkommen, nur nicht im Speisesaal."

„Oh, natürlich." Ich stand schnell auf. „Tut mir

leid – vermutlich war es Müsli in unserer Suite ein bisschen langweilig und hat sich auf die Suche nach mir gemacht. Ich bringe sie nach oben."

„Warum bringst du sie nicht in den Musiksalon?", schlug Sofia vor. „Der wird nicht oft genutzt, und wenn du die Tür schließt, kann sie dort ungestört spielen, wann immer sie will. Und du kannst in Ruhe frühstücken."

„Danke, das klingt gut."

Müsli schaute sich interessiert um, als ich sie im Musiksalon absetzte, und trabte sofort los, um den Raum zu erkunden. Ich vergewisserte mich, dass nichts herumlag, was sie kaputtmachen oder woran sie sich verletzen konnte. Ich hatte kein gutes Gefühl dabei, meine schelmische kleine Katze unbeaufsichtigt zu lassen, aber im Musiksalon konnte sie kaum Unheil anrichten. Es gab sogar zwei bequeme Sessel, falls sie ein Nickerchen machen wollte. Mit einem strengen „Sei brav!" überließ ich sie also ihrem Schicksal und kehrte ins Esszimmer zurück, um mein Frühstück zu beenden.

Als ich mich an den Tisch setzte, fragte ich mich, wo die Silberlocken blieben. Waren sie immer noch damit beschäftigt, sich einzucremen oder woraus ihre morgendliche Routine bestehen mochte? Dann sah ich sie an einem Tisch in der Ecke sitzen, zusammen mit Moritz Wagner und Johann Müller. Sie mussten heruntergekommen sein, während ich mit Müsli im Musiksalon war. Ich beendete eilig mein Frühstück, stand auf und ging zu ihnen. Sie waren in eine hitzige Diskussion mit den beiden Österreichern vertieft, über den Stolz der Nation: den Apfelstrudel.

„Ich dachte immer, der Strudel sei ein deutsches Dessert", sagte Glenda.

„Ganz sicher nicht!", widersprach Müller heftig. „Das älteste erhaltene Rezept findet sich in der Wiener Stadtbibliothek!"

Wagner legte dem älteren Mann schmunzelnd die Hand auf den Arm. „Sie sehen, dass mein Freund Johann empfindlich reagiert, wenn es um Apfelstrudel geht. Das Thema ist von jeher ein Streitpunkt zwischen Deutschen und Österreichern. Beide Länder nehmen für sich in Anspruch, ihn erfunden zu haben, dabei gibt es in ganz Mittel- und Osteuropa zahlreiche Variationen des Strudels. Die Ungarn, die Slowenen, die Tschechen und die Polen – alle haben ihn, in unterschiedlichen, aber äußerst schmackhaften Ausführungen."

„Nichts ist vergleichbar mit dem Wiener Strudel", beharrte Müller. „Die dünnen, knusprigen Teigschichten, so federleicht, und die süße, fruchtige Füllung! Natürlich hat der hausgemachte Apfelstrudel keine Ähnlichkeit mit den Abscheulichkeiten, die man heutzutage im Supermarkt unter diesem Namen bekommt. Ein echter Apfelstrudel sollte immer mit Tafeläpfeln gemacht werden, außerdem mit Rosinen und etwas Paniermehl. Das saugt die Feuchtigkeit auf, die beim Backen austritt."

„Ich finde, durch das Paniermehl wird er zu schwer und pappig", wandte Wagner ein. Dann lachte er und sagte zu den Silberlocken: „Dieser Disput schwelt seit Urzeiten zwischen uns und wir wollen Sie nicht damit langweilen. Johann und ich haben uns schon bis in die frühen Morgenstunden über das Für und Wider unterschiedlicher Strudelfüllungen gestritten."

Als er plötzlich verstummte und verärgert aufblickte, fiel mir auf, dass Ana Bauer zurückgekehrt war. Sie stand neben dem Tisch und musterte die Runde mit grimmiger Miene. Offenbar wartete sie auf eine Einladung, sich zu uns zu setzen, aber Wagner blieb stumm. Nach kurzem betretenem Schweigen erhob sich Müller und besorgte einen Stuhl für sie, den er neben den von Wagner stellte.

„Bitte sehr, Ana", sagte er und bat sie mit einer höflichen Geste, Platz zu nehmen.

Seine Fürsorglichkeit schien sie ein wenig zu besänftigen. Sie ließ sich mit einem gequälten Seufzer nieder und sah Wagner erwartungsvoll an. Der machte jedoch keine Anstalten, sie vorzustellen.

Müller sprang erneut in die Bresche. „Darf ich Ihnen Ana Bauer vorstellen, eine gute Freundin von Moritz und mir? Sie ist Kunsthändlerin und besitzt eine Galerie nicht weit von hier."

Ana bedachte uns mit einem eisigen Lächeln und einem flüchtigen Blick, bevor sie ihre Aufmerksamkeit wieder auf Wagner richtete, der sie jedoch hartnäckig ignorierte. Stattdessen fragte er uns: „Was haben Sie heute vor?"

Mabel setzte sich kerzengerade hin. „Nun, bis zur Preisverleihung sind noch ein paar Tage Zeit ...", begann sie mit gewichtiger Stimme.

„Preisverleihung?" Wagner betrachtete sie mit hochgezogenen Augenbrauen.

„Ja, Gemma hat den ersten Platz in der englischen Auswahl gemacht!", verkündete Glenda stolz und legte mir die Hand auf die Schulter.

„Es war nur ein Backwettbewerb", erklärte ich rasch. Unter den Blicken von Wagner, Müller und Ana wurde ich ganz verlegen. „Ich ... äh ... führe einen Tearoom in der Nähe von Oxford und unsere Scones haben gewonnen. – Was schlägt Ihr Reiseführer vor, Mabel?"

„Für den ersten Tag ist ein Rundgang durch die Innere Stadt vorgesehen, zur Orientierung. In den nächsten Tagen werden wir dann wahrscheinlich ein paar Museen besuchen."

„Ah, da wird Ihnen die Auswahl schwerfallen", meinte Wagner mit selbstgefälligem Lächeln. „Wien wird als Stadt der Musik bezeichnet, aber Stadt der Museen würde genauso gut passen. Das großartige Kunsthistorische Museum dürfen Sie sich nicht entgehen lassen. Und dann sind da noch das Albertina-Museum, das Sisi-Museum und die Kaiserappartements, das Schloss Belvedere mit seiner wunderbaren Sammlung von Klimt-Gemälden ... und natürlich gibt es die kleineren Museen wie das Sigmund-Freud-Museum und das Mozarthaus, die sich auf bestimmte Themen konzentrieren. Außerdem gibt es einige Museen abseits der üblichen Touristenrouten, die vielleicht noch interessanter sind, wie zum Beispiel das Fälschermuseum."

„Das Fälschermuseum?", fragte ich fasziniert.

„Ja, ein Museum, das sich mit Kunstfälschungen beschäftigt", erklärte Wagner und grinste. „Es hängt voller gefälschter Gemälde der großen Meister, die von einigen der berühmtesten Fälscher der Welt angefertigt wurden."

„Das ist lächerlich! Man sollte Wien-Besucher nicht ermutigen, ihre Zeit mit der Betrachtung von Kunstfälschungen zu verschwenden", schnauzte Ana Bauer plötzlich. „Es gibt viel lohnendere Ziele."

Müller legte ihr beschwichtigend die Hand auf den Arm. „Lass gut sein, Ana, Moritz will dich nur ärgern. Du kennst ihn doch."

„Kunstfälschungen sind nicht witzig!", stieß Ana hervor.

Wagner lehnte sich zurück und sah sie zum ersten Mal an. „Warum so empfindlich, Ana?", fragte er belustigt. „Hast du etwa Sorge, dass einige Stücke in deiner Galerie gefälscht sein könnten?"

Ana erhob sich mit einem empörten Schnauben. Sie zischte Wagner etwas auf Deutsch zu, das Müller erschrocken zusammenzucken ließ. Wagner lachte jedoch nur. Dann drehte sich Ana auf dem Fuße um und hastete aus dem Speisesaal. Müller zögerte einen Moment, dann folgte er ihr. Er war kaum verschwunden, als Sofia mit einer Tasse Kaffee erschien, die sie vor Moritz Wagner hinstellte.

„Das wurde aber auch Zeit", sagte er mürrisch. „Ich warte schon seit einer halben Stunde auf meinen Kaffee."

Sofia biss sich auf die Lippe. „Sie haben ihn erst vor zehn Minuten bestellt und zwar bei mir. Ich entschuldige mich für die Verzögerung, wir hatten ein kleines Problem mit der Kaffeemaschine."

„Na, ich hoffe, er ist diesmal nicht kochend heiß." Wagner beäugte seine Tasse missmutig. „Kaffee sollte zwischen siebzig und achtzig Grad Celsius serviert werden, nicht mehr und nicht weniger. Ideal wäre er sogar mit einer noch niedrigeren Temperatur, wenn man alle feinen Aromen der Kaffeebohnen herausschmecken will."

Sofia errötete. „Es tut mir leid, Herr Wagner - als ich Ihnen vorhin den Kaffee gebracht habe, war keine Rede davon, dass er Ihnen nicht schmeckt. Wenn Sie mir Bescheid gesagt hätten, hätte ich Ihnen selbstverständlich einen neuen Kaffee gebracht."

„Kaffee sollte gleich beim ersten Mal perfekt sein", fuhr Wagner sie an. „Sie führen hier schließlich kein Landgasthaus. Und wo wir gerade beim Thema sind: Kümmert sich hier eigentlich niemand um die Ausstattung? Die Batterien in der Fernbedienung in meinem Zimmer geben bald den Geist auf. Es ist eine Schande!"

Sofias Gesicht war mittlerweile feuerrot, sie sah aus, als würde sie im nächsten Moment in Tränen ausbrechen. Sie murmelte, Stefan werde sich darum kümmern, dann presste sie die Lippen zusammen und ging hinaus. Sie tat mir leid – und die Verwandlung, die mit Wagner vorgegangen war, erschreckte mich. Eben war er noch freundlich und charmant gewesen, doch dem „Personal" gegenüber benahm er sich arrogant, anspruchsvoll und unhöflich. Nach der kleinen Szene mit Sofia saßen wir erneut peinlich berührt da, dieses Mal ohne Müller, der sicher versucht hätte, die Wogen zu glätten. Kurze Zeit später standen die Silberlocken und ich auf und verabschiedeten uns.

Nur Glenda trödelte. Sie plauderte und lachte mit Wagner und war immer noch im Speisesaal, als ich Müsli aus dem Musiksalon geholt und in unsere Suite gebracht hatte. Als sie schließlich auftauchte, wirkte sie äußerst selbstzufrieden. Mabel blätterte gerade in ihrem Reiseführer nach Restaurantempfehlungen fürs Abendessen, als Glenda mit affektierter Geste ihre Frisur zurechtrückte und beiläufig verkündete:

„Ich komme heute Abend nicht mit."

Wir starrten sie entgeistert an.

„Warum nicht?", fragte Mabel herausfordernd.

„Also ..." Glenda lächelte geziert. „Moritz Wagner hat mich zum Essen eingeladen."

„Glenda!", rief Ethel schockiert. „Er könnte dein Sohn sein."

Glenda warf den Kopf zurück. „Das Alter ist Nebensache."

„Wenn der eine fünfundzwanzig Jahre älter ist als der andere, ist es keine Nebensache mehr.“

„Wer sagt denn, dass er romantische Absichten hegt?“, gab Glenda zurück. „Wir gehen nur zusammen essen, als Freunde.“

„Oh, Glenda, du weißt doch, dass Männer wie Wagner immer Absichten hegen.“ Florence verzog besorgt das Gesicht. „Er sieht mir aus wie ein echter Schürzenjäger. Außerdem kann er ganz schön unfreundlich sein. Denk doch nur, wie er mit der Kellnerin im Café Sacher geredet hat. Und mit der Dame, die beim Frühstück neben ihm am Tisch gesessen hat.“

„Oh, Moritz hat mir erzählt, wie es mit Ana steht“, bemerkte Glenda leichthin. „Sie waren eine Weile zusammen, aber das war nichts Ernstes. Auf jeden Fall sind sie nicht mehr zusammen.“

„Wieso wohnt sie dann mit ihm im Hotel?“, fragte ich.

Glenda verzog das Gesicht. „Weil sich Ana wie eine Klette an ihn hängt. Moritz hat mir auch erzählt, er habe ihr klipp und klar gesagt, dass sie kein Paar mehr sind, aber Ana kann es einfach nicht akzeptieren. Sie hat darauf bestanden, ihn ins Hotel zu begleiten. Vielleicht dachte sie, sie könnte ihn umstimmen. Das war wirklich dumm von ihr.“ Glenda sah uns an und fügte überheblich hinzu: „Auf jeden Fall weiß ich, was ich tue.“

Die anderen Silberlocken und ich sahen uns an, sagten aber nichts. Glenda hatte recht. Letztendlich war es ihre Sache. Schließlich war sie kein blauäugiger Teenager, sondern eine gestandene Mittachtzigerin, die weit mehr Lebenserfahrung hatte als ich! Mir Sorgen zu machen, dass sie an den falschen Mann geraten könnte, war lächerlich.

Also schob ich meine Bedenken beiseite und rüstete mich mit den Silberlocken für unseren ersten Tag als Touristen in Wien.

Kapitel 9

Ich bin in Oxford aufgewachsen, einer der schönsten Städte der Welt, also sollte ich an gewaltige historische Gebäude und spektakuläre Architektur gewöhnt sein. Als ich jedoch durch die Straßen von Alt-Wien ging, war ich überwältigt von ihrer Schönheit. Die gotischen Türme, die majestätischen Bögen und die kunstvoll verzierten Barockfassaden, die verwinkelten, kopfsteingepflasterten Gassen und die hübschen Arkaden mit ihren Antiquitätenläden und malerischen Cafés, den Straßenmusikern, die die Luft mit beschwingter klassischer Musik erfüllen, und die zeitlose Romantik der Pferdekutschen – ich fühlte mich wie im Märchen.

Als wir uns dem Michaelerplatz und dem Eingang zur Hofburg näherten, fiel mir eine Menschenmenge auf, die vor einer geöffneten, mit einer Kette versperrten Flügeltür wartete. Mabel marschierte zügig daran vorbei, mit den anderen Silberlocken im Schlepptau, aber ich wollte wissen, warum sich die Leute hier versammelt hatten.

Durch die großen Flügeltüren sah ich einen Arkadenhof mit Stalltüren auf drei Seiten. *Das muss die Stallburg sein*, dachte ich und im nächsten Moment machte mein Herz einen kleinen Satz. In einer der Stallboxen erschien der Kopf eines Lipizzaner-Hengstes mit schneeweißer Mähne, samtweichen Nüstern und seelenvollen dunklen Augen, die uns quer über den Hof musterten. Obwohl er nichts weiter tat, als entspannt in seiner Box zu stehen, war er eines der schönsten, majestätischsten Geschöpfe, das ich je gesehen hatte.

Nach einer Weile kam Bewegung in die wartende Menge und ich drängte mich nach vorne, um einen besseren Blick auf den Arkadenhof zu haben. Ich beugte mich über die Kette und spähte eifrig über den Hof, in der Hoffnung, einen weiteren Hengst zu sehen. Tatsächlich tauchte in der Nachbarbox ein zweiter Pferdekopf auf. Er gehörte einem wunderschönen hellen Apfelschimmel. Die beiden Pferde neigten einander die Köpfe zu, bis sich ihre Nüstern fast berührten, dann wandten sie sich schnaubend ab, wie zwei Freunde nach einem verärgerten Wortwechsel. Neben mir hörte ich ein Kichern und sah Mei-Mei, die kleine Chinesin mit dem glänzend schwarzen Haar. Das Mädchen beobachtete die Pferde mit leuchtenden Augen.

„Hallo, Mei-Mei, wie schön, dich hier zu sehen!" Ich beugte mich zu ihr hin, um nicht von oben herab mit ihr zu reden.

Im ersten Moment zuckte sie zusammen, entspannte sich aber, als sie mich erkannte. „Hallo", sagte sie scheu.

Ich sah mich nach ihren Eltern um, konnte sie aber nirgendwo sehen. „Konntest du deine Mutter doch zu den Lipizzanern überreden?"

Sie schüttelte den Kopf. „Ma-Ma und Ba-Ba wollen Eintrittskarten für die Kaiserappartements kaufen. Die Schlange ist ziemlich lang."

„Wissen sie, dass du hier bist? Vielleicht machen sie sich Sorgen, wenn sie dich nicht finden."

Sie sah mich schuldbewusst an. „Ma-Ma denkt, dass ich in der Nationalbibliothek da drüben bin." Sie wies auf ein imposantes Gebäude auf der anderen Straßenseite.

„Ah, verstehe." Ich warf ihr einen verschwörerischen Blick zu. „Ich verrate dich nicht."

Als sie grinste, kam ihre bezaubernde Zahnlücke wieder zum Vorschein. Dann hielt sie mir verschämt den Skizzenblock entgegen. Ich staunte nicht schlecht, als ich ihre Zeichnung sah. Sie hatte einen der Lipizzaner-Hengste gezeichnet, der aus seinem Stall herausschaute, und obwohl die kindliche Handschrift nicht zu leugnen war, hatte sie es geschafft, mit ein paar einfachen Strichen die ganze Schönheit und Würde des Pferdes auf dem Papier festzuhalten. Die Skizze schien vor Lebendigkeit nur so zu sprühen und ich hatte das Gefühl, als würde mich der Hengst ansehen. Ich betrachtete Mei-Mei mit anderen Augen. Diese kleine Achtjährige war unglaublich talentiert.

„Das ist fantastisch!", rief ich. „Du kannst wirklich gut zeichnen."

Sie zuckte verlegen mit den Schultern. „Sagt Lehrerin auch." Mit einem wehmütigen Blick zu den Pferden fuhr sie fort: „Ich möchte mein ganzes Leben lang Tiere zeichnen - ich möchte berühmte Tiermalerin werden!" Dann fügte sie schnell hinzu: „Aber das ist nur ein Wunsch. Ma-Ma sagt, ich werde Anwältin. Das ist guter Beruf - ich muss mir keine Sorgen um Geld machen. Ich werde großes Haus und schönes Auto haben."

„Hm, ja, wahrscheinlich hat deine Mutter recht." Ich musste an meine Freundin Cassie denken, die eine talentierte Malerin war und Mühe hatte, mit ihrer Kunst den Lebensunterhalt zu verdienen. Sie half in meinem Tearoom aus und arbeitete stundenweise im Tanzstudio, ansonsten konzentrierte sie sich auf ihre Malerei und stellte ihr Portfolio zusammen.

Dann dachte ich an meinen eigenen Werdegang. Ich hatte meinen gut bezahlten Job aufgegeben, um meinen Traum zu verwirklichen – und war glücklicher als je zuvor.

Spontan sagte ich: „Weißt du, es ist tatsächlich möglich, von der Kunst zu leben. Meine beste

Freundin hat in Oxford Kunst studiert und konnte während des Studiums mit verschiedenen Medien experimentieren -" Ich verstummte, als ich Mei-Meis verständnislosen Blick sah. Ich versuchte es noch einmal: „Du kannst Kunst an der Universität studieren und dann vielleicht Künstlerin werden."

Ihre Augen leuchteten. „Wirklich?"

„Ja." Ich fühlte mich nicht ganz wohl in meiner Haut. „Aber deine Mutter hat recht. Als Künstlerin hast du nicht die Sicherheit, die du als Anwältin hast. Es ist sehr schwer, sich als Künstler durchzuschlagen. Wenn du Jura studierst und Anwältin wirst, hast du es leichter."

Mei-Mei betrachtete die Lipizzaner mit verträumtem Blick und ich fragte mich, ob sie mir zugehört hatte. Wieder fühlte ich mich unbehaglich. Hatte ich unrealistische Hoffnungen in ihr geweckt?

Plötzlich sah sie mich an und fragte: „Sehen Sie sich an, wie die Pferde tanzen?"

„Ich will es versuchen. Ich war gerade auf dem Weg zur Kasse der Spanischen Hofreitschule, vielleicht gibt es noch Karten für die nächste Vorstellung." Nach kurzem Zögern fuhr ich fort: „Ich weiß nicht, ob ich Fotos machen darf, aber wenn es möglich ist, zeige ich dir später welche."

Sie lächelte wieder ihr Zahnlückenlächeln. Dann sah sie auf die Uhr und rief erschrocken „*Ayah!* Ich muss mich beeilen."

Sie winkte kurz und drängte sich durch die Menge, den Skizzenblock an sich gedrückt. Sie lief die Straße hinunter zum Eingang des Sisi-Museums. Ich folgte ihr langsam und kam nach einigen Minuten zu der großen kupfergedeckten Kuppel, die über dem Tor auf der nordöstlichen Seite der Palastanlage thronte und auf einer Seite den Eingang zu den Kaiserappartements und auf der anderen den Eingang zur Spanischen Hofreitschule beherbergte. Dort traf ich auf die Silberlocken, die sich über einen Stadtplan von Wien beugten.

„Gemma! Wir hatten uns schon gefragt, wo du geblieben bist", sagte Florence.

„Tut mir leid, ich bin bei der Stallburg hängen geblieben. Ich würde gerne schnell zur Spanischen Hofreitschule hinübergehen und sehen, ob wir Karten für eine Vorstellung ergattern können. Das dauert nicht lange."

Als ich das Foyer betrat, sackte mir jedoch das Herz in die Hose. Eine lange Schlange wand sich durch den Raum und die Leute sahen angespannt und genervt aus.

„Wollt ihr Karten kaufen?", fragte ich die beiden Mädchen am Ende der Schlange.

„Oh nein, wir haben schon vor Monaten online gebucht, wir wollen sie nur abholen", antwortete eines von ihnen.

„Versuchen Sie, jetzt Karten zu kaufen? Viel Glück", sagte das andere ironisch. „Ich glaube, die sind bis zum nächsten Jahr ausverkauft."

Als ich schließlich am Schalter ankam, musste ich zu meinem Entsetzen feststellen, dass die beiden recht hatten. Die Frau hinter dem Schalter bedachte mich mit einem entschuldigenden Lächeln und erklärte mir, dass erst im Januar, also in drei Monaten, wieder freie Plätze für eine Vorstellung verfügbar waren. Mit einem Blick in mein enttäuschtes Gesicht, fügte sie hinzu: „Übermorgen sind aber noch Karten für die Morgenarbeit zu haben. Das ist nicht dasselbe wie die regulären Vorstellungen, aber Sie können die barocke Winterreitschule besichtigen und zusehen, wie die Reiter die Dressurfiguren mit den Hengsten üben."

Meine Stimmung besserte sich schlagartig. „Das hört sich gut an."

„Also, Karten für die Morgenarbeit?" Ihre Finger schwebten erwartungsvoll über der Tastatur.

„Ja, ich hätte gerne fünf Karten -" Plötzlich sah ich vor meinem inneren Auge ein kleines wehmütiges Gesicht. „Nein, sechs Karten bitte."

Als wir am späten Nachmittag ins Hotel zurückkehrten, zweifelte ich immer noch, ob ich mit der zusätzlichen Karte die richtige Entscheidung getroffen hatte. Einerseits war mir klar, dass ich meine Nase nicht in Angelegenheiten stecken sollte, die mich nichts angingen, andererseits wollte ich dem kleinen Mädchen so gerne ein seltenes Vergnügen bereiten. Während ich mit den Silberlocken die Treppe zu unserer Suite hochstieg, überlegte ich, wie ich es Mei-Meis Eltern beibringen sollte – vielleicht morgen beim Frühstück? Würde es mir gelingen, ihnen die Morgenarbeit der Lipizzaner-

Hengste als pädagogisch wertvoll zu verkaufen?

In der Suite angekommen, ließ ich mich erleichtert aufs Sofa fallen und streckte die schmerzenden Füße aus. Die Silberlocken hatten nichts Eiligeres zu tun, als eine belebende Tasse Tee zu kochen – alle außer Glenda, die sich sofort ins Bad zurückzog. Als sie eine Stunde später wieder auftauchte, hatte sie ihr weißes Haar sorgfältig frisiert, auf den Augenlidern prangte blauer Lidschatten und auf ihre runzeligen Wangen hatte sie kräftig pinkfarbenes Rouge aufgetragen.

„Wow, Sie sehen … äh, hübsch aus", sagte ich.

„Danke, Liebes." Sie strich strahlend den Rock ihres malvenfarbenen Kleids glatt. Am Kragen steckte eine Perlenbrosche.

So herausgeputzt hatte ich Glenda noch nie gesehen, sie hatte sogar ihre orthopädischen Schnürschuhe gegen schicke Pumps eingetauscht. Trotz des mulmigen Gefühls, das mir ihre Abendverabredung bereitete, fand ich es rührend, dass sich eine Dame in den Achtzigern so auf ein Date freute.

„Ich wünsche Ihnen einen schönen Abend", sagte ich und nahm sie spontan in den Arm.

Nachdem sie sich verabschiedet hatte, machten sich die anderen Silberlocken eine nach der anderen im Badezimmer frisch, während ich in den Alkoven ging, um nach Müsli zu sehen. Offenbar hatten ihre Abenteuer am Vormittag sie so ermattet, dass sie auf meinem Bett eingeschlafen war. Jetzt reckte sie sich und begrüßte mich mit einem freudigen Gurrlaut.

„Hallo, warst du lieb?" Ich kraulte sie unter dem Kinn.

Ich zog mir rasch einen Pullover an und holte eine Jacke aus dem Schrank, die ich zum Abendessen mitnehmen wollte. Dann füllte ich Müslis Fressnapf auf, und während sie sich über ihr Katzenfutter hermachte, ging ich in den Wohnbereich der Suite, um auf die Silberlocken zu warten. Nachdem ich eine Weile unruhig auf und ab gegangen war, beschloss ich, mir die Prospekte und Flyer anzusehen, die an der Rezeption auslagen.

Ein paar andere Gäste hatten wohl die gleiche Idee gehabt. Jane Hillingdon stand am Empfang neben Randy McGrath. Nach seinem gequälten Gesichtsausdruck und dem unruhigen Scharren mit den Füßen zu schließen, versuchte er verzweifelt, der redseligen Engländerin zu entrinnen. Wahrscheinlich war der arme Mann zufällig vorbeigekommen und hatte ihr höflich, wie er war, eine Frage beantwortet und nun gelang es ihm nicht, sich loszueisen.

Zu meiner Überraschung sah ich Glenda ein wenig verloren an der Treppe stehen, die ins Erdgeschoss führte. Es war etwa zwanzig Minuten her, dass sie sich von uns verabschiedet hatte, und ich hatte angenommen, dass sie längst mit Moritz Wagner unterwegs war.

Ich ging zu ihr. „Glenda, was machen Sie noch hier?", fragte ich sie.

Sie warf mir einen sorgenvollen Blick zu. „Moritz ist noch nicht da."

„Oh, meinen Sie … vielleicht hat er es sich anders überlegt", sagte ich zögernd.

„Moritz ist ein Gentleman", gab Glenda empört zurück. „Er würde mich nicht ohne Grund warten lassen."

„Warum klopfen Sie nicht an seiner Zimmertür und erkundigen sich, was los ist?"

„Ich kann unmöglich zu seinem Zimmer gehen!" Glenda war schockiert.

„Nein, wahrscheinlich ist das keine gute Idee", räumte ich ein. Schließlich war es auch Ana Bauers Zimmer und vermutlich fand sie es gar nicht witzig, dass sich Wagner mit einer anderen Frau zum Abendessen verabredet hatte – selbst wenn diese andere Frau alt genug war, seine Mutter zu sein. Dass sie alt genug war, seine Mutter zu sein, machte die ganze Sache möglicherweise noch schlimmer.

„Sollen wir an der Rezeption fragen, ob sie Wagner anrufen können?" Ich legte Glenda die Hand auf die Schulter. „Kommen Sie."

Am Empfang tippte Stefan eifrig auf einer Computertastatur. Er war so in seine Arbeit vertieft, dass er uns erst wahrnahm, als ich mich laut räusperte.

Er runzelte die Stirn. „Herr Wagner?", sagte er auf meine Frage hin. „Ich habe ihn vor zwanzig Minuten gesehen. Er wollte im Musiksalon eine Zigarette rauchen. Wahrscheinlich ist er noch da."

„Bestimmt ist er in einem Sessel eingeschlafen. Sie sehen sehr bequem aus", scherzte ich.

Glenda schürzte entrüstet die Lippen. Sie fand die Idee offenbar nicht lustig. Sie dankte Stefan, dann ging sie schnell den Flur hinunter zum Musiksalon. Kurze Zeit später zerriss jedoch ein gellender Schrei die Luft. Ich rannte den Flur entlang und stieß fast mit der chinesischen Familie zusammen, die aus dem Speisesaal stürzte, und mit Johann Müller und der alten Mrs Hillingdon, die mit erschrockener Miene aus der Gästelounge kamen.

„Lieber Himmel, was ist passiert?"

„Wer schreit? Wer schreit?"

„Was ist los?"

Ich machte einen Bogen um alle und lief weiter Richtung Musiksalon. An der Tür prallte ich gegen jemanden, der gerade herausgelaufen kam.

Es war Glenda. Ich packte sie an den Armen, um sie aufzufangen. Sie war kreidebleich, das Rouge auf ihren Wangen stach grell hervor. Sie hatte die Augen weit aufgerissen, ihr Blick war starr und sie zitterte wie Espenlaub.

„Glenda? Glenda, was ist los?"

Sie deutete mit einem bebenden Finger auf die Tür des Musiksalons. „Es ist Moritz! Er ist ... er ist tot!"

Kapitel 10

Hinter uns ertönten entsetzte Schreie und aufgeregtes Durcheinander.

„Tot?" Sofia Fritz stürzte herbei, sie war leichenblass. „Was haben Sie gesagt? Wer ist tot?"

Ohne eine Antwort abzuwarten, drängte sie sich an uns vorbei ins Musikzimmer und die anderen Gäste folgten ihr. Ich wollte ebenfalls hinein, doch in diesem Moment schwankte Glenda und drohte zu Boden zu sinken. Stefan, der den anderen nachgeeilt war, hörte meinen erschrockenen Ausruf und fing sie auf.

„Es … es ist schon in Ordnung." Glenda holte zittrig Luft. „Ich bin nur ein bisschen durcheinander, das ist alles."

Angesichts ihrer typisch britischen Zurückhaltung hätte ich beinahe laut aufgelacht, trotz des ernsten Anlasses. „Ein bisschen durcheinander"? Glenda wäre beinahe in Ohnmacht gefallen! Nicht auszudenken, was passierte, wenn es ihr richtig schlecht ging.

„Setzen Sie sich lieber", sagte Stefan zerstreut mit einem Blick auf die Tür zum Musiksalon. Er war offenbar hin- und hergerissen zwischen der Verpflichtung, bei Glenda zu bleiben, und dem Wunsch, herauszufinden, was passiert war.

Allerdings blieben die anderen Gäste nicht lange im Musiksalon. Ich hörte einen gedämpften Aufschrei, gefolgt von hastigen Schritten und dann stürzten die Chows in den Flur. Mit grimmiger Miene scheuchten sie Mei-Mei vor sich her. Ich hörte das kleine Mädchen fragen: „Was ist passiert, Ma-Ma? Ich konnte nichts sehen." Die Mutter antwortete auf Chinesisch, ihre Stimme klang barsch. Nach ihnen kam Randy McGrath. Unter seiner Sonnenbräune war er so blass, dass ich befürchtete, er sei ebenfalls der Ohnmacht nahe. Kurze Zeit später geleitete Sofia die Hillingdons und Johann Müller heraus und schloss die Tür hinter sich. Sie alle wirkten benommen, selbst Jane Hillingdon war ungewöhnlich still und sagte nur: „Ach, du meine Güte ... du meine Güte ..." Sofia ging rasch zu Stefan und sprach leise auf ihn ein. Er sah aus, als hätte ihm jemand einen Stoß in die Magengrube versetzt.

„Ich ... ich rufe die Polizei", murmelte er. „Und einen Krankenwagen."

„Für einen Krankenwagen ist es zu spät", erwiderte Sofia grimmig. „Du kannst gerne hingehen

und dich selbst überzeugen, aber so wie sein Hals …"
Sie schluckte. „Er ist tot."

„Glenda? Gemma? Was um alles in der Welt ist
passiert?"

Ich war erleichtert, als ich die vertraute Stimme
dröhnen hörte. Mabel, Ethel und Florence traten
gerade aus dem Aufzug. Ana Bauer folgte ihnen auf
dem Fuße.

„Oh, Mabel!" Glenda stürzte auf ihre Freundin zu.
„Es ist so schrecklich. Moritz ist tot!"

„Großer Gott! Moritz ist tot? Nein, neeeiiin!",
kreischte Ana. „Wo ist er, wo?" Sie sah sich hektisch
um. Dann fiel ihr Blick auf die kleine Gruppe an der
Tür zum Musiksalon und sie rannte darauf zu.

„Lassen Sie mich durch! Mein geliebter Moritz! Ich
muss ihn sehen!"

Sofia legte ihr besänftigend die Hand auf den Arm.
„Nein, Frau Bauer, ich glaube nicht, dass das eine
gute Idee ist."

Ana schüttelte Sofias Hand ab und warf sich mit
Wucht gegen die Tür. Randy war mit raschen
Schritten bei ihr, doch sie sträubte sich nach
Kräften, als er sie am Arm von der Tür wegzerrte.

„Nein! Nein, lassen Sie mich, ich muss ihn sehen!
Ich glaube Ihnen nicht", schluchzte Ana Bauer. „Er
ist nicht tot. Warum darf ich nicht zu ihm?"

„Weil … weil Sie ihn in diesem Zustand nicht
sehen wollen", rief Randy, während er verzweifelt
versuchte, sie zu bändigen.

Plötzlich gab Ana allen Widerstand auf und sackte

kraftlos gegen die Schulter des Amerikaners. Randy tätschelte ihr unbeholfen den Arm und warf Sofia einen hilfesuchenden Blick zu, aber sie schien wie gelähmt, ihr Gesicht war ausdruckslos. Die anderen Gäste fingen alle gleichzeitig an zu reden, aufgeregtes Stimmengewirr erfüllte den Flur.

„Hat jemand die Polizei informiert?"

„Ich habe mich heute Nachmittag noch mit ihm unterhalten."

„Holen Sie ihr einen Brandy."

„Den Anblick vergesse ich nie wieder."

„Moritz … Moritz … nein, nein!"

„WIR BRAUCHEN ALLE EINE SCHÖNE TASSE TEE!", ging Mabel mit ihrem dröhnenden Organ dazwischen. Zu meiner Überraschung beruhigten sich alle, selbst Ana Bauers Wehklagen verstummte vorübergehend. So lächerlich es sich anhören mag: Die Aussicht auf eine Tasse Tee schien auf seltsame Weise tröstlich zu sein. Die kleine Gruppe folgte Mabel brav in den Speisesaal und nahm an dem langen Tisch Platz.

Sofia verschwand und tauchte kurze Zeit später mit einer dampfenden Kanne Tee und mehreren Henkelbechern auf einem Tablett zurück. Mabel übernahm die Teezeremonie und sorgte dafür, dass das Gebräu ihren Maßstäben entsprach: Es war so dunkel und stark, dass ich beim bloßen Anblick das Tannin spüren konnte. Ein Schuss Milch und ein gehäufter Löffel Zucker dazu und fertig war das typisch britische Patentrezept bei Katastrophen aller

Art. Überraschenderweise stellte ich fest, dass das süße, milchige Getränk meine Nerven tatsächlich beruhigte. Den anderen schien es ebenso zu gehen. Als Sofia einen Teller mit Vanillekipferln herumgehen ließ, löste sich die Starre, die sich über alle gelegt hatte, die Wangen wurden rosiger und hier und da waren leise Unterhaltungen zu hören.

Ich warf einen Blick auf Glenda, die an einem Tischende mit den anderen Silberlocken zusammensaß. Ihr malvenfarbenes Kleid war zerknittert, das weiße Haar hing kraftlos herunter und der Lippenstift war verschmiert. Ich musste daran denken, wie hübsch sie ausgesehen hatte und wie sehr sie sich auf den Abend mit Moritz gefreut hatte – das war nicht einmal eine Stunde her.

„Glenda, ist alles in Ordnung?"

„Ja, es ist nur … ich sehe ständig vor mir, wie er da lag …"

„Was ist eigentlich passiert?", fragte Florence verwirrt. „Wir haben nur gehört, Herr Wagner sei tot."

„Hatte er einen Unfall?" Ethel sah mich fragend an.

Ich zuckte mit den Schultern. „Ich weiß es nicht – ich hatte keine Gelegenheit, mich im Musiksalon umzusehen. Wissen Sie, was geschehen ist?", fragte ich Glenda sanft. „Hatte Wagner einen Herzinfarkt oder etwas dergleichen?"

Glenda schüttelte den Kopf. Sie holte tief Luft. „Moritz war nicht im Musiksalon, aber die

Balkontüren standen offen, also ging ich nach draußen – und da sah ich ihn, unten im Garten." Sie schluckte ein paarmal. „Sein Körper war so seltsam verdreht und sein Hals ..." Sie schauderte. „Er muss vom Balkon gestürzt sein."

„Oder er wurde über die Brüstung gestoßen", meldete sich Mabel plötzlich zu Wort.

Diese Idee erschien mir so abwegig, dass ich unwillkürlich lachte. „*Was?* Warum sollte ihn jemand vom Balkon stoßen?"

Bevor Mabel antworten konnte, kehrte Stefan zurück und verkündete: „Die Polizei wird bald hier sein. Wir sollen solange alle im Hotel bleiben."

„Ah!" Sofia sprang auf „Ich ... ich muss den Musiksalon aufräumen, bevor sie kommt."

Stefan sah sie überrascht an. „Sofia, ich glaube nicht, dass die Polizei sich dafür interessiert, ob im Musiksalon Ordnung herrscht oder nicht."

„Trotzdem – ich will nicht, dass sie einen schlechten Eindruck vom Hotel bekommt."

Sie verließ eilig den Speisesaal. Glenda rutschte unruhig hin und her. „Ich wünschte, wir könnten in unser Zimmer gehen." Plötzlich stieß sie einen kleinen Schrei aus. „Oh! Wo ist meine Handtasche?"

„Vielleicht haben Sie sie auf dem Flur vergessen. Ich sehe schnell nach", sagte ich und stand auf.

„Sie könnte auf dem Balkon sein. Ich glaube, ich habe sie fallen lassen, als ich die Lei-, als ich ihn gesehen habe."

Im Flur war die Tasche nicht, also ging ich weiter

zum Musiksalon. Ich stieß die angelehnte Tür auf und sah Sofia vor dem offenen Kamin knien, die mit den Händen die Brennkammer abtastete. Bei meinem Eintreten sprang sie auf und stieß mit dem Kopf an den Kaminsims.

„Oh nein! Ist alles okay?" Ich lief zu ihr, während ich gewissermaßen stellvertretend schmerzhaft das Gesicht verzog.

„Ja, ja, keine Sorge." Sofia klang verärgert. Sie rieb sich den Hinterkopf, während sie hastig einen Schritt vom Kamin zurücktrat. „Ich bin selbst schuld, ungeschickt wie ich bin."

„Tut mir leid, ich wollte Sie nicht erschrecken."

„Nein, du hast mich nicht erschreckt", erwiderte Sofia mit einem nervösen Lachen. „Ich hatte überlegt, ob ich Feuer machen soll, die Abende sind schon recht kühl. Bestimmt sind die Polizisten froh, wenn sie sich aufwärmen können." Dann sah sie mich fragend an. „Kann ich dir helfen?"

„Glenda vermisst ihre Handtasche. Sie meint, sie könnte sie hier vergessen haben."

Ich blickte mich suchend um. Seit ich den Raum gestern zum ersten Mal gesehen hatte, schien sich nichts verändert zu haben. Der Flügel und die beiden Lehnsessel standen noch an Ort und Stelle, nur auf dem Beistelltisch am Kamin lagen ein Stift, ein Stück Papier und ein aufgeschlagenes Buch neben einer halb leeren Kaffeetasse.

Ich trat auf den Balkon und die malvenfarbene Handtasche fiel mir sofort ins Auge – sie lehnte an der gusseisernen Brüstung. Eigentlich hatte ich damit gleich ins Esszimmer zurückkehren wollen, doch dann blieb ich stehen, holte tief Luft und warf einen Blick in den Garten. Es wurde bereits dunkel, doch die Lichter der Stadt verliehen dem Himmel einen hellen Schimmer, außerdem erleuchteten an der Rückwand des Hotels angebrachte Scheinwerfer den hinteren Bereich.

Mein Herz machte einen Satz, als ich den Körper dort unten liegen sah. Wagner musste ungebremst auf die Steinplatten unter dem Balkon gefallen sein. Seine Gliedmaßen waren verdreht, als hätte er im Fallen mit den Armen gewedelt, und beim Anblick seines seltsam abgewinkelten Halses wurde mir übel. Ich wandte entsetzt den Blick ab.

Er war nicht tief gefallen, der Musiksalon lag im ersten Stock, und möglicherweise hätte er überlebt, wenn ein paar Büsche ihn aufgefangen hätten. Der Aufprall auf dem harten Untergrund hatte ihm jedoch keine Chance gelassen. *Wenigstens war er auf der Stelle tot*, dachte ich mit einem Schauder. Ich hatte Wagner nicht gemocht, aber einen so schrecklichen Tod hatte er nicht verdient.

Kapitel 11

Ich hörte, wie sich hinter mir jemand räusperte, und sah einen Polizisten in der Balkontür stehen, der mich stirnrunzelnd musterte.

„Gehen Sie bitte in den Speisesaal und bleiben Sie dort", wies er mich barsch an.

An der Tür zum Speisesaal hielt ein weiterer Polizist Wache und irgendwie machte uns die Anwesenheit eines Gesetzeshüters das Grauenvolle der Situation umso deutlicher. Ich setzte mich zu den Silberlocken und blickte mich verstohlen um. Ana Bauer kauerte mit hängenden Schultern an einem Tischende mit einem unangetasteten Becher Tee vor sich. Jane Hillingdon und ihre Mutter saßen rechts und links von ihr. Die geschwätzige Engländerin versuchte ein paarmal, ein Gespräch mit ihr anzufangen, doch Ana Bauer ging nicht darauf ein. Weiter unten am Tisch sah ich Randy

McGrath, der nervös mit einem Bein auf und ab wippte und immer wieder zur Tür blickte, als wollte er jeden Moment die Flucht ergreifen. Ihm gegenüber saß Johann Müller. Er hatte ein großes Glas Brandy vor sich. Der österreichische Museumsbesitzer wirkte schockiert und verwirrt, was angesichts seiner Freundschaft mit Wagner kein Wunder war. Die Chows verharrten in eisigem Schweigen und ausnahmsweise schien Mrs Chow nichts dagegen zu haben, dass Mei-Mei still auf ihrem Skizzenblock zeichnete.

Es herrschte eine Anspannung, die fast mit Händen zu greifen war, und so waren wir alle erleichtert, als Stefan und Sofia in Begleitung des leitenden Polizeibeamten zu uns stießen. Letzterer wechselte noch ein paar Worte mit dem jüngeren Kollegen an der Tür, bevor er sich der Gästeschar zuwandte.

„Ich bin Inspektor Gruber", stellte er sich auf Englisch vor. Sein Akzent war nicht zu überhören. „Vermutlich wissen Sie, dass sich ein bedauerlicher Unfall ereignet hat. Einer der Hotelgäste, Herr Moritz Wagner, ist tot." Er sah uns der Reihe nach an. „Hat ihn heute Nachmittag jemand gesehen?"

„Nun, wahrscheinlich trifft das auf die meisten Gäste zu. Er kam in den Speisesaal, als wir alles für den Nachmittagstee fertig gemacht haben", sagte Sofia.

„Ja, Moritz und ich kamen zeitgleich in den Speisesaal", bestätigte Johann Müller.

„Er ist aber nicht bei Ihnen geblieben?"

„Nein, er sagte, er brauche ein bisschen Ruhe und Frieden und wolle seinen Kaffee im Musiksalon trinken. Normalerweise hält sich dort niemand auf."

„Und haben Sie ihn danach noch einmal gesehen?"

„Nein, ich beschloss, mich in die Bibliothek zurückzuziehen, in der Gästelounge. Dort sitze ich gerne, der Sessel im Alkoven ist sehr bequem, also habe ich meinen Apfelstrudel und mein Buch genommen und habe gelesen – bis ich den Schrei gehört habe."

„Ja, meine Mutter war ebenfalls in der Gästelounge, nicht wahr, Mum?", meldete sich Jane Hillingdon zu Wort. „Sie hat gestrickt, als dieser markerschütternde Schrei ertönte. Der hat ihr einen furchtbaren Schreck eingejagt, das können Sie mir glauben. Sie ist auf den Flur gelaufen – na ja, ‚gelaufen' ist vielleicht übertrieben, mit dreiundachtzig ist man schließlich kein junger Hüpfer mehr, aber sie ist so schnell wie möglich vom Sofa aufgestanden – natürlich mit Herrn Müllers Hilfe –, um zu sehen, was los war –"

Die alte Mrs Hillingdon wollte etwas einwerfen, aber ihre Tochter redete unbeirrt weiter.

„– zum Glück, kann ich nur sagen, denn ich hatte diesen Schrei auch gehört und dachte im ersten Moment, Mum sei etwas zugestoßen. Ich sah sie vor meinem inneren Auge schon am Fuß der Treppe liegen, wissen Sie, wie im Film, wo die Frauen immer die geschwungene Treppe mit ihren verschnörkelten Treppengeländern runterpurzeln. Und dann liegen sie da mit gebrochenem Genick – nur war es nicht Mum, die sich das Genick gebrochen hat, sondern Herr Wagner. Kaum zu glauben, nicht wahr? Ich muss gestehen, dass ich es tatsächlich nicht geglaubt habe, bis ich es selbst gesehen habe. Oh je, bestimmt träume ich wochenlang davon, ich bin so sensibel, wissen Sie. Als meine beste Freundin Claire die Weisheitszähne herausbekommen hat, ist ihr Gesicht derart angeschwollen, dass ich wahre Albträume davon bekommen habe, so schlimm war das. Also habe ich Mum so schnell wie möglich aus dem Zimmer gedrängt, man weiß schließlich nicht, was ein so grausiger Anblick mit jemandem in ihrem Alter macht ...“

Jane Hillingdon ging schließlich die Puste aus, und als sie Luft holte, nutzte der etwas überfordert wirkende Inspektor Gruber die Gelegenheit und sagte hastig: „Ja, danke.“ Dann räusperte er sich. „Hat sonst noch jemand mit Herrn Wagner gesprochen? Sie vielleicht?“ Er sah Randy McGrath erwartungsvoll an.

Der Amerikaner fuhr zusammen. „Ich? Oh nein, nein, ich hatte nichts mit Herrn Wagner zu tun.“

„Sie haben nie ein Wort mit ihm gewechselt?“

„Nein“, antwortete Randy schnell – vielleicht eine Spur zu schnell, doch der Inspektor schien es nicht zu bemerken. Stattdessen stellte er den Chows die gleiche Frage, die jedoch mit entschiedenem

Kopfschütteln verneinten. Sofia wies auf Ana Bauer, die bisher kein Wort gesagt hatte, und erklärte: „Ähm, Herr Inspektor, dies ist Frau Bauer. Sie hatte zusammen mit Herrn Wagner gebucht, sie hatten ein gemeinsames Zimmer."

Als der Inspektor Ana jedoch ansprach, sah sie ihn nur ausdruckslos an. Die arme Frau schien in eine Art Schockstarre verfallen zu sein. Gruber winkte seinen Kollegen zu sich und beratschlagte sich leise mit ihm; ich verstand nur das Wort „Doktor". Kurz darauf ließ sich Ana widerstandslos von Sofia aus dem Zimmer führen. Der Inspektor seufzte und wandte sich wieder den anderen Hotelgästen zu. Sein Blick fiel auf Glenda.

„Gnädige Frau, wenn ich recht informiert bin, haben Sie die Leiche von Herrn Wagner entdeckt. Können Sie mir schildern, wie es dazu kam?"

Glenda schluckte und berichtete dann mit zitternder Stimme, was passiert war. Der Inspektor nickte, machte sich Notizen, sagte aber nichts. Als Glenda fertig war, sagte er nachdenklich: „Sie waren also mit Herrn Wagner zum Abendessen verabredet."

„J-ja", bestätigte Glenda. Eine leichte Röte breitete sich auf ihren Wangen aus, während sie einen verstohlenen Blick in die Runde warf.

Müller sah überrascht auf und Jane Hillingdon stieß einen empörten Laut aus, doch Inspektor Gruber verzog keine Miene. Als er schließlich mit entschuldigendem Ton verkündete, dass man von jedem Gast die Aussage zu Protokoll nehmen müsse, sackte mir das Herz in die Hose. Es war nicht das erste Mal, dass ich eine solche Situation erlebte, und ich wusste, dass es Stunden dauern konnte, bis wir endlich auf unsere Zimmer gehen durften.

„Sie können das Büro benutzen, wenn Sie wollen, Herr Inspektor", schlug Stefan vor. „Es liegt hinter der Rezeption. Dort sind Sie ungestört."

Inspektor Gruber bedankte sich und verließ den Raum. Während Wagners Leiche abgeholt wurde, wurden wir gebeten, im Speisesaal zu warten, bis wir gerufen wurden. Als schließlich alle Aussagen aufgenommen waren und wir endlich unsere Zimmer aufsuchen durften, war es zu spät, um noch zum Abendessen ins Restaurant zu gehen. Uns war sowieso der Appetit vergangen. Die Silberlocken verkündeten, dass sie sofort zu Bett gehen wollten, und so saß ich allein im Wohnzimmer und sah Müsli zu, die rastlos umherstrich. Ich hatte ein schlechtes Gewissen, weil sie fast den ganzen Tag in der Suite eingesperrt gewesen war, also beschloss ich, vor dem Zubettgehen mit ihr eine Runde um den Block zu gehen. Ein Blick nach draußen belehrte mich jedoch eines Besseren: Es regnete in Strömen und die Straße sah kalt, nass und ungemütlich aus. Dann erinnerte ich mich an Sofias Angebot, Müsli im Musiksalon spielen zu lassen. Dafür müssten wir nicht vor die Tür und hätten es warm und behaglich – und Müsli brauchte nicht angeleint zu werden.

„Na, komm", sagte ich zu Müsli, nahm sie auf den Arm und machte mich auf den Weg.

Die Polizei war immer noch da; ich warf einen raschen Blick durch die halb geöffnete Tür in das Büro, wo Inspektor Gruber mit Sofia ein paar Papiere durchging, während Stefan sich leise mit dem jüngeren Polizeibeamten unterhielt. Sie beachteten mich kaum, als ich mit Müsli vorbeiging. Wir folgten dem L-förmigen Flur bis zum Musiksalon, doch auf der Schwelle zögerte ich plötzlich, weil ich an Wagner dachte. Nun denn, die Leiche war abgeholt worden, der Raum war nicht versperrt, also durften wir ihn wohl betreten.

Ich wollte sowieso nur ein paar Minuten bleiben. Ich setzte Müsli auf den Boden und sah ihr zu, wie sie durch das Zimmer flitzte. Sie schien auf einmal einen Energieschub zu haben und sprang auf die Lehnsessel und wieder hinunter, tollte um die Beine des Flügels, sauste an den Wänden entlang und kletterte in den Kamin.

„He, lass das", rief ich und wedelte mit den Armen, um sie zu verscheuchen. „Müsli, komm da raus!"

Die kleine Katze hüpfte heraus, stürzte sich auf etwas, das ich nicht sehen konnte, und machte einen Satz auf einen der Lehnsessel. Ihr Schwanz zitterte vor Vergnügen. Eigentlich hatte ich nur kurz bleiben wollen, aber sie schien sich prächtig zu amüsieren, wie sie es oft zu Hause tat, wenn sie einem imaginären Beutetier nachjagte. Also beschloss ich, ihr nicht den Spaß zu verderben, setzte mich in einen Sessel und ließ sie nach Herzenslust herumlaufen.

Nach mehreren Runden durch den Raum wurde Müsli allmählich müde, bis sie schließlich auf ihren Samtpfoten zu mir getappt kam und es sich auf meinem Schoß gemütlich machte. Sie putzte sich, doch als sie sich zum Schlafen zusammenrollen wollte, stand ich auf und trug sie zurück zu unserer Suite.

Im Wohnzimmer war es dunkel und auch unter den Schlafzimmertüren war kein Lichtschein mehr zu sehen. Offenbar schliefen meine Reisegefährtinnen bereits. Ich ging auf Zehenspitzen in meinen Alkoven und warf einen Blick auf mein Handy, das ich auf dem Nachtisch hatte liegen lassen. Ich hatte zwei Anrufe verpasst. Sie waren beide von Devlin. Ich zögerte und überlegte, ob ich ihn zurückrufen sollte. Ich war zwar immer noch wütend auf ihn, hatte aber dennoch das Bedürfnis, ihm von Herrn Wagner zu erzählen. Und um ehrlich zu sein, vermisste ich ihn und hätte gern seine Stimme gehört. Allerdings wollte ich die Silberlocken nicht stören, vor allem Glenda würde der Schlaf nach ihrem Schock guttun. *Ich rufe ihn morgen an*, beschloss ich.

Ich schaltete die Nachttischlampe aus, kletterte ins Bett und zog mir die Decke bis zum Hals hoch. Müsli legte sich neben mich. Ihr rhythmisches Schnurren war sehr beruhigend – doch ich konnte nicht einschlafen. Stattdessen starrte ich in die Dunkelheit und dachte an Wagners viel zu frühen Tod. Irgendetwas an der ganzen Sache ließ mich nicht los. *Nun, das ist wohl nicht ungewöhnlich, wenn jemand plötzlich stirbt, der im selben Hotel wohnt wie man selbst.* Ich drehte mich auf die andere Seite, verdrängte Wagner aus meinen Gedanken und glitt langsam in den Schlaf.

115

Kapitel 12

Es war seltsam, am nächsten Morgen in den Speisesaal zu kommen und festzustellen, dass er noch genauso aussah wie am Vortag - fast, als sei nichts geschehen. Die Atmosphäre war jedoch eine ganz andere. Die Leute unterhielten sich leise, während sie sich am Buffet ihr Frühstück zusammenstellten, und niemand schien großen Appetit zu haben, obwohl Sofia sich alle Mühe gab, beim Servieren von Tee und Kaffee eine muntere Unterhaltung in Gang zu bringen.

Als ich mich in die Schlange am Buffet einreihte, sah ich weiter vorne Mei-Mei mit ihren Eltern stehen. Ich winkte ihr zu, als sich unsere Blicke trafen. Sie errötete vor Freude und lächelte scheu. Ich überlegte, ob dies eine geeignete Gelegenheit war, um ihren Eltern meine Idee zu unterbreiten, Mei-Mei zu den Lipizzaner-Hengsten mitzunehmen. Allerdings hatte ich keine Ahnung, wie ich das Thema am besten ansprechen sollte, und wollte nicht riskieren, alles zu vermasseln.

Während ich noch überlegte, was ich tun sollte, entdeckte ich Ana Bauer, die allein an einem Tisch saß. Ich war überrascht, sie zu sehen. Gestern war sie in einem derart desolaten Zustand gewesen, dass es mich nicht gewundert hätte, wenn sie den ganzen Tag auf ihrem Zimmer geblieben wäre. Sie sah schrecklich aus, nichts erinnerte mehr an ihr übliches glamouröses Auftreten. Ihr Haar war zu einem unordentlichen Dutt zusammengebunden, ihre Haut war fahl und sie hatte dunkle Ringe unter den Augen, als hätte sie nicht geschlafen, obwohl ihr der Arzt, der gestern noch gerufen worden war, wahrscheinlich ein starkes Beruhigungsmittel verabreicht hatte.

Draußen wurden Stimmen laut – sie klangen nach den Silberlocken! Ich gab meinen Platz in der Schlange auf, eilte aus dem Speisesaal und spürte Mabel, Glenda, Florence und Ethel schließlich im Büro hinter der Rezeption auf. Sie hatten sich mit verschränkten Armen vor Inspektor Gruber aufgebaut, während Stefan und der jüngere Polizeibeamte unschlüssig herumstanden.

„... ich versichere Ihnen, dass an Herrn Wagners Tod nichts Verdächtiges ist", sagte der Inspektor. „Der Mann war offenkundig in einem Zustand äußerster Verzweiflung und hat beschlossen, sich das Leben zu nehmen."

„Selbstmord?" Glenda stotterte. „Das ... das ist lächerlich! Moritz hätte sich nicht umgebracht!"

Der Inspektor warf ihr einen ungeduldigen Blick zu. „Auf dem Tisch neben seinem Sessel lag ein Zettel, auf dem er seine Absichten klar und deutlich kundgetan hat."

Ein Zettel? Ich versuchte, mir den Musiksalon in Erinnerung zu rufen, wie er gestern Abend ausgesehen hatte, und tatsächlich: Halb unter einem Buch versteckt hatte ein Zettel hervorgeschaut ...

„Dürfen wir den mal sehen?", fragte Mabel.

Der Inspektor schien angesichts ihres forschen Tons zu erstarren. „Der Zettel befindet sich in den Händen der Polizei, gnädige Frau, und ist nicht für die Augen der Öffentlichkeit bestimmt."

„Sind Sie sicher, dass er ihn geschrieben hat?"

Inspektor Gruber sah sie beleidigt an. „Ja, das bin ich", antwortete er knapp. „Glauben Sie mir, Frau Cooke, es ist seine Handschrift. Wir haben das überprüft. Und das Papier passt zu einem Notizblock in seinem Zimmer. Außerdem haben wir mit Herrn Müller gesprochen, einem guten Freund des Verstorbenen, und er hat uns gesagt, dass Herr Wagner in letzter Zeit oft niedergeschlagen war. Es könnte sein, dass er an Depressionen litt."

„Was für ein Unfug!", rief Glenda empört. „Moritz hatte keine Depressionen! Mr Müller muss sich irren."

„Johann Müller war seit Jahrzehnten mit Herrn Wagner befreundet. Kannten Sie Moritz Wagner schon lange?“, fragte der Inspektor mit hochgezogenen Augenbrauen.

Glenda lief rot an. „N-nein ... ich bin ihm vorgestern zum ersten Mal begegnet“, musste sie einräumen. „Aber wir haben uns ausgiebig unterhalten und ich hatte das Gefühl, ihn gut zu kennen. Er war klug und kultiviert - und ein echter Gentleman! Er wollte mir Wien zeigen, darauf hat er sich gefreut. Nein, er hatte keine Depressionen, auf keinen Fall.“

„Die Symptome einer Depression sind nicht immer offensichtlich“, belehrte der Inspektor sie. „Leute mit psychischen Problemen verbergen ihr Leiden oft, auch vor Freunden und Angehörigen.“

Er hatte recht, Glendas Einwände klangen selbst für meine Ohren wenig überzeugend.

„Und jetzt entschuldigen Sie mich bitte“, fuhr der Inspektor fort. Er wies auf seinen Mitarbeiter und sagte zu Stefan gewandt: „Ich muss jetzt gehen, Herr Dreschner, aber wenn Sie erlauben, wird mein Kollege die Aussagen hier in Ihrem Büro fertigmachen. Am anderen Ende der Stadt wartet schon der nächste Fall.“

Wir wurden aus dem Raum komplimentiert und die Tür wurde mit einem entschlossenen Ruck hinter uns zugezogen. Stefan und der Inspektor verabschiedeten sich mit einem Händedruck und danach entfernte sich Gruber, nicht ohne eine angedeutete Verbeugung. Glenda sah ihm mit einem frustrierten Seufzer nach, doch Mabel tätschelte ihr begütigend die Hand und sagte: „Mach dir nichts draus, meine Liebe. Es gibt viele Arten, einen Apfelstrudel zu backen."

Ich beäugte die Silberlocken misstrauisch. „Was meinen Sie damit?"

Nach einem warnenden Blick auf Stefan scheuchte Mabel uns weiter den Flur hinunter außer Hörweite.

„So, jetzt können wir in Ruhe überlegen, wie wir vorgehen."

„Wie wir vorgehen?", wiederholte ich verständnislos.

„Mit unseren Ermittlungen im Mordfall Wagner."

Ich stöhnte auf. „Sie haben gehört, was Inspektor Gruber gesagt hat. An Wagners Tod ist nichts Verdächtiges. Er hat einen Abschiedsbrief hinterlassen – es war Selbstmord."

Glenda schüttelte heftig den Kopf. „Das kann nicht sein. Niemand hat das Leben so geliebt wie Moritz. Er hat mir von den Reisen erzählt, die er im Winter unternehmen wollte, und von den Konzerten und Opern, auf die er sich gefreut hat. Er klang nicht wie jemand, der vorhat, sich umzubringen. Er ist ermordet worden!"

„Glenda", sagte ich sanft, „ich weiß, dass Sie Wagner sehr mochten, aber Sie dürfen Ihre Gefühle nicht -"

„Das hat nichts mit Gefühlen zu tun", unterbrach sie mich. „Es ergibt einfach keinen Sinn."

Florence und Ethel nickten zustimmend. „Glenda hat recht, Liebes – wir glauben auch nicht, dass Herr

Wagner Selbstmord begangen hat."

„So kurz vor einer Verabredung zum Abendessen bringt man sich nicht um", erklärte Mabel entschieden.

„Woher wollen Sie das wissen?", erwiderte ich. „Jemand, der sich mit dem Gedanken an Selbstmord trägt, handelt nicht unbedingt logisch. Vielleicht war Wagner so deprimiert, dass er einfach aufgestanden ist und kurzentschlossen vom Balkon gesprungen -" Ich verstummte. Ich gab es nur ungern zu, aber die Silberlocken hatten recht: Es klang wirklich ziemlich unwahrscheinlich. „Und außerdem - wer sollte Wagner ermorden wollen?", fügte ich trotzdem hinzu.

„Diese Frau, die mit ihm das Zimmer geteilt hat", sagte Glenda wie aus der Pistole geschossen. „Ana Bauer."

„Ana?" Ich schüttelte den Kopf. „Nein, das glaube ich nicht. Als sie gestern von seinem Tod erfahren hat, war sie am Rande des Nervenzusammenbruchs. Sie haben sie selbst gesehen – sie war geradezu hysterisch vor Trauer."

Mabel schnaubte verächtlich. „Ich persönlich fand ihre Reaktion übertrieben. Nichts eignet sich besser, um wahre Gefühle zu verbergen, als ein hysterischer Anfall. Wenn man alle Welt glauben lässt, man sei am Boden zerstört, kommt niemand auf die Idee, man könnte der Mörder sein."

„Ich weiß nicht ... mir kam es echt vor", hielt ich dagegen. „Und selbst wenn sie ihren Gefühlsausbruch nur vorgetäuscht haben sollte –

welches Motiv hätte sie, Wagner umzubringen?"

„Ah, ‚es gibt nichts Schlimmeres als die Rache einer verschmähten Frau'", zitierte Glenda. „Moritz hat erzählt, sie habe ihm eine schreckliche Szene gemacht, als er ihr gesagt hat, dass es aus ist. Er wollte gar nicht, dass sie mit ihm ins Hotel geht, aber sie hat darauf bestanden. Vielleicht dachte sie, sie würden sich versöhnen, doch als Moritz sie nicht beachtet hat, hat sie getobt vor Wut."

Ich erinnerte mich nur zu gut an Anas schwelenden Zorn und an Wagners kühle Missachtung, die ich gestern beim Frühstück beobachtet hatte. Es passste zu Glendas Schilderung. Trotzdem war ich nicht überzeugt. Ein Verbrechen aus Leidenschaft? Gab es das nicht nur in Romanen?

Dann fiel mir etwas anderes ein. „Was ist mit ihrem Alibi? Ana kann Wagner nicht umgebracht haben, weil sie im Obergeschoss war. Ich habe sie aus dem Aufzug kommen sehen, nachdem Glenda die Leiche entdeckt hatte. Ana kam mit Ihnen dreien zusammen herunter."

„Ja, aber haben wir Beweise, dass sie die ganze Zeit oben war? Gibt es Zeugen? Was, wenn sie Wagner vom Balkon gestoßen hat, in einem unbeobachteten Moment aus dem Musiksalon geschlichen ist und es irgendwie geschafft hat, nach oben zu gelangen, ohne dass sie jemand gesehen hat? Dann hätte sie einfach mit dem Aufzug wieder herunterfahren und so tun können, als wisse sie nicht, dass er tot ist. Das wäre eine Erklärung für ihre übertriebene Reaktion", schloss Mabel triumphierend.

„Ich weiß nicht", sagte ich zweifelnd. „Ihre Reaktion erschien mir durchaus glaubwürdig. Hat sie im Aufzug etwas gesagt?"

„Nein -", setzte Mabel an, als Ethel sie unterbrach: „Oh, sie hat etwas gesagt. Sie hat sich ein paar Kuchenkrümel vom Rock gefegt, und als sie meinen Blick sah, hat sie ein bisschen schief gelächelt und gesagt: ‚Apfelstrudel'."

„Sie hat also in ihrem Zimmer Apfelstrudel gegessen und sich dabei vollgekrümelt", meinte ich achselzuckend. „Ich glaube nicht, dass das etwas zu bedeuten hat."

„Was ist mit diesem jungen Amerikaner?", fragte Florence plötzlich.

„Randy?" Ich sah sie überrascht an.

„Ja. Er wirkte gestern schrecklich nervös, nachdem Stefan die Polizei gerufen hatte. Mir ist aufgefallen, dass er mit einem Bein auf und ab gewippt hat – ich finde es fürchterlich, wenn Leute so herumzappeln."

„Das ist mir auch aufgefallen, aber vielleicht war er einfach nur bestürzt. Ein unerwarteter Todesfall kann alle möglichen Reaktionen hervorrufen", sagte ich.

„Und soweit wir wissen, hat er kein Motiv", wandte Mabel nachdenklich ein. „Aber es wäre trotzdem interessant, mehr über Mr McGrath in

Erfahrung zu bringen. Wenn wir uns ein wenig in seinem Zimmer umsehen könnten -"

„Wie bitte? Oh nein, hier wird nicht geschnüffelt!", ermahnte ich sie. „Dies ist ein anständiges Hotel. Wir können nicht einfach bei fremden Leuten -"

Ich hätte ebenso gut gegen eine Wand reden können. „Wir brauchen ein überzeugendes Motiv", fuhr Mabel unbeirrt fort, „jemanden, der Wagner loswerden wollte, weil er Angst vor Wagner selbst oder vor dem hatte, was er gegen ihn ins Rollen bringen könnte ..."

Der Gedanke traf mich wie ein Schlag – *Sofia Fritz!* Gestern hatte sie sich recht merkwürdig benommen. Warum hatte sie es so eilig, in den Musiksalon zu kommen? War es ihr wirklich nur darum gegangen, ein Feuer im Kamin zu machen, damit es die Polizisten schön warm hatten? Was war mit der Unterhaltung, die ich an unserem ersten Abend in Wien mitgehört hatte, als ich mit Müsli einen kurzen Spaziergang durch die Gasse gemacht hatte? Ihren bitteren Klagen über Wagner war klar zu entnehmen gewesen, dass Sofia nicht gut auf ihn und sein unhöfliches, forderndes Verhalten zu sprechen war. Aber brachte man als Hotelbesitzer wirklich jemanden um, nur weil ihm das Hotel nicht gefiel?

„Gemma, Liebes – ist alles in Ordnung?"

Die sorgenvollen Worte der Silberlocken rissen mich aus meinen Gedanken. Mir wurde klar, dass ich mehrere Minuten lang ins Leere gestarrt hatte.

„Ja, ja, alles okay. Tut mir leid, ich hatte gerade

über etwas nachgedacht." Ich lächelte zerstreut. „Wie wär's mit Frühstück? Ich habe vielleicht das -"

„Oh nein", rief Glenda, „erst muss ich den Brief sehen."

„Den Abschiedsbrief? Sie haben doch gehört, was Inspektor Gruber gesagt hat: Die Polizei hat ihn untersucht und hat ihn wahrscheinlich mit auf die Wache genomm-"

„Nein, er ist hier." Ethel deutete auf die geschlossene Tür zum Büro. „Ich habe ihn gerade gesehen. Jedenfalls nehme ich an, dass er es war – ich hatte meine Brille natürlich nicht auf, aber das Weitsehen klappt auch ohne Brille noch ganz gut. In einer Plastikhülle lag ein handgeschriebener Zettel."

„Wo genau war er?", fragte Mabel eifrig.

Ethel dachte angestrengt nach. „Auf dem Stapel mit den Aussagen der Gäste, auf dem Schreibtisch am Fenster."

„Aha, am Fenster." Mabel rieb sich zufrieden die Hände. „Ich frage mich, ob man von außen einen Blick auf diesen Zettel werfen kann."

„Moment mal - was genau meinen Sie damit?", fragte ich beunruhigt.

Mabel sah mich unschuldig an. „Nun, vielleicht ist es dir noch nicht aufgefallen, aber an einer Wand des Hotels steht ein provisorisches Gerüst, vermutlich für Reparaturarbeiten. Ich habe es von den Fenstern der Gästelounge aus gesehen. Es gibt sogar eine Holzplanke vom Fenster der Gästelounge bis zum Bürofenster. Von einem zum anderen zu gelangen ist ein Kinderspiel.“

„Das ist Wahnsinn!“, rief ich entsetzt. „Man kann nicht einfach auf einem Gerüst herumklettern, man braucht dafür ein spezielles Training, einen Helm und Sicherheitsgurte.“

„Unfug!“ Mabel wischte meinen Einwand mit einer Handbewegung beiseite. „So hoch oben sind wir gar nicht. Außerdem benutzt man Gerüste seit Jahrhunderten, jedenfalls lange bevor der Arbeitsschutz sich dafür interessiert hat. Jemand, der jung und beweglich ist, könnte problemlos darauf herumspazieren.“ Sie sah mich erwartungsvoll an.

„*Ich?* Kommt nicht infrage!“, sagte ich entschlossen. „Ich werde nicht wie ein Affe an der Hotelwand herumkraxeln. Was ist, wenn ich runterfalle?“

„Unter dem Gerüst sind große Sträucher, die deinen Sturz abbremsen würden, falls du den Halt verlierst. Du würdest nicht wie Wagner auf Steinplatten aufkommen und dir das Genick brechen.“

Na prima. Dann ist ja alles gut.

„Und wenn der Polizist mich vor dem Fenster sieht und mitbekommt, wie ich auf den Brief starre?“ Kaum waren die Worte heraus, da wurde mir klar, was ich da gesagt hatte. „Aber das ist ja eine rein theoretische Frage, weil ich gar nicht auf das Gerüst klettern würde.“

Mabel tat so, als hätte sie mich nicht gehört.

„Meinst du, du kriegst diesen Ohnmachtsanfall noch mal hin, so wie damals in der Kunstgalerie in Oxford?", fragte sie Ethel.

„Oh ja", nickte Ethel begeistert. „Das hat solchen Spaß gemacht! Und ich bin sicher, dass ich es noch besser hinkriegen werde. Vielleicht schaffe ich es sogar, eine kleine Umdrehung einzubauen, bevor ich hinfalle. Das sieht ein bisschen anmutiger aus."

„Sehr gut, dort drüben im Flur ist es wahrscheinlich am besten und dann rufen Florence, Glenda und ich den Polizisten zu Hilfe, um ihn aus dem Büro zu locken. Glenda, du musst schön laut schreien, meine Liebe, du hast die schrillste Stimme."

Glenda nickte ernst und räusperte sich versuchsweise.

„Also, Florence - wenn der Beamte herauskommt, hältst du Wache und sorgst dafür, dass niemand sonst in das Büro geht, während Gemma von der Gästelounge aus hinüberklettert und durch das Fenster schaut."

„He, ich habe Ihnen doch gesagt, dass ich es nicht mache! Auf keinen Fall!", beharrte ich.

Die Silberlocken sahen sich gegenseitig an. Dann stieß Mabel einen theatralischen Seufzer aus. „Also wirklich! Die jungen Leute von heute haben keinen Sinn mehr für Abenteuer. Nun, Ethel, du bist die Kleinste und Leichteste - du könntest wahrscheinlich -"

„Was? Nein!" Ich warf einen entsetzten Blick auf

Ethels zierliche Gestalt. „Das meinen Sie nicht ernst! Sie könnte herunterfallen. Nein, nein, nein!" Ich sah die vier alten Damen streng an. „Niemand klettert herum und spioniert. Das ist mein letztes Wort."

Kapitel 13

Zwanzig Minuten später schob ich das Schiebefenster in der Gästelounge auf und kletterte hinaus, während ich wütend vor mich hin brummte. Nicht zu fassen, dass ich mich hatte breitschlagen lassen. Aber wenn sich die Silberlocken etwas in den Kopf gesetzt hatten, war es so gut wie unmöglich, sie davon abzubringen, erst recht im Rahmen einer Mordermittlung. Es war, als würde man gegen einen gewaltigen Tsunami ankämpfen - man wurde unweigerlich von seinem Sog mitgerissen.

Ich warf einen raschen Blick über die Schulter in die Gästelounge, um mich zu vergewissern, dass niemand in den Raum gekommen war und mich bei meinem haarsträubenden Unterfangen beobachtete. Die anderen Gäste waren jedoch noch beim Frühstück und außerdem hielten die Silberlocken draußen Wache, um Leute daran zu hindern, vom

Speisesaal in die Gästelounge zu kommen.

Ich wandte meine Aufmerksamkeit wieder dem Fenster zu. Hinauszuklettern war nicht schwierig und bald fand ich mich auf der schmalen Holzplanke wieder, die an der Hauswand entlanglief. Ich warf einen Blick in die Tiefe, doch zum Glück war in der stillen Seitenstraße niemand zu sehen. Der Bürgersteig war zudem von Ahornbäumen gesäumt, die immer noch genug Laub trugen, um mich von zufällig vorbeischlendernden Fußgängern abzuschirmen. Einige Äste ragten bis auf das Gerüst, sodass ich mich auf dem Weg zum Bürofenster darunter durchducken musste.

Vorsichtig verlagerte ich mein Gewicht auf der Holzplanke und schluckte nervös, als sie sich unter meinen Füßen bewegte. Sie fühlte sich nicht sonderlich stabil an. Ich sah noch einmal nach unten. Mabel hatte recht: An der Hauswand wuchsen Sträucher, genau unter dem Gerüst. Das dichte Gezweig und Blattwerk würde meinen Sturz abbremsen, sodass ich vermutlich mit ein paar blauen Flecken und Kratzern davonkommen würde. Trotzdem war es kein angenehmer Gedanke. Ich schluckte erneut. Aus etlichen Metern Höhe auf die Erde zu fallen, gehörte nicht zu den Dingen, die ich unbedingt erleben wollte.

Ich holte tief Luft und schob mich auf der Planke ein Stück weiter vor. Dabei setzte ich behutsam einen Fuß vor den anderen, sodass ich genau in der Mitte des schmalen Holzstücks balancierte. Nach kurzer Zeit musste ich stehen bleiben und durchatmen. Das langsame Fortkommen und die erforderliche Konzentration waren anstrengender, als ich erwartet hatte. Ich reckte den Hals, um zu sehen, wie weit es noch war, und mir rutschte das Herz in die Hose. Das Bürofenster schien so weit weg! Ich schloss einen Moment die Augen, sammelte meine Kräfte, dann schlug ich sie wieder auf und biss die Lippen zusammen. Als ich weitergehen wollte, hörte ich jedoch eine vertraute Stimme.

„Miau?"

Müsli starrte mich aus dem Fenster über mir an. Das musste mein Alkoven sein. Müsli saß gerne hinter der Scheibe und sah auf die Straße hinunter. Ich hatte das Fenster zum Lüften einen Spalt offen gelassen, hätte jedoch nicht gedacht, dass sich meine Katze hindurchzwängen würde.

Offensichtlich hatte ich mich geirrt.

Müsli schob sich durch die Öffnung, bis sie auf dem Sims saß.

„Müsli, was machst du da?", flüsterte ich entsetzt. „Geh zurück ins Zimmer, sofort!"

„Miau!", machte Müsli. Sie legte den Kopf schief und musterte mich nachdenklich, dann kauerte sie sich zusammen, als wollte sie zum Sprung ansetzen.

„Nein!", rief ich. „Nicht springen, Müsli. Du tust dir weh! Geh zurück ins Zimmer! Geh zurück ins Zimmer!"

Die kleine Tigerkatze machte einen Satz und landete in dem Ahorn direkt neben dem Fenster.

„Ohhh!", rief ich. Das Herz schlug mir bis zum Hals und ich verspürte eine Mischung aus Furcht und Erleichterung, als ich sie sicher auf einem dicken Ast sah.

Behände kletterte Müsli am Baum hinunter, bis sie auf einer Höhe mit mir war. Dann spazierte sie bis zu dem Ende des Astes zwischen den beiden Fenstern und beäugte mich neugierig.

„Miau?"

„Du kleine Hexe! Ich dachte, du brichst dir alle Knochen."

„Miau!", gab Müsli mit einem Blick auf die Holzplanke zurück.

„Oh nein, das wirst du nicht -", begann ich, aber es war zu spät.

Ein weiterer gekonnter Satz und Müsli landete neben mir.

„Miau! Miiiiaau!" Sie stupste mich gut gelaunt gegen die Knöchel.

Ich musste die Arme ausstrecken, um das Gleichgewicht zu halten. „Hey, lass das, hör auf damit! Geh weg, Müsli ... kletter wieder auf den Baum!"

Sie achtete nicht auf mich, sondern rieb sich laut schnurrend an meinen Beinen.

Ich seufzte. Wieso geriet ich immer wieder in filmreife Situationen? Aber ich hatte keine Zeit zu lamentieren – die Silberlocken würden den Polizisten nicht ewig ablenken können, also sollte ich mich besser beeilen. Ich biss die Zähne zusammen und bewegte mich Schritt für Schritt weiter Richtung Bürofenster, wobei ich versuchte, das Fellbündel zu ignorieren, das sich um meine Füße schlängelte. Nach gefühlten hundert Jahren war es geschafft und ich atmete erleichtert auf. Müsli setzte sich ohne Scheu vor die Scheibe und betrachtete den Raum dahinter mit unverhohlener Neugier.

„Miau?"

„Psst!", zischte ich und versuchte, sie zu verscheuchen. „Müsli! Geh da weg!"

Natürlich hörte sie nicht auf mich und ich warf einen bangen Blick ins Innere. Mein Herz setzte einen Schlag aus, als ich den Polizisten am Schreibtisch sitzen sah. Zum Glück kehrte er uns den Rücken zu, hatte den Kopf gesenkt und tippte eifrig auf einer Computertastatur. Neben ihm lag ein Stapel Papiere. Ganz oben sah ich eine transparente Plastikhülle mit einem Zettel darin, genau wie Ethel es beschrieben hatte. Das musste der Abschiedsbrief sein. Zu meiner Enttäuschung konnte ich die kaum leserliche Handschrift aus dieser Entfernung nicht entziffern, selbst wenn ich die Nase an das Glas drückte.

Als ich mir die Konstruktion genauer ansah, keimte jedoch Hoffnung in mir auf. Es war ein altmodisches Schiebefenster und zwischen dem unteren Teil und dem Rahmen klaffte eine Lücke von ungefähr fünf Zentimetern, vermutlich um etwas frische Luft in das kleine, überheizte Büro zu bringen. Sicher ließ es sich so weit aufschieben, dass ich hineinklettern und mir den Zettel genauer ansehen konnte. Dafür müsste der Polizist allerdings für kurze Zeit verschwinden ...

In diesem Moment erklang aus dem Innern des Hauses ein markerschütternder Schrei. Mit einem erschrockenen Ausruf sprang der junge Polizist auf und rannte aus dem Zimmer, ohne die Tür zu schließen. Ich musste unwillkürlich grinsen. Die Silberlocken hatten es mal wieder geschafft!

Rasch packte ich den unteren Teil des Fensters und versuchte, ihn hochzuschieben, doch das war nicht so einfach, wie ich erwartet hatte. Der Rahmen war alt und leicht verkantet und rührte sich nicht vom Fleck. Leise fluchend versuchte ich es noch einmal, drückte mit aller Kraft und wurde für meine Mühen belohnt, als das Fenster plötzlich in die Höhe schoss und dabei ein lautes Quietschen von sich gab, bei dem Müsli erschrocken fauchte. Ich erstarrte, doch niemand kam herein. Vom Flur drangen hektische Geräusche, offenbar hielten die Silberlocken alle auf Trab.

Ich entspannte mich ein wenig, holte tief Luft und kletterte in den Raum – was nicht so einfach war, wie es sich anhörte, weil ich mit Kopf und Schultern zuerst durch die Lücke musste. Als ich halb drinnen, halb draußen hing, spürte ich, wie mich ein weicher, felliger Körper streifte. Gleich darauf landete Müsli auf dem Boden des Büros.

„Müsli!", flüsterte ich entgeistert. „Was machst du da? Komm da raus!"

„*Miau*", gab sie mit einem trotzigen Zucken der Schnurrhaare zurück. Sie sah sich neugierig um, bevor sie auf den Schreibtisch sprang.

Sie scherte sich nicht um mich, sondern bahnte sich anmutig einen Weg zwischen den Papierstapeln, Stiften und anderen Büroartikeln, bis sie zu einem kleinen Silbertablett kam, auf dem das übliche Trio aus Kaffee, Teelöffel und Wasserglas stand. Bei dem Kaffee handelte es sich um eine Melange, eine Wiener Spezialität, vorzugsweise aus Espresso mit heißer Milch und einer Haube aus Milchschaum. Müsli neigte den Kopf und begann begeistert, den Schaum aufzulecken.

„Oh nein! Müsli, mach das nicht!", stöhnte ich.

Ich kletterte durch den Spalt, landete mit einem dumpfen Aufprall auf dem Boden, stand schnell auf und klopfte mir den Staub von den Kleidern. Als ich mich nach meiner Katze umdrehte, war sie vom Schreibtisch gesprungen und schlenderte nun durch den Raum. Ich wollte sie mir schnappen, doch dann stockte ich. Schließlich hatte ich keine Zeit für Spielchen. Ich musste mir den Zettel ansehen, bevor der Polizist zurückkam.

Ich wandte mich erneut zum Schreibtisch um und nahm die Plastikhülle zur Hand. Zu meiner Überraschung war der Zettel sehr klein, er wirkte eher wie ein Papierfetzen, der irgendwo abgerissen war. Darauf waren ein paar Worte gekritzelt:

Ich konnte es nicht mehr ertragen. Ich hatte genug

gelitten

und ich musste gehen. Man würde mir verzeihen, wenn

Ich runzelte die Stirn. Zugegeben, ich hatte noch nie den Abschiedsbrief eines Selbstmörders gesehen, außer vielleicht in einem Film, aber dieses Exemplar kam mir irgendwie seltsam vor. Allerdings hatte ich jetzt keine Zeit, mir darüber Gedanken zu machen. Ich holte schnell mein Handy aus der Hosentasche und machte ein Foto von dem Brief, bevor ich ihn auf den Schreibtisch zurücklegte. Dann sah ich mich nach Müsli um. Das kleine Biest war auf einen Aktenschrank in der hintersten Ecke des Büros gesprungen und hatte es sich auf einem Stapel alter Zeitungen gemütlich gemacht.

„Komm schon, Müsli, wir müssen verschwinden", flüsterte ich und ging auf sie zu, als ich Schritte hörte, die sich dem Büro näherten. *Mist!* Kam der Polizist zurück?

Ich sah mich hektisch um. Um aus dem Fenster zu klettern, war es zu spät, also musste ich mich irgendwo verstecken – nur wo? Im Büro herrschte die Art von Ordnung, die wohl so typisch für ein deutschsprachiges Land war, also gab es leider keine Kartonstapel oder andere Verstecke. Dann sah ich einen Garderobenständer, der mit Regenmänteln, Mützen, Schirmen und Schals beladen war. Es war nicht perfekt, aber einem oberflächlichen Betrachter würde hoffentlich nichts auffallen.

Ich zwängte mich in die Ecke hinter den Garderobenständer und zupfte die dicken Mäntel und Schals so zurecht, dass sie mich mehr oder weniger verdeckten.

Die Schritte waren langsamer geworden und verstummten vor der Tür. Verdutzt lugte ich um den Ärmel eines voluminösen Wollmantels herum – und sah zu meiner Überraschung nicht den Polizisten, sondern Randy McGrath!

Was wollte *er* denn hier? Er zögerte auf der Schwelle, warf einen Blick über die Schulter, als wollte er sich vergewissern, dass ihn niemand beobachtete, und ging dann schnell zum Schreibtisch. Dort begann er, in den Papieren zu wühlen, während er vor sich hinmurmelte. Er suchte etwas, offensichtlich jedoch ohne Erfolg, denn ich hörte ihn leise fluchen.

Dann erklangen erneut Schritte auf dem Flur, doch diesmal waren es die Bewegungen eines zielstrebigen Menschen, der mit Fug und Recht in dieses Büro gehörte. Der Polizist kehrte zurück.

Mit einem weiteren Fluch eilte Randy zur Tür, wo er mit dem jungen Österreicher zusammenprallte.

„He!", rief der überrascht, „was machen Sie denn hier?"

„Oh, äh, ich wollte Sie sprechen, weil ich … äh, ich war nicht sicher, ob mein Name auf meiner Aussage richtig geschrieben ist", erwiderte Randy mit einem gezwungenen Lächeln. „Er schreibt sich mit einem kleinen c nach dem M, wissen Sie."

„Keine Sorge, Ihr Name ist richtig geschrieben", sagte der Polizist steif.

„Oh, cool ... hm, schönen Tag noch!" Mit einem erneuten Lächeln hastete Randy aus dem Büro.

Der Polizist sah ihm verdutzt nach, dann entdeckte er das halboffene Fenster. Seine Augen verengten sich, wie ich durch eine schmale Lücke zwischen zwei Mänteln sah, er runzelte die Stirn und ließ den Blick durch den Raum schweifen. Ich erstarrte, als er sich der Ecke näherte, in der ich stand. Das Herz schlug mir bis zum Hals, ich wagte kaum zu atmen.

Noch ein Schritt -

„*MIIIAAU!*"

Er sprang erschrocken zur Seite, als ein getigertes Fellbündel an seinen Füßen landete.

„Heiliger Bimbam, eine Katze!", rief er mit weit aufgerissenen Augen. „Kusch! Verschwinde!" Er wedelte mit den Armen, um sie zu verscheuchen.

„*Miau?*" Müsli legte den Kopf schief, ein Bild der Unschuld.

Der Polizist sah sie unschlüssig an, dann beugte er sich hinunter und hob sie vorsichtig auf.

„*Miauuu ...*" Müsli schmiegte sich an ihn und ich könnte schwören, dass sie mit den Augen klimperte.

Der junge Mann zögerte kurz, zuckte schließlich mit den Schultern und verließ mit der Katze den Raum. Kaum hatte er die Tür hinter sich geschlossen, tauchte ich mit einem Seufzer der Erleichterung hinter den dicken Mänteln und Schals auf. Ich musste so schnell wie möglich verschwinden. Wenn er mich hier erwischte, konnte ich wohl kaum behaupten, ich hätte mich vergewissern wollen, dass er meinen Namen richtig geschrieben hatte. Allerdings hatte ich keine Lust, noch einmal über das Gerüst zu turnen, um zum Fenster der Gästelounge zu gelangen.

Ich öffnete vorsichtig die Tür und spähte in den Flur. An einem Ende sah ich die Chows, Johann Müller und Stefan Dreschner zusammenstehen. Von den Silberlocken fehlte jedoch jede Spur. Der Polizist ging ein wenig ratlos mit Müsli auf dem Arm durch den Korridor. Ihrem selbstzufriedenen Gesichtsausdruck nach zu schließen, genoss es die kleine Katze, umhergetragen zu werden. Beinahe hätte ich laut losgelacht. Auch wenn ich mich anfangs über ihre Eskapaden geärgert hatte, so musste ich mir doch eingestehen, dass sie meine Haut gerettet hatte. Ohne ihr plötzliches Auftauchen hätte mich der Polizist garantiert erwischt.

Ich schlich aus dem Büro, wandte mich in die entgegengesetzte Richtung - und stieß mit den Silberlocken zusammen.

„Huch!", rief ich erschrocken.

„Und? Hast du ihn gesehen?" Mabel kam gleich zur Sache.

Ich holte tief Luft. „Ja, ich habe den Abschiedsbrief gesehen."

„Was stand darin?"

Die Silberlocken drängten sich um mich, während

ich mein Handy hervorzog. Glenda war die Enttäuschung deutlich anzusehen, als wir den Brief gelesen hatten.

„Offenbar war Wagner niedergeschlagen", sagte ich sanft zu ihr. „Vielleicht hat er sich wirklich das Leben genommen."

Glenda schüttete heftig den Kopf. „Nein, mir ist es egal, was auf dem Zettel steht, ich glaube einfach nicht, dass er sich umgebracht hat. Er ist ermordet worden."

„Nun, ich glaube, Sie lesen zu viel in die ganze Sache hinein. Ihre Fantasie geht mit Ihnen durch."

Allmählich verlor ich die Geduld. Ich hatte noch nicht gefrühstückt und hatte gerade eine Stunde in Angst und Schrecken verlebt; erst auf dem Gerüst, wo ich befürchten musste, mir den Hals zu brechen, und dann in dem Büro, wo ich befürchten musste, verhaftet zu werden. Ich war hungrig, müde und genervt und nicht in der Stimmung, mir die wilden Theorien der Silberlocken anzuhören.

„Hören Sie, die österreichische Polizei hat Wagners Tod untersucht und ist zu dem Schluss gekommen, dass er Selbstmord begangen hat. Das müssen Sie eben akzeptieren, okay?" Ich holte tief Luft. „Kommen Sie, sehen wir uns die Stadt an."

Kapitel 14

Nachdem ich den jungen Polizisten aus Müslis Klauen befreit, die Katze in unser Zimmer zurückgebracht, das Fenster fest verschlossen, gefrühstückt und die Silberlocken endlich abmarschbereit hatte, war es später Vormittag und ich war völlig erledigt. Trotzdem schnappte ich mir einen Stadtplan von Wien, auf dem die wichtigsten Sehenswürdigkeiten eingezeichnet waren, und ging mit Mabel und den anderen Damen im Schlepptau zur nächsten Bushaltestelle. Es war nicht zu übersehen, dass die Silberlocken lieber im Hotel geblieben wären, um zu schnüffeln, aber ich gab die Hoffnung nicht auf, dass ein Museumsbesuch sie von Wagners Tod ablenken würde.

Wir nahmen den Bus zum Belvedere, einem prachtvollen Barockensemble, das einst dem Prinzen Eugen von Savoyen als Sommersitz gedient hatte und mittlerweile als Gemäldegalerie eine weltberühmte Sammlung von Werken des Malers Klimt beherbergte. Ich war ein Fan von Gustav Klimt, dem wohl bekanntesten Wiener Künstler. Die Bilder aus seiner Goldenen Periode gefielen mir besonders gut, in der er seine Motive mit reichlich Blattgold verziert hat. Daher freute ich mich darauf, den „Kuss" im Original zu sehen, im Gegensatz zu den Silberlocken, die meine Begeisterung offensichtlich nicht teilten. Schon bald blieben sie zurück und ließen mich allein durch die Galerie laufen.

Als ich die Prunktreppe zu den oberen Ausstellungsräumen hochstieg, hörte ich jemanden meinen Namen rufen. Beinahe hätte ich laut gestöhnt, als mein Blick auf Jane Hillingdon und ihre Mutter fiel.

„Gemma, so eine Überraschung!" Jane strahlte mich an. „Wissen Sie, ich habe zu Mum gesagt: ‚Ob wir wohl jemandem aus dem Hotel über den Weg laufen?', aber eigentlich habe ich nicht damit gerechnet. Obwohl Wien nicht so sehr groß ist und es ein paar klassische Ziele gibt, die alle Touristen ansteuern ... aber besonders klein ist die Stadt nun auch nicht und die Museen sind so riesig, dass man sich darin verlaufen könnte! Ehrlich gesagt musste ich einfach raus aus dem Hotel, ich hatte die ganze Nacht Albträume, ständig musste ich an den armen Mann denken. Selbstmord! Nicht zu fassen!"

Ich seufzte. Aus meinem Plan, Wagners Tod zu vergessen, wurde offenbar nichts.

Jane schwatzte weiter: „Und so eine fürchterliche Art, sich umzubringen! Vom Balkon zu springen! Und der Balkon ist nicht einmal sehr hoch. Ich meine, was ist, wenn man nicht stirbt, sondern für den Rest seines Lebens gelähmt ist. Wenn ich mich umbringen wollte, würde ich ... wie soll ich es sagen? Ich würde eine sicherere Methode wählen, verstehen Sie?" Sie sah mich erwartungsvoll an.

„Äh, ja, vermutlich handeln Menschen, die sich mit Selbstmordgedanken tragen, nicht gerade vernünftig", erwiderte ich lahm. Es kam mir vor, als würde ich mich ständig wiederholen.

„Ich hätte ihn nie für selbstmordgefährdet gehalten. Ich war wie vom Donner gerührt, als die Polizei von Selbstmord anfing. Wenn er ermordet worden wäre, das hätte ich mir eher vorstellen können. Er war ja ein echter Casanova, unser Mr Wagner. Bestimmt hatte er eine Affäre nach der anderen, und wenn ein eifersüchtiger Ehemann ihn um die Ecke gebracht hätte, würde mich das nicht wundern. Wie dieser grässliche Apotheker in Desperate Housewives, der versucht hat, Brees Mann umzubringen, nachdem er eine Affäre mit ihr hatte – na ja, das ist eher der umgekehrte Fall, aber Sie wissen, was ich meine. An eifersüchtigen Ehemännern, die Mr Wagner vom Balkon schubsen wollten, hat bestimmt kein Mangel geherrscht. Das habe ich auch zu Mum gesagt, nicht wahr, Mum?"

Die alte Mrs Hillingdon machte den Mund auf, kam aber nicht dazu, etwas zu sagen, denn Jane redete gleich weiter.

„Aber wie soll ihn jemand umgebracht haben? Es konnte doch niemand in den Musiksalon gehen, ohne gesehen zu werden. Ich war an der Rezeption an dem Ständer mit den Broschüren und hätte mit Sicherheit mitbekommen, wenn jemand hineingegangen wäre -"

„Haben Sie den Flur denn die ganze Zeit im Auge behalten?", unterbrach ich sie neugierig, obwohl ich ihren Redefluss eigentlich nicht durch Nachfragen fördern wollte. Ich rief mir die L-Form des Flurs in Erinnerung. Am oberen Ende des L war die Rezeption, die Gästelounge und der Speisesaal waren rechts und links auf dem langen Schenkel, während der Musiksalon um die Ecke lag. Von der Rezeption aus konnte Jane Hillingdon nur bis zu der Stelle sehen, wo der Flur rechtwinklig abknickte, die Tür zum Musiksalon blieb ihr verborgen. Da es der einzige Raum in diesem Teil des Korridors war, steuerte zwangsläufig jeder, der um die Ecke bog, den Musiksalon an.

„Hm, nein, ich habe mir die Prospekte angesehen", räumte Jane ein. „Und dann kam dieser Amerikaner aus dem Aufzug und ich habe ihn gefragt, welche Museen er in Wien empfehlen könnte. Er war schon ein paarmal hier, wissen Sie, und es heißt ja, man solle sich an die Tipps der Einheimischen halten. Selbstverständlich stammt er nicht aus Wien, er ist hier nicht aufgewachsen, aber das ist vielleicht auch besser so, weil er sich eher in

Touristen hineinversetzen kann und weiß, was ihnen gefällt. Und man kann sich gut mit ihm unterhalten, finden Sie nicht auch? Seltsam, dass er allein hier ist. Man sollte meinen, dass ein gutaussehender Mann wie er eine Freundin hat. Natürlich könnte er in den Staaten eine haben, aber er spricht nicht darüber, er redet nur von seinen Pferden. Er wirkt ein bisschen einsam, wenn Sie mich fragen. Er ist Einzelkind, wissen Sie, und seine Eltern sind tot, ist das nicht schrecklich? Und seine Mum ist erst vor Kurzem gestorben, an Brustkrebs, hat er erzählt. Die arme Frau. Nicht, dass Sie denken, ich hätte ihn ausgefragt, aber Sie wissen ja, wie das ist: Wenn man einmal anfängt zu plaudern, will man den anderen auch besser kennenlernen. Und er hat so ein nettes Lächeln - haben Amerikaner nicht immer fantastische Zähne?"

Als sie schließlich Luft holen musste, stellte ich schnell eine Frage: „Also war Randy die ganze Zeit bei Ihnen?"

„Lassen Sie mich überlegen. Ich habe Mum im Speisesaal mit Tee und Kuchen versorgt - na ja, eigentlich war es ein Stück Apfelstrudel; der sah wirklich köstlich aus, der nette Mr Müller hatte ihn uns empfohlen. Dann habe ich Mum in die Gästelounge begleitet und ihr das Strickzeug gebracht, weil ich mir die Prospekte ansehen wollte, und außerdem war Mr Müller mit seinem Stück Strudel ebenfalls in der Gästelounge, sie war also nicht allein - nicht, dass Mum etwas dagegen hätte, ein bisschen allein zu sein, nicht wahr, Mum? Aber ich mache mir Sorgen, wissen Sie, in ihrem Alter, deshalb bleibe ich möglichst die ganze Zeit bei ihr."

Ich warf einen raschen Blick auf die alte Mrs Hillingdon, die aussah, als hätte sie liebend gern ein paar Tage ohne ihre geschwätzige Tochter verbracht.

„Also bin ich schnell zur Rezeption gegangen, um mir die Broschüren anzusehen, und ich überlegte gerade, ob wir die ‚Vienna All-In-One'-Tour oder die ‚Best of Vienna'-Tour machen sollten, als Randy aus dem Aufzug kam. Ich stand also noch nicht allzu lange da, bevor er auftauchte, nicht länger als fünf Minuten. Oder vielleicht doch eher sieben Minuten? Nicht, dass ich wirklich auf die Zeit geachtet hätte."

„Haben Sie Ana Bauer irgendwo gesehen?"

„Nein, ich habe sie überhaupt nicht gesehen, nicht einmal im Speisesaal beim Tee. Aber sie redet sowieso kaum ein Wort, sie ist ganz schön überheblich, finden Sie nicht auch? Und ich habe zu Mum gesagt -"

„Und was ist mit ... Sofia?", fragte ich nach kurzem Zögern.

„Sofia?" Jane sah mich einen Moment lang verständnislos an. „Oh – Mrs Fritz, der das Hotel gehört! Nein, ich habe sie nicht gesehen – oh, stimmt nicht. Sie war vorher im Speisesaal und hat auf der Anrichte das Kuchenbuffet aufgebaut. Dabei hat sie mich gefragt, wie mein Tag gelaufen ist, und ich hatte gerade angefangen, es ihr zu erzählen, als sie es plötzlich enorm eilig hatte - ich glaube, sie hatte den

Apfelstrudel in der Küche vergessen - und danach habe ich sie nicht mehr gesehen." Sie schaute mich neugierig an. „Warum erkundigen Sie sich ausgerechnet nach ihr?"

„Ach, das hat keinen besonderen Grund." Ich wechselte schnell das Thema. „Haben Sie schon den ‚Kuss' gesehen?"

„Oh nein, wir wollten gerade in die Klimt-Ausstellung. Sollen wir zusammen hingehen?", fragte Jane fröhlich.

„Äh ..." Das Belvedere in Begleitung von Jane Hillingdon zu erkunden, war das Letzte, was ich mir wünschte, aber ich hatte keine Ahnung, wie ich sie loswerden sollte, ohne unhöflich zu werden. „Ja, gerne."

Wir stiegen die Prunktreppe hoch und betraten die Räume, die der Klimt-Sammlung gewidmet waren. Als wichtigstes Werk der Ausstellung hatte „Der Kuss" eine ganze Wand für sich. Ich stellte mich zu den anderen Besuchern vor das große, quadratische Gemälde. Im Gegensatz zur „Mona Lisa", die im Original viel unscheinbarer wirkte als auf Abbildungen, war Gustav Klimts berühmtestes Gemälde ausgesprochen beeindruckend, wenn man davorstand. Es zeigte ein Liebespaar inmitten von sich bauschenden Roben. Gesichter und Arme waren in zarten Farben gehalten und im realistischen Stil gemalt, während die Gewänder und der Rest des Gemäldes einem schimmernden, mit Gold überzogenen Mosaik aus geometrischen Formen,

Blumen und exotischen Farben glich. Die Mischung aus Realismus und Surrealismus war faszinierend und der Eindruck von Opulenz und Sinnlichkeit machten das Gemälde noch spektakulärer.

„Wussten Sie, dass man Klimt vorgeworfen hat, pornografische Bilder gemalt zu haben? So steht es jedenfalls in meinem Reiseführer", sagte Jane neben mir. Sie legte den Kopf schief und betrachtete das Werk. „Keine Ahnung, wieso. Es ist ja nicht so, als würden die zwei irgendwelche wilden Sachen machen – im Vergleich zu dem, was man heutzutage im Fernsehen sieht. Sieht aus, als würde er sie küssen, oder? Schade, dass er tot ist, Klimt, meine ich, nicht der Mann auf dem Bild. Er hätte sich bestimmt gefreut, dass sein Gemälde so berühmt geworden ist. Und er wäre steinreich, wenn es ihm noch gehören würde. Es muss ein Vermögen wert sein, meinen Sie nicht auch? Ich habe gelesen, dass eines seiner Werke für hunderte Millionen Dollar verkauft worden ist."

Ich starrte Jane entgeistert an. „Hunderte Millionen Dollar? Kann irgendetwas so viel wert sein?"

„Ich wünschte, ich könnte etwas malen, das solch einen Batzen Geld einbringt", kicherte sie. „Aber die Chancen stehen schlecht - ich kann nicht mal ein Strichmännchen zeichnen. Manchen Leuten wird das Talent in die Wiege gelegt, wie dem kleinen Mädchen im Hotel. Haben Sie ihre Bilder gesehen? Die sind fantastisch, finden Sie nicht auch? Meine beste Freundin Claire hat mir erzählt, dass es begabte Maler gibt, die sogar die alten Meister kopieren können – und niemand merkt, dass es sich um eine Kopie handelt. Sie hat mir einen Zeitungsartikel gezeigt, in dem stand, dass möglicherweise fünfzig Prozent der Werke auf dem Kunstmarkt gefälscht sind."

Angesichts meines skeptischen Blicks nickte Jane heftig. „Doch, da war wirklich von fünfzig Prozent die Rede. Das würde bedeuten, dass die Hälfte der Bilder, die in Kunstgalerien angeboten werden, nicht die Originale, sondern Kopien sind. Nicht zu fassen, oder?"

„Aber ... wie kann es sein, dass die Fälscher damit durchkommen? Es gibt doch sicher Experten, die den Unterschied erkennen."

„Ja, doch Fälscher sind unglaublich geschickt, sie kennen alle Tricks, hieß es in dem Artikel. Sie übermalen zum Beispiel alte Bilder, die sie auf einem Flohmarkt aufgetrieben haben, sodass die Leinwand das passende Alter hat -"

„Provenienz", sagte die alte Mrs Hillingdon plötzlich.

Ich war so schockiert, sie reden zu hören, dass ich mich umdrehte und sie gefühlt eine volle Minute lang anstarrte. Ihre Stimme klang rau und heiser, als hätte sie sie schon lange nicht mehr benutzt.

„Ja, genau. Provenienz - das ist das Wichtigste", sagte Jane. „Das ist wie die Geschichte eines Gemäldes. Bei guter Provenienz werden keine Fragen gestellt, weil alle davon ausgehen, dass die Herkunft und die Echtheit eines Kunstwerks bereits von Kunstexperten geprüft wurden. Sogar große Auktionshäuser wie Sotheby's sind auf diese Weise schon hinters Licht geführt worden und es gibt Kunstgalerien, die nur Fälschungen verkaufen -"

„Pssst!" Ein Pärchen neben uns sah Jane wütend an.

„Können Sie nicht endlich den Mund halten?", sagte die Frau barsch. „Manche Leute wollen einfach nur die Gemälde in Ruhe genießen."

Jane wurde puterrot und stotterte eine Entschuldigung. Sie tat mir ein bisschen leid, obwohl die Frau neben uns natürlich recht hatte. Gleichzeitig bot mir die Unterbrechung eine ausgezeichnete Gelegenheit, mich aus ihren Fängen zu befreien: Ich sagte ihr, ich müsse nach meinen Begleiterinnen schauen. Mit einem letzten wehmütigen Blick auf das Gemälde ging ich davon.

Kapitel 15

Die Silberlocken saßen auf einer langen Bank in der Eingangshalle des Belvedere neben einem der mächtigen Atlanten, die das Deckengewölbe stützten. Sie bewunderten die Kunstpostkarten, Kühlschrankmagnete und Untersetzer, die sie erstanden hatten. Vermutlich hatten sie sich die Zeit im Museumsshop vertrieben.

Wir fuhren mit dem Bus in die Innere Stadt zurück, wo wir uns an einem Würstelstand ein verspätetes Mittagessen gönnten. Der traditionelle Imbissstand bot eine verwirrende Vielzahl an heißen Würstchen an, die jeweils an die dreißig Zentimeter lang waren und in einem Brötchen mit Senf, Ketchup und Gewürzgurken serviert wurden. Wir brauchten bis zu unserem Hotel, um diese Riesen-Hotdogs zu essen, und leckten uns gerade den letzten Ketchup von den Fingern, als wir das Foyer betraten.

Zu meiner Überraschung herrschte in der Lobby reges Treiben – Männer mit Videokameras und Aufnahmegeräten liefen geschäftig herum. Während die Silberlocken zu unserer Suite hinaufgingen, schlenderte ich zu Stefan an der Rezeption, der ein wenig verstört aussah. Als ich fragte, was los sei, erklärte er mir, Moritz Wagner sei eine lokale Berühmtheit und einige Fernsehsender hätten Reporter ins Hotel geschickt, die über seinen plötzlichen Tod berichten sollten.

„Sofia spricht gerade mit einem Journalisten", erklärte er.

Wie aufs Stichwort öffnete sich die Bürotür und Sofia kam heraus. Sie wirkte geradezu glamourös, trotz des schwarzen Kleides. Ihr Haar war perfekt frisiert und ihr Make-up hatte Starqualität. Ihr folgte ein schlanker Mann mit struppigem Bart, der einen Laptop in der Hand und ein Band mit einem eingeschweißten Presseausweis um den Hals trug. Er schüttelte Sofia die Hand und sagte mit amerikanischem Akzent: „Danke, dass Sie sich die Zeit genommen haben, Frau Fritz."

„Nichts zu danken." In Sofias Lächeln lag genau die richtige Mischung aus Tapferkeit und Trauer. „Es ist so tragisch, dass so etwas passiert ist - ich hatte keine Ahnung, dass Herr Wagner depressiv veranlagt war ... vor allem, weil er seinen Aufenthalt im Hotel so sehr zu genießen schien."

Angesichts dieser unverhohlenen Lüge blickte ich überrascht auf, doch Sofia fuhr ungerührt fort: „Erst gestern Morgen hat er mir gesagt, dass er mein Hotel in seiner Kolumne wärmstens empfehlen werde. Da er sein Versprechen nun leider nicht mehr einlösen kann, hoffe ich, dass Sie seinem Wunsch in Ihrem Artikel entsprechen können ..." Sie warf ihm einen vielsagenden Blick zu.

„Oh, natürlich. Ich werde es auf jeden Fall erwähnen."

Das Gespräch der beiden beunruhigte mich. Die Besitzerin des Hotels Herzl profitierte von Wagners Tod. Sie musste sich nun keine Gedanken mehr wegen einer negativen Bewertung eines einflussreichen Kritikers machen und kam außerdem in den Genuss kostenloser Publicity. Und offenbar hatte sie keine Skrupel, die Situation auszunutzen.

Machte sie sich die unerwartete Gelegenheit nur zunutze? Oder hatte sie sie selbst geschaffen?

Ich mochte diesen Gedanken nicht weiterspinnen, so verstörend war die Vorstellung, dass die Freundin meiner Mutter eine Mörderin sein könne. Ich schämte mich, dass ich die Möglichkeit überhaupt in Betracht gezogen hatte. Ich ging schnell zum Aufzug und fuhr nach oben. Als sich die Aufzugtüren öffneten und ich in den Flur trat, stieß ich fast mit einer kleinen Gestalt zusammen.

Es war Mei-Mei. Das kleine Mädchen jagte kichernd ein graues getigertes Fellbündel über den Flur und klang glücklicher und unbekümmerter, als ich sie bisher erlebt hatte. Müsli hatte anscheinend die Rückkehr der Silberlocken in unsere Suite zur Flucht genutzt und spielte nun Fangen mit ihrer neuen Freundin.

„Miau!" Müsli blieb gerade lange genug stehen, um das Mädchen näher kommen zu lassen, und entwischte im letzten Moment.

Mei-Mei lief ihr laut lachend nach, doch dann flog die Zimmertür gegenüber unserer Suite auf und Mrs Chow erschien auf der Schwelle.

„Mei-Mei!", rief sie. „Was machst du?"

„Oh, Ma-Ma ..." Das kleine Mädchen blieb wie angewurzelt stehen.

Als ihre Mutter die Katze sah, schrie sie erschrocken auf. „Ayah! Schmutziges Tier, schon wieder. Hast du angefasst?"

„N-nein ..." Ihre Tochter versteckte schuldbewusst die Hände hinter dem Rücken.

„Miau?" Müsli ging neugierig auf Mrs Chow zu.

„Igitt, geh weg, verschwinde!", kreischte die Chinesin und wedelte mit der Hand, um die Katze zu verscheuchen.

Müsli musterte sie fragend, trat einen Schritt näher, machte einen Buckel und strich schnurrend um die Beine der Frau.

„NEIN, NEIN!", schrie Mrs Chow. Sie hüpfte von einem Fuß auf den anderen und schlug mit den Armen um sich. Es sah urkomisch aus, aber ihre Panik war offensichtlich echt.

Ich nahm Müsli schnell auf den Arm und ging mit ihr zur Seite. „Sie beißt nicht", versuchte ich Mrs

Chow zu beruhigen.

Diese gewann allmählich die Fassung wieder. Sie betrachtete Müsli mit bangem Blick. „Alle Tiere schmutzig. Bakterien ... Krankheiten ...“

„Nein, nein, Müsli ist eine sehr reinliche Katze, außerdem ist sie vollständig geimpft und hat weder Würmer noch Flöhe. Ich bade und bürste sie regelmäßig. Sie überträgt bestimmt keine Krankheiten.“

Mrs Chow sah nicht überzeugt aus. Sie machte vorsichtshalber einen Schritt zurück, packte Mei-Mei am Arm und zog sie zur Tür ihrer Suite. Sie musterte sie eindringlich, als wollte sie sich vergewissern, dass ihre Tochter nicht mit einem tödlichen Parasiten infiziert war.

„Sie haben doch nur gespielt“, wagte ich einen Vorstoß.

Mrs Chow schnaubte. „Mei-Mei ist braves Kind. Sie muss lernen.“

„Sie kann lernen und mit der Katze spielen“, wandte ich ein. „Untersuchungen haben ergeben, dass Kinder mit Haustieren bessere Kommunikationsfähigkeiten entwickeln, ein höheres Selbstwertgefühl haben und seltener krank werden.“

„Mei-Mei braucht kein Haustier“, antwortete Mrs Chow kalt. „Sie verschwendet keine Zeit mit Tieren. Sie will nicht Bäuerin werden! Sie wird Anwältin und arbeitet in angesehener Kanzlei.“ Zu ihrer Tochter gewandt sagte sie etwas auf Chinesisch, woraufhin die Kleine nach drinnen huschte. Dann nickte mir ihre Mutter höflich zu und zog sich in ihre Suite zurück.

Ich starrte frustriert auf die Tür. Mei-Mei tat mir leid, aber dann ermahnte ich mich, dass mich die ganze Sache nichts anging und ging seufzend in unsere Suite.

Kapitel 16

Die Silberlocken hatten es sich im Wohnzimmer gemütlich gemacht, die Schuhe ausgezogen und die Beine ausgestreckt, während sie ihren obligatorischen Afternoon Tea genossen. Ich setzte Müsli auf den Boden und ging in meinen Alkoven, um ebenfalls meine Schuhe auszuziehen. Mein Telefon klingelte. Es war Devlin. Zu spät fiel mir ein, dass ich ihn heute hatte anrufen wollen. Seit unserem Streit im Restaurant hatten wir kaum ein Wort miteinander gewechselt. Ich hatte ihn nur in knappen Worten über meine Reisepläne informiert und meldete mich nun mit einer derartigen Eiseskälte in der Stimme, dass ein ängstlicheres Gemüt sofort aufgelegt hätte. Nicht jedoch Devlin.

„Immer noch sauer auf mich?", fragte er belustigt.

„Ja. Und ich glaube nicht, dass ich dir jemals verzeihe."

„Ach, komm schon, Gemma. Was soll ich denn noch unternehmen, um dir zu beweisen, dass es mir leidtut? Ich würde alles tun, um es wiedergutzumachen.“

Ich hatte plötzlich eine Idee. „Alles?“

„Na ja, vielleicht nicht alles“, ruderte Devlin vorsichtig zurück. „Ich sehe mir weder Liebesfilme mit dir an noch gehe ich mit deiner Mutter ins Gartencenter.“

„Oh nein, was ich will, ist ganz einfach: Informationen.“

„Informationen?“

Ich berichtete Devlin, was sich seit unserer Ankunft in Wien zugetragen hatte. Nun ja, meinen kleinen Ausflug auf das Gerüst klammerte ich aus, ich hatte das Gefühl, dass die Geschichte bei Devlin nicht gut ankommen würde. Er hätte kaum Verständnis dafür, dass sich jemand in Gefahr für Leib und Leben begab, nur um einen Blick auf einen Abschiedsbrief zu ergattern. Seine Reaktion auf meine Schilderung gab mir recht: Als er unser Interesse an dem Fall witterte, schrillten bei ihm sämtliche Alarmglocken.

„Gemma“, sagte er warnend. „Du lässt dich von den Silberlocken hoffentlich nicht wieder in die Ermittlungen der Polizei hineinziehen?“

„Du musst zugeben, dass sie nicht ganz unrecht haben“, widersprach ich. „Vieles an Wagners Tod ergibt einfach keinen Sinn. Ich meine, Menschen begehen Selbstmord in ihrem Schlafzimmer, wo sie ungestört sind, nicht in allgemein zugänglichen Hotelräumlichkeiten – und schon gar nicht, wenn sie zum Abendessen verabredet sind. Außerdem stimme ich mit Jane Hillingdon in einem Punkt überein, auch wenn sie weitgehend dummes Zeug von sich gibt: Jemand, der sterben will, würde bestimmt eine zuverlässigere Methode wählen, um sich umzubringen. Die meisten Leute nehmen Tabletten oder Ähnliches, aber wenn sie irgendwo runterspringen wollen, dann suchen sie sich ein hohes Gebäude oder eine Brücke. Im Hotel liegt die erste Etage nicht sehr hoch, die Gefahr, dass man mit Knochenbrüchen überlebt und hinterher gelähmt im Rollstuhl sitzt, ist nicht von der Hand zu weisen. Wenn sich Wagner wirklich hätte umbringen wollen, wäre er sicher aus dem obersten Stockwerk gesprungen, meinst du nicht?"

„Gemma -"

„Und noch etwas: Die Polizei stuft den Tod nicht als verdächtig ein, weil Wagner einen Abschiedsbrief auf dem Tisch neben seinem Sessel hinterlassen hat. Wir ... äh, hatten Gelegenheit, den Abschiedsbrief zu sehen, und irgendetwas an den Formulierungen ist seltsam."

„Ihr hattet Gelegenheit, den Abschiedsbrief zu sehen? Kannst du mir das näher erklären?" Devlin klang misstrauisch.

Verdammt. Ich hätte wissen müssen, dass Devlin nachhaken würde.

„Oh, ich konnte im Büro zufällig einen Blick

darauf werfen", antwortete ich beiläufig. Bevor er nach weiteren Details fragen konnte, fuhr ich hastig fort: „Jedenfalls klang die Nachricht merkwürdig. Sicher, es könnte ein Abschiedsbrief sein, aber die Worte erschienen mir einfach ein bisschen ... ich weiß nicht ... seltsam."

„Was stand drin?"

„So etwas wie: Ich konnte es nicht mehr ertragen, ich hatte genug gelitten und musste gehen. Zum Schluss hieß es: ‚Man wird mir vielleicht verzeihen, wenn -‘ oder so ähnlich. Ich finde, das ist eine ungewöhnliche Art, sich zu verabschieden." Ich verstummte und fuhr dann nachdenklich fort: „Mich stört, dass der Brief in der Vergangenheitsform gehalten ist: Bei einem Abschiedsbrief würde man doch eher die Gegenwartsform benutzen."

„Hmm ..." Devlin schien nicht sehr beeindruckt. „Es ist ein bisschen ungewöhnlich, doch das könnte einfach an seinem persönlichen Schreibstil liegen. Er war Österreicher, nicht wahr? Vielleicht war sein Englisch nicht so gut."

„Oh nein, er sprach fließend Englisch, so wie du und ich. Immerhin hat er für internationale Zeitungen und Websites geschrieben."

„Damit lässt sich aber auf keinen Fall begründen, dass es sich um ein Verbrechen handelt. Das reicht einfach nicht. Hat die Polizei die Handschrift überprüft?"

„Ja, es ist Wagners Handschrift."

„Wie es scheint, unternimmt die österreichische

Polizei die notwendigen Schritte. An deiner Stelle würde ich aufhören, mich einzumischen, und sie ihre Arbeit machen lassen."

„Sie machen ihre Arbeit aber nicht! Für die Polizei ist die Sache abgeschlossen. Der Inspektor geht von Selbstmord aus und legt den Fall zu den Akten."

„Nun, dann solltest du dich damit zufriedengeben."

„Ich will nur ganz sichergehen, Devlin", bettelte ich. „Dir ist doch klar, dass der Täter höchstwahrscheinlich im Hotel zu suchen ist – falls es Mord war. Es kann niemand von außen gewesen sein, dafür waren zu viele Leute in der Nähe des Musiksalons. Ein Fremder wäre sofort aufgefallen. Das bedeutet also, dass unter uns möglicherweise ein Mörder ist. Und hier im Hotel wohnt eine Familie mit einem kleinen Mädchen. Was, wenn der Täter wieder zuschlägt? Wenn etwas passiert, was wir hätten verhindern können?"

„Das Beste wäre, wenn du dich mit deinem Verdacht an die österreichische Polizei wendest."

„Aber die würde mir eher zuhören, wenn ich mehr vorzuweisen hätte! Bitte, Devlin - ich hätte gerne ein paar mehr Informationen über einige Gäste."

Nach einer kurzen Pause sagte Devlin: „Selbst wenn ich einwilligen würde - was ich wohlgemerkt nicht tue -, könnte ich allenfalls etwas über die britischen Gäste herausfinden. Bei den anderen Nationalitäten sind mir die Hände gebunden."

„Ich dachte, du hättest einen guten Freund bei

Interpol", wandte ich ein. „Er könnte dir sicher ein paar Hintergrundinformationen geben. Das hat er doch in der Vergangenheit öfter gemacht, wenn du Leute im Verdacht hattest, die keine Briten waren."

Devlin seufzte. „Wer sind die Leute, über die du mehr erfahren willst?"

„Da ist eine Österreicherin namens Ana Bauer. Ich weiß nicht viel über sie, außer, dass sie Wagners Geliebte ist. Ex-Geliebte, um genau zu sein, denn anscheinend hat er sich von ihr getrennt, kurz bevor sie ins Hotel gezogen sind. Sie bestand darauf, ihn zu begleiten – wahrscheinlich hat sie die Hoffnung auf eine Versöhnung nicht aufgegeben. An dem Tag, an dem er gestorben ist, habe ich mitbekommen, wie die beiden sich gestritten haben. Er war ziemlich gemein zu ihr und sie hat vor Wut geschäumt."

„Wo war sie, als Glenda die Leiche entdeckt hat?"

„Sie war in ihrem Zimmer im zweiten Stock und ist erst nach dem Auffinden der Leiche nach unten gekommen. Die Todesnachricht hat sie tief getroffen, sie war geradezu hysterisch und musste mit Medikamenten ruhiggestellt werden."

„Warum glaubst du dann, dass sie Wagner umgebracht haben könnte?"

„Nun, ich vermute, es könnte eine Beziehungstat sein, weil er sich von ihr getrennt hat und sie deswegen verbittert war. Außerdem meint Mabel, ihre Reaktion auf die Nachricht von Wagners Tod sei überzogen gewesen. Sie denkt also, dass sie ihre Trauer nur vorgegaukelt hat."

„Mabel Cooke denkt viel, wenn der Tag lang ist“, bemerkte Devlin trocken.

Ich verkniff es mir, darauf einzugehen, und fuhr schnell fort: „Und dann ist da ein Amerikaner namens Randy McGrath. Er wohnt hier im Hotel. Er hat mit Pferden zu tun - er züchtet sie und trainiert sie auf seiner Ranch in den USA. Er ist besessen von den Lipizzaner-Hengsten und scheint alles über sie zu wissen, was es zu wissen gibt.“

„Was hat er mit Wagner zu tun?“

„Nichts, wenigstens behauptet er das. Er hat der Polizei erzählt, er hätte nie ein Wort mit Wagner gewechselt, aber ich glaube, er verheimlicht etwas. Er war furchtbar nervös, als die Polizei hier war, und dann habe ich gesehen, wie er –“

Fast hätte ich Devlin erzählt, wie Randy das Büro durchsucht hatte, doch mir wurde klar, dass ich mich damit selbst verraten würde.

„Ja?“

„Äh … ich habe gesehen, dass er aufgeregt mit einem Bein gewippt hat“, stammelte ich.

„Das ist kaum ein Beweis für seine Schuld“, hielt Devlin ungeduldig fest.

„Ja, aber irgendetwas an ihm ist verdächtig. Ich würde einfach gerne etwas mehr über seinen Hintergrund erfahren. Bitte?“

„Na gut“, sagte Devlin seufzend. „Ich werde sehen, was ich tun kann, allerdings nur unter der Bedingung, dass ihr euch aus allen Ermittlungen heraushaltet und keine Nachforschungen auf eigene

Faust anstellt, verstanden? Vergiss nicht, dass du nicht in England bist und dies kein Fall der Kripo Oxford ist. Wenn du bei den österreichischen Behörden Schwierigkeiten bekommst, kann ich dir nicht helfen."

„Okay", sagte ich kleinlaut. „Und vielen Dank, Devlin!"

„Ich verspreche nichts", warnte er mich. „Aber ich werde mein Bestes tun." Er hielt kurz inne und fügte dann in einem sanfteren Ton fort: „Ohne dich ist es ziemlich einsam in Oxford."

Ich lächelte unwillkürlich und sagte lässig: „Ja, kann sein, dass ich dich auch ein bisschen vermisse."

Ein paar Minuten später verabschiedete ich mich mit einem seligen Grinsen von ihm. Vielleicht würde ich ihm doch irgendwann verzeihen. Ich wollte das Handy gerade auf meinen Nachttisch werfen, als mich ein schriller Piepton zusammenschrecken ließ. Als ich auf das Display schaute, traute ich meinen Augen kaum. Es war ein Videoanruf – von meiner Mutter!

Soweit ich wusste, schaffte es meine Mutter nicht einmal, jemanden aus ihrer Kontaktliste anzuwählen, sondern gab die Nummer aus ihrem Adressbuch, das sie immer in ihrer Tasche mit sich herumtrug, von Hand ein. Dass sie den Quantensprung in die Videotelefonie geschafft haben sollte, war schier unfassbar. Trotzdem beeilte ich mich, den Anruf entgegenzunehmen, und wurde mit einem kristallklaren Blick auf die Wohnzimmerdecke meiner Eltern belohnt.

„Gemma?", ertönte die seltsam hallende Stimme meiner Mutter aus dem Telefon. „Ist das nicht wundervoll? Helen Green hat mir gerade gezeigt, wie man mit dem Tablet einen Videoanruf startet. Jetzt können wir uns beim Telefonieren sehen!"

„Äh, ja, grundsätzlich schon, aber im Moment kann ich dich nicht sehen, Mutter - ich sehe nur die Zimmerdecke. Du musst das Tablet hochhalten."

„Schatz, kannst du mich hören?"

„Ja, Mutter, ich kann dich gut hören, aber ich kann dich nicht sehen."

„Hallo? Kannst du mich hören? Oh, Sch...eibenhonig! Helen, ich glaube, das funktioniert nicht."

„Mutter! Ich kann dich gut hören!", rief ich. „Du musst nur das Tablet hochheben, damit ich dich auch sehen kann!"

„Oh! Sie ist wieder da, Helen – beim ersten Mal hat es wohl nicht geklappt." Meine Mutter räusperte sich und sagte fröhlich: „Hallo, Schatz! Ist das nicht wundervoll? Helen Green hat mir gerade gezeigt, wie man mit dem Tablet einen Videoanruf startet. Jetzt können wir uns beim Telefonieren sehen!"

Ich seufzte. „Ja, Mutter - ich habe dich schon beim ersten Mal gehört. Aber du musst das Tablet hochhalten - halte es senkrecht und auf Höhe deines Gesichts."

„Ah!" Das Bild auf dem Display verschwamm für

einen Moment, dann ertönte leises Rauschen aus dem Lautsprecher und schließlich war ein Ohr meiner Mutter in zigfacher Vergrößerung auf dem Bildschirm zu sehen. „Ist das besser, Liebling? Kannst du mich jetzt sehen?"

„Nein, nein, Mutter – du sollst es nicht an dein Ohr halten wie ein Telefon. Halte es vor dein Gesicht, wie einen Spiegel."

Daraufhin drehte sich das Bild so schnell, dass mir fast schwindlig wurde, und dann sah ich die Stirn meiner Mutter und einen großen Teil der Wohnzimmerwand.

„Kannst du mich jetzt sehen, Liebling?"

„Ähm, ja, aber könntest du bitte die ... ach, vergiss es. Ja, du siehst toll aus, Mutter", log ich.

„Oh, das ist diese schöne neue Seidenbluse, die ich gestern bei M&S gekauft habe. Ich hatte Sorge, dass das Korallenrot ein bisschen zu grell sein könnte, aber es ist so ein schöner Farbton. Soll ich dir auch eine kaufen, Liebling?"

„Nein, danke, Mutter", wehrte ich hastig ab.

„Na ja, es ist eigentlich kein Korallenrot, eher ein helles Orange."

Igitt. Es wurde von Minute zu Minute schlimmer. „Ich brauche wirklich keine Bluse, Mutter, egal in welcher Farbe, aber danke der Nachfrage. Also, wie läuft's denn so in Oxford?"

„Oh, ja - deshalb rufe ich ja an. Ich habe im Gästezimmer eine Puderdose gefunden, die Sofia vergessen hat, als sie hier war. Kannst du sie fragen, ob ich sie ihr schicken soll?"

„Ja, klar." Ich zögerte, dann sagte ich: „Apropos Sofia ... erinnerst du dich, ob sie während eurer Schulzeit jemals in Schwierigkeiten war."

„In Schwierigkeiten?", fragte meine Mutter verwirrt. „Was meinst du?" Dann schnappte sie hörbar nach Luft und sagte empört: „Gemma Rose! Nicht zu fassen, dass du eine solche Frage stellst! Ein Mädchen aus gutem Hause wie Sofia hätte sich niemals auf eine voreheliche Beziehung eingelassen, also eine Schwangerschaft -"

„Nein, nein, das habe ich nicht gemeint. Ich meine - hat sie sich jemals etwas zuschulden kommen lassen, du weißt schon - gegen die Schulregeln verstoßen oder so etwas in der Art?"

„Oh nein, Sofia war eines der diszipliniertesten, bravsten und fleißigsten Mädchen auf der ganzen Schule. Sie war sogar so sehr darauf bedacht, die perfekte Schülerin zu sein, dass sie ganz außer sich war, wenn sie mal nicht als Klassenbeste abgeschnitten hat."

„Und wenn jemand sie daran gehindert hat, Klassenbeste zu sein, würde sie ... ähm ... du weißt schon, würde sie demjenigen dann etwas antun?"

„Wie meinst du das, Schatz? Warum sollte jemand Sofia daran hindern, Klassenbeste zu werden?"

„Stell dir die Situation einfach vor, Mutter", sagte ich ungeduldig. „Würde Sofia jemals jemandem etwas antun, der sie daran hindert, das zu erreichen, was sie will?"

„Ich verstehe nicht - was sollte sie wem antun?"

„Nun, zum Beispiel ... denjenigen schikanieren? Oder gemein zu ihm sein?" *Oder ihn ermorden* - ich biss mir auf die Zunge, um nicht mit meinem Verdacht herauszuplatzen.

„Ganz sicher nicht!", sagte meine Mutter entschieden. „Liebling, was sollen diese Fragen?"

„Oh ... äh ... kein besonderer Grund. Ich bin nur neugierig."

„Ich muss schon sagen ... Ich finde es nicht sehr nett von dir, dass du dir solche Gedanken über deine Gastgeberin machst", sagte meine Mutter streng. „Ich hoffe, du hast Sofia nicht genauso ausgefragt wie mich."

„Nein, nein, natürlich nicht." Meine Mutter hatte recht, es war wirklich nicht schön, Sofia zu verdächtigen, wo sie doch so großzügig und gastfreundlich war.

Die Stirn meiner Mutter verschwand vom Bildschirm, ich hörte leise Stimmen, dann tauchte sie wieder auf und meine Mutter sagte: „Oh, Schatz, Helen hat mir gerade erzählt, dass es die Bluse auch in Türkis gibt. So eine schöne Farbe. Ich besorge sie dir, ja? Sie passt wunderbar zu der beigefarbenen Culotte, die ich dir gekauft habe."

„Nein, Mutter, ich will keine Bluse in Türk- welche Culotte? Ich trage keine Culotte!"

„Sei nicht albern, Liebling - die Dame im Laden sagte, Culottes seien der letzte Schrei. Aber ich muss jetzt Schluss machen. Helen und ich fahren zu einer

Vorführung eines Pasta Makers bei Debenhams. Das klingt einfach großartig! Sieben Nudelformen und automatische Extrusion. Soll ich dir auch eine mitbringen?"

„NEIN!", rief ich. Ich holte tief Luft. „Nein, nein, danke, Mutter. Ich glaube, die ... ähm ... türkisfarbene Bluse und die Culotte reichen fürs Erste."

Kapitel 17

Da keine von uns Lust hatte, noch einmal vor die Tür zu gehen, beschlossen wir, einen gemütlichen Abend in unserer Suite zu verbringen. Die Silberlocken wollten Postkarten und Briefe schreiben - ja, ganz altmodisch mit echten Stiften, auf echtem Papier - und ich war froh, mit Müsli auf dem Sofa zu sitzen, in Zeitschriften zu blättern und im österreichischen Fernsehen zu surfen. Im Hotel wurden keine Abendmahlzeiten im Speisesaal angeboten, aber man konnte sich Wurst, Käse, Cracker, Gewürzgurken, Nüsse und Rosinen und andere Naschereien aufs Zimmer bestellen. Unser spätes Mittagessen lag uns noch im Magen, also waren Snacks für den Abend genau das Richtige.

Später am Abend, als die Silberlocken sich allmählich bettfertig machten, schnallte ich Müsli ihr Laufgeschirr an, um mit ihr eine Runde um den

Block zu drehen und ein bisschen frische Luft zu schnappen. Statt den Aufzug zu nehmen, beschloss ich, die Treppe hinunterzugehen. Zum einen schien Müsli der Aufzug ein wenig unheimlich zu sein, zum anderen konnte mir die Bewegung nicht schaden. Als ich durch den Notausgang am Ende des Flurs ins Treppenhaus trat, hörte ich zu meiner Überraschung leises Weinen. Nachdem sich meine Augen an das schwache Licht gewöhnt hatten, sah ich eine kleine Gestalt auf einer der Stufen kauern. Es war das kleine chinesische Mädchen.

„Mei-Mei! Was ist los?" Ich hockte mich neben sie.

Schniefend und schluckend wandte sie sich von mir ab und rieb sich die Augen. „N-nichts."

„Komm schon, irgendetwas ist passiert, das sehe ich doch", sagte ich und musterte sie eindringlich. Ich kramte in meiner Tasche und holte ein Taschentuch heraus, das ich ihr reichte. „Hier."

Sie zögerte einen Moment, dann nahm sie es und tupfte sich die Augen ab. Ich streckte die Hand aus und rieb ihr sanft den Rücken, während ihr Schluchzen allmählich leiser wurde.

„Was ist los?", fragte ich erneut. Dann erinnerte ich mich an die kleine Szene vorhin auf dem Flur. „Oh nein – deine Mutter ist doch nicht wütend auf dich, weil du mit Müsli gespielt hast, oder?"

Sie schüttelte den Kopf. Dann sagte sie mit leiser Stimme: „Ma-Ma sieht, wie ich ein Bild von Müsli male. Sie ... sie wird sehr böse. Sie hat mir mein Skizzenbuch weggenommen und gesagt, ich soll nicht mehr zeichnen."

„Oh." Ich wusste nicht, was ich sagen sollte.

Mrs Chows Mangel an Einfühlungsvermögen und die Tatsache, dass sie das Talent ihrer Tochter nicht wertschätzte, ärgerten mich, aber ich wollte sie vor dem Mädchen nicht schlechtmachen.

Müsli schmiegte sich an Mei-Mei, deren Miene sich sofort aufhellte. Sie wies auf das Laufgeschirr und die Leine und fragte mit zitternder Stimme: „W- wohin gehen Sie?"

„Ich wollte mit Müsli ein bisschen an die frische Luft."

„Oh, ich kann mitkommen?"

Ich zögerte, weil es möglicherweise nicht klug war, sie ohne die Erlaubnis ihrer Mutter mit nach draußen zu nehmen. Andererseits gingen wir nur kurze Zeit in unmittelbarer Nähe des Hotels spazieren. Ein Blick in Mei-Meis tränenüberströmtes Gesicht versetzte mir einen schmerzlichen Stich - ich wollte sie unbedingt aufmuntern.

„Okay. Möchtest du Müsli halten?" Ich reichte ihr das Ende der Leine. „Sie läuft anders als ein Hund, sie bleibt immer wieder stehen und schnuppert. Aber wenn du leicht an der Leine ziehst, kannst du sie in die richtige Richtung lenken."

Mei-Mei nahm mit leuchtenden Augen die Leine und ging mit Müsli vor mir her die Hintertreppe hinunter, die nicht direkt zur Straße führte, sondern auf die Ebene der Rezeption. Durch den Notausgang landete man am Ende des Flurs. Wir hasteten vorbei an dem Musiksalon, dem Speisesaal und der Gästelounge in die Lobby und schließlich die geschwungene Treppe hinunter zum Haupteingang und dann in die Abendkühle.

Zu spät merkte ich, dass Mei-Mei nur ein langärmeliges Frottee-Top und eine passende Hose anhatte – vermutlich ihren Schlafanzug. Schnell zog ich meine Jacke aus und legte sie ihr um die Schultern. Nicht dass das Kind sich eine schlimme Erkältung holte, weil es sich mit mir aus dem Hotel geschlichen hatte! Mei-Mei schien die Kälte jedoch nicht wahrzunehmen. Ihr Gesicht leuchtete und ihre Mandelaugen funkelten vor Freude, als sie Müsli die Seitengasse hinunterführte. Sie plapperte eifrig, brach ab und zu in fröhliches Kichern aus und klang gar nicht mehr so schüchtern und zurückhaltend wie sonst. Ich seufzte und wünschte, Mei-Mei könnte ein Haustier in ihrem Leben haben.

Als könnte sie meine Gedanken lesen, sagte Mei-Mei leise: „Ein Haustier, das wäre schön.“

„Hast du deine Eltern gefragt?“

Sie nickte traurig. „Ma-Ma sagt nein. Zu viel Arbeit. Ma-Ma und Ba-Ba sagen, Tiere sind sehr schmutzig und haben viele Krankheiten.“ Sie warf mir einen wehmütigen Blick zu. „Sehen Sie tanzende Pferde?“

„Oh ... nein, noch nicht. Ich konnte keine Karten für die richtige Vorstellung bekommen. Aber ich werde sie morgen früh bei ihrem täglichen Training sehen.“

Sie stieß einen kleinen Seufzer aus und sagte dann: „Wenn Sie da waren, können Sie mir erzählen?"

Sie tat mir unendlich leid und ich sagte impulsiv: „Hör mal, Mei-Mei, hast du morgen Vormittag etwas vor?"

Das kleine Mädchen schüttelte den Kopf. „Ba-Ba ist auf einer Konferenz."

„Okay, also, ich ... ich habe eine Überraschung für dich. Ich habe eine Eintrittskarte für dich, für die Morgenarbeit der Lipizzaner-Hengste."

Sie starrte mich mit großen Augen an. „Ich? Ich soll mir tanzende Pferde ansehen?" Dann flog ein Schatten über ihr Gesicht. „Aber Ma-Ma -"

„Oh, keine Sorge, ich rede mit ihr. Das ist kein Problem", sagte ich munter.

Mit strahlendem Lächeln ergriff sie impulsiv meine Hand. „Ich danke Ihnen! Danke, Gemma!"

Ich rieb mir zitternd die Arme. „Komm, lass uns weitergehen."

Wir folgten der Seitengasse, und als wir an der kleinen Rasenfläche stehen blieben, damit Müsli Gras fressen konnte, liefen uns aus der entgegengesetzten Richtung ein paar lärmende Teenager entgegen. Sie schienen von einer Party zu kommen, zogen sich gegenseitig auf und schubsten sich zum Spaß. Als sie sich uns näherten, stürzte einer von ihnen mit drohend ausgestreckten Händen auf Mei-Mei zu und rief: „BUH!"

Das kleine Mädchen schrie auf. Im nächsten

Moment ertönte ein lautes Fauchen und Jaulen und ein graues Fellbündel stürzte sich auf den Teenager.

„Scheiße!", kreischte der Junge und taumelte nach hinten. Er fuchtelte mit den Armen und versuchte, seinen Angreifer abzuwehren. „Hau ab, blödes Vieh!"

„Müsli!", rief ich entsetzt. „Müsli, lass das - was machst du denn da?" Ich packte meine Katze, hielt ihren sich windenden Körper fest und sah den Jungen besorgt an. „Es tut mir so leid! Bist du verletzt?"

Der Junge betrachtete seine zerkratzten Hände, doch davon abgesehen hatte er keinen Schaden genommen. Allerdings war ihm der Schreck in die Knochen gefahren. „Nein, ist schon okay." Er stolperte rückwärts, bis er wieder bei seinen Freunden war, die Müsli misstrauisch beäugten.

„Ich verstehe das nicht – normalerweise ist sie sehr freundlich", versuchte ich ihn zu besänftigen. Dann fiel mein Blick auf Mei-Mei neben mir und ich sagte zu dem Jungen: „Weißt du was, ich glaube, es war ihr Beschützerinstinkt. Sie dachte, du würdest das kleine Mädchen angreifen und –"

Die Jungen schienen sich nicht für meine Theorien zu interessieren. Sie steckten murmelnd die Köpfe zusammen und liefen dann schnell die Straße hinunter, nicht ohne sich immer wieder vorsichtig umzusehen. Ich gab schulterzuckend auf. Die Kratzer auf den Händen des Jungen waren nur oberflächlich, sie würden bald verheilen, aber vielleicht überlegte er es sich in Zukunft zweimal, bevor er einem Kind einen Streich spielte. Trotzdem hatte der Zwischenfall auch mir einen Schreck eingejagt und ich wurde mir plötzlich bewusst, welche Verantwortung ich übernommen hatte, als ich mit dem Kind ohne die Erlaubnis der Eltern nach draußen gegangen war.

„Komm, Mei-Mei. Wir gehen besser zurück."

Diesmal fuhren wir mit dem Aufzug in unser Stockwerk, und ich rechnete fast damit, Mrs Chow im Flur stehen zu sehen, die uns mit grimmiger Miene erwartete. Aber der Flur war menschenleer und die Tür zur Suite der Chows stand nach wie vor einen Spalt offen. Ich atmete erleichtert auf und schob Mei-Mei sanft auf ihre Suite zu.

„Wir sehen uns morgen, okay? Gute Nacht."

Das kleine Mädchen zögerte, dann beugte sie sich zu Müsli hinunter und schloss sie in die Arme.

„Ich hab dich lieb, Müsli", flüsterte sie und gab ihr einen Kuss auf die Stirn.

Ich hatte einen Kloß im Hals, als sie sich aufrichtete, mir ein Lächeln schenkte, das ihre bezaubernde Zahnlücke aufblitzen ließ, und in ihrer Suite verschwand.

Kapitel 18

Das Erste, woran ich am nächsten Morgen beim Aufwachen dachte, war mein voreiliges Versprechen, Mei-Mei zu den Lipizzaner-Hengsten mitzunehmen. Im kalten Licht des Tages zweifelte ich ernsthaft daran, dass Mrs Chow ihrer Tochter erlauben würde, einen Vormittag mit „schmutzigen Tieren" zu verschwenden. Trotzdem durfte ich das kleine Mädchen nicht enttäuschen. Ich drehte mich stirnrunzelnd auf die andere Seite und schob mir das Kissen unter die Wange. Wie sollte ich Mrs Chow am besten ansprechen? *Ich versuche es beim Frühstück,* dachte ich. Wahrscheinlich war es leichter, den geplanten Ausflug im Laufe einer beiläufigen Unterhaltung zu erwähnen, und da die Morgenarbeit erst um zehn Uhr begann, hatte ich noch genug Zeit. Ich würde improvisieren und einfach den richtigen Moment abwarten ...

Die Aussicht auf das Gespräch machte mich unruhig, also beschloss ich, mich anzuziehen und nach unten zu gehen, obwohl es noch so früh war. Ich ließ Müsli auf meinem Kopfkissen schlummern, schrieb den Silberlocken eine Nachricht und verließ leise die Suite. In der unteren Etage richteten Stefan und ein Hausmädchen gerade das Frühstück her. Der Speisesaal fühlte sich ungewöhnlich kühl an.

„Ah, Frau Rose, ich fürchte, das Frühstück ist noch nicht ganz fertig", sagte Stefan.

„Kein Problem, ich konnte nicht mehr schlafen und dachte, ich komme runter ..." Ich rieb mir fröstelnd die Arme.

Stefan sagte entschuldigend: „Tut mir leid, wir haben ein Problem mit der Heizung. Aus irgendeinem Grund ist sie in der Nacht ausgegangen. Wir haben dem Handwerker schon Bescheid gesagt, er kommt später und kümmert sich, aber ich fürchte, der Frühstücksraum wird darum heute etwas kälter sein als sonst.

Er warf einen Blick auf den offenen Kamin. „Leider ist er nicht echt, sonst könnten wir Feuer machen."

„Oh, der ist nicht echt?", sagte ich überrascht und sah ihn mir genauer an.

„Nein, viele Kamine in diesem Haus sind Attrappen. Ich glaube, ursprünglich gab es hier tatsächlich Schornsteine, aber als wir das Haus gekauft haben, hatten die Vorbesitzer sie schon versiegelt und eine Gasheizung installieren lassen. In einigen Räumen haben sie aber diese künstlichen Kamine eingebaut, aus welchem Grund auch immer. Im Musiksalon ist auch einer."

„Im Musiksalon?", wiederholte ich verdutzt.

„Ja, genau."

„Weiß Sofia das?"

Er lachte. „Aber ja. Sie hat die Baupläne gesehen."

Eine Erinnerung blitzte auf: An dem Tag, an dem Wagner zu Tode kam, hatte ich Glendas Handtasche aus dem Musiksalon holen wollen und sah Sofia auf den Knien vor dem Kamin.

Sie war aufgesprungen und hatte behauptet, ein Feuer machen zu wollen, damit die Polizei es warm hatte ... aber das konnte nicht stimmen, denn sie hatte die ganze Zeit gewusst, dass der Kamin nur eine Attrappe war. Warum hatte sie also gelogen?

Stefan schaute mich verwundert an. „Stimmt etwas nicht?"

„Oh ... nein, ich war nur überrascht ... der Kamin im Musiksalon sieht so echt aus", stotterte ich. „Ich kann kaum glauben, dass er nur zur Dekoration dient."

Stefan grinste. „Na ja, eigentlich ist der Kamin im Musiksalon mehr als nur Dekoration - dahinter verbirgt sich ein geheimer Schacht, der hinunter in den Weinkeller führt."

„Ein was?" Ich starrte ihn ungläubig an.

„Ja, der Geschäftsmann, dem dieses Haus während des Zweiten Weltkriegs gehörte, war Mitglied einer Widerstandsgruppe gegen die Nazis. Er und seine Familie waren sehr mutige Leute und haben verfolgte Juden in einem geheimen Raum im Weinkeller versteckt, unter Lebensgefahr. Viele Juden, vor allem Kinder, haben hier wochen- oder sogar monatelang ausgeharrt und wurden, wenn die Zeit reif war, in Sicherheit gebracht."

„Wow, das ist ja unglaublich. So etwas kommt sonst nur in Filmen vor."

„Oh nein, das ist kein Einzelfall. Die Filme basieren ja auch auf wahren Begebenheiten. Während des Krieges gab es viele tapfere Menschen, die ihr Leben riskiert haben, um andere zu retten. In alten Häusern wie diesem sind verborgene Gänge zwischen einzelnen Zimmern nichts Ungewöhnliches. Oft gab es auch Fluchtwege in den Keller und auf die Straße. Sofia und ich haben überlegt, unser ‚Geheimzimmer' in einen Ausstellungsraum umzuwandeln. Es ist immer schön, wenn ein Haus eine besondere Historie hat, und viele Touristen finden solche Geschichten aus dem Krieg faszinierend."

Er fügte grinsend hinzu: „Es heißt, dass die Familie spät in der Nacht, wenn alle Vorhänge zugezogen waren und man sich in Sicherheit glaubte, den versteckten Juden ein verabredetes Signal gab. Dann kletterten die Flüchtlinge über eine Leiter im Schacht hoch und kamen aus dem Kamin in den Musiksalon. Auf diese Weise konnten sie ein wenig Bewegungsfreiheit und Geselligkeit in einer angenehmeren Umgebung genießen. Und wenn

Gefahr drohte, stiegen sie durch den Schacht in den sicheren Kellerraum hinunter, ohne zu riskieren, dass die Nazis sie im Flur oder in anderen Bereichen des Hauses sahen."

„Ist der Schacht noch da?"

„Ja, möchten Sie ihn sehen?", fragte Stefan lächelnd. Er führte mich in den Musiksalon und hockte sich vor den Kamin. „Hier - an der Seite ist ein Federhebel. Wie Sie sehen, ist der Boden der Brennmulde aus Holz. Während des Krieges war er mit einer Schicht aus Asche und verkohlten Holzscheiten bedeckt. Wenn Sie den Finger in dieses Astloch stecken und ziehen - so!"

Ich sah staunend zu, wie er langsam eine Falltür an der Rückseite des Kamins öffnete und ein klaffendes quadratisches Loch freilegte, in dem tiefe Dunkelheit herrschte. Es war gerade groß genug für einen Mann - vorausgesetzt, er war nicht zu dick -, und ich konnte die oberste Sprosse einer stabilen Leiter sehen, die an einer Seite der Öffnung befestigt war.

„Dieser Schacht führt hinter einer doppelten Wand im Erdgeschoss in den Weinkeller", erklärte Stefan.

Meine Gedanken rasten. Plötzlich sah ich eine Möglichkeit, wie Wagners Mörder in den Musiksalon gekommen und von den anderen Gästen unbemerkt wieder verschwunden sein könnte.

Ich fragte: „Ich könnte also diese Leiter hinunterklettern, im Weinkeller herauskommen und von dort aus nach oben ins Erdgeschoss gehen?“

„Ja, theoretisch schon. Im Moment ist das jedoch nicht möglich“, antwortete Stefan. „Der Weinkeller ist verschlossen. Er ist baufällig und wir benutzen ihn derzeit nicht, haben aber vor, ihn irgendwann zu restaurieren. Vorerst bleibt er jedoch zugesperrt, aus Sicherheitsgründen. Es soll sich ja niemand dort verletzen.“

„Und ... weiß sonst noch jemand von diesem Schacht?“

„Nun, die Leute, die die Büros im Erdgeschoss von uns mieten, wissen natürlich davon, da der Kellereingang in ihrem Bereich des Hauses liegt.“

„Nein, ich meine ... einer der anderen Gäste.“

„Nein, außer Ihnen habe ich es noch niemandem erzählt. Natürlich kann es sein, dass Sofia es einem Gast gegenüber erwähnt hat.“

„Wo wird der Schlüssel für die Kellertür aufbewahrt?“

Stefan sah überrascht aus, antwortete aber bereitwillig: „Er hängt an einem Schlüsselbund, zusammen mit den anderen Hausschlüsseln, und die sind im Safe im Büro.“

„Oh“, sagte ich enttäuscht. Meine Theorie, dass der Mörder den Schlüssel an sich genommen hatte und in den Weinkeller hinuntergeschlichen war, waren mit einem Schlag über den Haufen geworfen. An den Schlüssel im Safe kam keiner der Gäste heran.

Aber ... Sofia Fritz hat ungehinderten Zugang zum

Safe.

Der Gedanke drängte sich unerbittlich auf, ich konnte ihn nicht wegschieben. Sofia wusste von dem Geheimgang, sie hätte sich auf diesem Weg in den Musiksalon schleichen, Wagner vom Balkon stoßen und dann ungesehen verschwinden können. Und als ich sie vor dem Kamin knien sah, vergewisserte sie sich vielleicht gerade, dass die Falltür richtig verschlossen war und nichts auf ihre Tat hindeutete.

Ich versuchte, mich zu erinnern, wo sie sich aufgehalten hatte, als Glenda die Leiche entdeckt hatte. Meines Wissens war sie nicht in der Lobby gewesen, sondern war wie aus dem Nichts aufgetaucht, als sich die aufgeregte Gästeschar dort versammelte. Möglicherweise gab es dafür eine schlüssige Erklärung – vielleicht hatte sie sich im Büro hinter der Rezeption oder in ihren Privaträumen aufgehalten, zu denen eine Tür neben dem Aufzug führte. So wäre sie außer Sichtweite, aber in der Nähe gewesen. Trotzdem fragte ich mich, ob jemand bei ihr war und ihr Alibi bestätigen konnte …

„Frau Rose? Geht es Ihnen nicht gut?"

Stefans besorgte Stimme ließ mich zusammenzucken. Offenbar hatte ich stirnrunzelnd ins Leere gestarrt.

„Tut mir leid, ich war einen Moment lang in Gedanken versunken", sagte ich mit einem schwachen Lächeln. „Danke, dass Sie mir die Falltür gezeigt und von der Geschichte des Hauses erzählt haben. Es ist wirklich faszinierend."

„Es war mir ein Vergnügen. Vielleicht haben wir bei Ihrem nächsten Besuch in Wien den Keller restauriert, dann können Sie den geheimen Raum in seiner alten Pracht bewundern."

Das Gespräch mit Stefan hinterließ bei mir ein sehr ungutes Gefühl. Ich wollte einfach nicht glauben, dass Sofia möglicherweise eine Mörderin war - und dass meine Mutter mich bei unserem Video-Chat zurechtgewiesen hatte, machte es nur noch schlimmer. Allerdings ließ sich nicht leugnen, dass viele Details in ihre Richtung deuteten. Abgesehen von ihrem seltsamen Verhalten im Musiksalon und der offensichtlichen Art und Weise, wie sie die Publicity um Wagners Tod für ihre Zwecke nutzte, erinnerte ich mich an das Gespräch, das ich an unserem ersten Abend in Wien belauscht hatte. Sofia war wild entschlossen, für den Erfolg des Hotels zu kämpfen - die Frage war nur: Würde sie dafür einen Mord begehen?

Ich grübelte immer noch darüber nach, als die Silberlocken zum Frühstück herunterkamen, und saß still und in mich gekehrt mit ihnen an dem langen Tisch im Speisesaal. Ich hatte keinen großen Appetit und staunte über die Riesenportionen, die sich die Silberlocken auf ihre Teller geschaufelt hatten. Die Behauptung, alte Damen würden „essen wie ein Spatz", wurde hier endgültig ad absurdum geführt. Diese vier fielen über ihr Frühstück her wie ausgehungerte Aasgeier!

Mabel bestrich ein Stück Schwarzbrot mit Butter und fragte besorgt: „Bist du immer noch wütend auf deinen jungen Mann?"

Ich blickte auf. „Hmm? Oh nein … nein, ganz und gar nicht. Devlin und ich haben uns gewissermaßen versöhnt."

„Was ist es dann, Liebes?"

Ich zögerte. Am liebsten hätte ich den Silberlocken meine beunruhigenden Gedanken anvertraut, aber ihre Entschlossenheit, den Mörder zu finden, war erfahrungsgemäß grenzenlos und verleitete sie oft genug zu ungewöhnlichen Maßnahmen. Ich mochte mir nicht ausmalen, was sie tun würden, wenn sie meinen Verdacht ernst nahmen. Das Letzte, was ich brauchte, war, dass sie sie ausfragten oder in ihre Privaträume eindrangen, um „nach Hinweisen zu suchen", wie sie es nannten.

Also antwortete ich so beiläufig wie möglich: „Es ist alles in Ordnung, keine Sorge. Ich habe nur überlegt, was wir nach der Morgenarbeit der Lipizzanern machen."

„Oh, was die Lipizzaner angeht, Liebes …" Mabel tauschte einen Blick mit den anderen Silberlocken. „Ich denke, wir kommen doch nicht mit."

„Nein? Warum nicht?", fragte ich erstaunt.

„Wir haben andere Pläne für den Vormittag", antwortete Mabel mit einem geheimnisvollen Lächeln.

Ich beäugte sie misstrauisch. „Andere Pläne? Sie wollen nicht etwa an Orten schnüffeln, an denen Sie nichts zu suchen haben?"

„Wir schnüffeln nicht!", gab Mabel würdevoll zurück. „Wir erkunden nur. Und ich darf dich daran erinnern, meine Liebe, dass die Polizei von Oxford dank unserer Bemühungen in der Vergangenheit so manchen rätselhaften Mord aufklären konnte."

„Ich weiß nicht, ob die Polizei das auch so sehen würde", murmelte ich. Dann fiel mir Devlins Warnung ein und ich fügte hinzu: „Apropos, wir sind hier nicht in Oxford, wir sind nicht einmal in England. Sie dürfen auf keinen Fall der österreichischen Polizei ins Gehege kommen."

„Ach Quatsch!" Mabel wedelte abschätzig mit der Hand.

Ich wollte etwas erwidern, doch in diesem Moment betraten die Chows den Speisesaal und ich erinnerte mich, dass ich mit Mei-Meis Mutter sprechen musste. Das Mädchen und sein Vater steuerten einen Tisch in der Ecke an, während Mrs Chow zum Buffet ging. Ich entschuldigte mich bei den Silberlocken und eilte zu ihr hinüber, nahm einen Teller in die Hand und stellte mich neben sie an die Anrichte.

„Guten Morgen", sagte ich fröhlich. „Haben Sie gut geschlafen?"

Meine herzliche Begrüßung schien Mrs Chow zu überraschen, aber ihre Miene wurde weicher, als sie antwortete: „Ja, danke. Das Hotelbett ist sehr bequem."

„Mei-Mei hat mir erzählt, dass Ihr Mann heute

Morgen an einer Konferenz teilnimmt?"

„Mein Mann hält einen Vortrag auf einer großen internationalen Konferenz", sagte sie mit hocherhobenem Haupt. „Er ist einer der führenden Wissenschaftler in der Forschung für Biochemie. Deshalb sind wir nach Wien gekommen - auch Urlaub für Mei-Mei, damit sie europäische Geschichte und Kultur studieren und ihr Gehirn verbessern kann."

Ein toller Urlaub, dachte ich. Aber ich behielt meine Gedanken für mich und sagte: „Sie sind bestimmt sehr stolz auf Ihren Mann. Wissen Sie, ich habe mir überlegt ... während Ihr Mann und Sie mit der Konferenz beschäftigt sind, könnte ich vielleicht eine Weile auf Mei-Mei aufpassen und ihr Wien zeigen." Ich schenkte ihr ein treuherziges Lächeln. „Wie Mei-Mei bin auch ich ein Einzelkind und habe mir immer eine kleine Schwester gewünscht. Mei-Mei ist ein so liebes Mädchen. Ich würde gerne einen Ausflug mit ihr machen."

Mrs Chow sah überrascht, aber erfreut aus. Sie beäugte mich nachdenklich. „Vielen Dank. Ja, es ist sehr gut für Mei-Mei, Zeit mit einer Oxford-Absolventin zu verbringen. Vielleicht sagen Sie ihr, wie man fleißig lernt, um an beste Universität der Welt zu kommen?"

„Oh, sicher", stammelte ich. „Ich könnte ihr eine Menge beibringen, wenn ich ihr die verschiedenen Museen und Galerien zeige. Wir könnten auch die Spanische Hofreitschule besuchen und ihre

Geschichte erkunden ...“

Mrs Chow erstarrte. „Nein, keine Zeit für Pferdeshow verschwenden“, mahnte sie mit finsterem Blick. „Mei-Mei hat nur Kopf für Tiere. Sie muss etwas über die Geschichte, die Politik und die Wirtschaft in Europa lernen. Das ist sehr wichtig.“

„Oh ... ähm ... ja, natürlich.“ Die unnachgiebige Haltung der Frau war frustrierend.

„Nehmen Sie Mei-Mei heute Vormittag?“, fragte Mrs Chow. „Ich kann mit meinem Mann zur Konferenz gehen, wenn Mei-Mei mit Ihnen geht. Sehen Sie mit ihr das Kunsthistorische Museum an? Das ist sehr gut für die Bildung. Wir waren noch nicht dort.“

„Ich ...“ Ich starrte sie an, während sich meine Gedanken überschlugen. Ohne weiter darüber nachzudenken, antwortete ich lächelnd: „Ja, natürlich - ich würde mich freuen, heute mit Mei-Mei ins Kunsthistorische Museum zu gehen.“

„Ah! Gut!“ Mrs Chow strahlte. „Danke. Ich weiß zu schätzen.“

Oh, Mist, dachte ich, während sie sich zu ihrem Mann und ihrer Tochter gesellte. *Was habe ich da bloß angerichtet?* Ich wollte ihr nachlaufen und gestehen, dass ich außerdem vorhatte, mit ihrer Tochter Zeit bei den tanzenden Pferden zu „verschwenden“, doch in diesem Moment beugte sie sich zu Mei-Mei hinunter und sprach mit ihr. Das kleine Mädchen fing meinen Blick auf und strahlte mich an. Da war mir klar, dass ich Mei-Meis Traum nicht zerstören durfte.

Was sie nicht weiß, macht sie nicht heiß, dachte ich. Natürlich würde ich wie versprochen mit der Kleinen ins Kunstmuseum gehen. Dass wir vorher den Lipizzanern einen Besuch abstatten wollten, musste ihre Mutter nicht erfahren.

Kapitel 19

Mein schlechtes Gewissen machte mir immer noch zu schaffen, als ich mich eine Stunde später mit Mei-Mei und ihrer Mutter in der Hotellobby traf. Dass Mrs Chow sich überschwänglich bei mir bedankte, machte die Sache nicht besser. Zweimal war ich kurz davor, ihr die Wahrheit zu beichten, und zweimal überlegte ich es mir anders. Ich war erleichtert, als Mei-Mei und ich uns schließlich auf den Weg zum Michaelerplatz machten. Die kleine Chinesin hüpfte munter neben mir die Straßen entlang, während sie mit strahlendem Gesicht von den Lipizzanern erzählte. Zum Glück hatte sie mich nicht gefragt, wie ich ihre Mutter überredet hatte, uns zur Morgenarbeit in der Hofreitschule gehen zu lassen. Offensichtlich ging sie davon aus, dass Mrs Chow Bescheid wusste und einverstanden war. Auf keinen Fall wollte ich das Mädchen dazu verleiten, seine Eltern anzulügen.

Als wir an der Spanischen Hofreitschule ankamen, herrschte dort genauso viel Betrieb wie vor zwei Tagen. Große Gruppen von Touristen liefen schwatzend und fotografierend hin und her und an der Kasse hatte sich schon eine lange Schlange von Leuten gebildet, die inständig hofften, eine Karte für eine Vorstellung zu ergattern. Die Eintrittskarten für die Silberlocken konnte ich zurückgeben und bekam anstandslos das Geld wieder. Schließlich wurden wir zur Winterreitschule durchgelassen, wo die Lipizzaner trainiert wurden und die Darbietungen stattfanden.

Mei-Mei riss vor Staunen die Augen auf, als wir den prächtigen Barocksaal betraten, und auch ich war beeindruckt. Sonnenlicht flutete durch die hohen Fenster, beleuchtete die prunkvollen Stuckreliefs an den Wänden und ließ die riesigen Kronleuchter funkeln, die von der reich verzierten Decke herabhingen. Der Boden des Saals war mit weichem Sand bestreut. Die Reitbahn war etwa halb so groß wie ein Fußballfeld, umgeben von einer umlaufenden zweistöckigen Galerie mit klassischen Säulen und Steinbalustraden. An einem Ende befand sich die Kaiserloge, wo einst Mitglieder der Herrscherfamilie saßen und wo ein riesiges Porträt von Kaiser Karl VI. auf einem weißen Pferd die Wand zierte.

Dann erklang Hufgetrappel, begleitet von lautem Schnauben, und schon vergaß ich die architektonische Schönheit des Saals. Neben mir stieß Mei-Mei einen Begeisterungsschrei aus und auch ich hielt den Atem an, als die majestätischen Tiere die Reitbahn betraten, den Hals beugten und die seidige Mähne schüttelten. Nach dem Hype um die berühmten Pferde war ich erstaunt, dass sie nicht besonders groß waren. Sie waren jedoch kräftig gebaut und erinnerten mit ihren edlen Häuptern und der würdevollen Haltung an Reiterstandbilder oder Gemälde von Schlachtrössern. Besonders auffällig war die muskulöse Kruppe, die ihnen die Kraft für die schwierigen Dressurfiguren gab.

Die Pferde, die die Reitbahn in einer Reihe betraten, glichen einander auf den ersten Blick wie ein Ei dem anderen. Auf den zweiten Blick jedoch bemerkte ich die einzigartigen Markierungen und die Unterschiede zwischen den Tieren: die scheckige Partie an Kruppe und Beinen bei den einen, die flauschigere Mähne und der längere Schweif bei anderen und vor allem die ausgeprägte Persönlichkeit und die individuellen Eigenarten, die in ihren dunklen intelligenten Augen sichtbar wurden. Dadurch wurden sie von Kreaturen aus dem Märchen zu „echten" Pferden.

Als die Klänge von Strauss' Kaiserwalzer ertönten, begannen die Hengste ihre Runden zu drehen, geschickt geführt durch ihre Bereiter. Zu meiner Überraschung erschienen sie alle in voller Uniform, in der traditionellen Kleidung der Spanischen Hofreitschule: braunem Frack, weißer Reithose aus

Hirschleder, Zweispitz, schwarzen Reitstiefeln und weißen Wildlederhandschuhen. Aus irgendeinem Grund hatte ich gedacht, dass sie beim Training eher legere Kleidung wie T-Shirts und Jeans tragen würden. Dann lachte ich in mich hinein. Nein, sicher nicht in Wien, wo Traditionen liebevoll gepflegt wurden!

Natürlich hatte ich schon viel von den Lipizzanern und ihrem wunderbaren „Ballett" gehört und war immer etwas skeptisch gewesen. Als ich jetzt jedoch die weißen Hengste beim Traben, Galoppieren und bei ihren Pirouetten beobachtete, war ich wie gebannt. Es sah wirklich so aus, als würden sie tanzen und sich im Einklang mit der klassischen Musik bewegen, die die Luft erfüllte. Ein Hengst durchquerte im Seitengang die Reithalle, wobei sich das Zusammenspiel seiner kraftvollen Schultermuskeln bei jedem Schritt unter der Haut abzeichnete. Ein anderer Hengst drehte sich in der Mitte der Arena langsam auf den Hinterbeinen, während sich die Vorderhand im Kreis um die Hinterhand bewegte. Ein dritter trabte mit raumgreifenden Schritten vorbei und hob dabei die Vorderhufe ungewöhnlich hoch.

Ich warf einen Blick auf Mei-Mei und lächelte. Sie beugte sich über die steinerne Balustrade, ihre Augen leuchteten und ihr Mund formte ein staunendes „O", während sie alle Eindrücke begierig aufzusaugen schien. Es war ein Vergnügen, ihren Gesichtsausdruck zu sehen, und plötzlich war ich sehr froh, dass ich sie entgegen dem Wunsch ihrer Mutter mitgenommen hatte.

Plötzlich ertönte eine Stimme von der Seite, die genau diesen Gedanken aussprach: „Hey! Sie haben es geschafft! Und wie ich sehe, haben Sie die Kleine mitgebracht – gut gemacht!"

Ich drehte mich überrascht um und sah Randy McGrath neben uns stehen, mit einem breiten Lächeln, das seine weißen Zähne förmlich funkeln ließ.

„Hallo", sagte ich und erwiderte sein Lächeln. „Mit Ihnen hätte ich bei der Morgenarbeit nicht gerechnet - ich hätte gedacht, dass Sie sich eine Karte für die richtige Vorstellung besorgen."

Er setzte sich auf den Platz neben uns. „Ja, dafür habe ich auch eine Karte, aber ich lasse mir keine Gelegenheit entgehen, die Lipizzaner zu sehen. Außerdem ist das tägliche Training für einen Pferdefreund wie mich genauso interessant wie die Show."

„Ja, mir ist aufgefallen, dass sie keine der eleganten Übungen machen, die ich in den Videos gesehen habe, wie diese faszinierenden Sprünge."

Randy schmunzelte. „Der Fachausdruck dafür ist ‚Schulen über der Erde'. Sie sind für die Hengste sehr anstrengend, daher werden sie bei der Morgenarbeit normalerweise ausgespart. Aber wenn Sie Glück haben, machen die Bereiter vielleicht mal eine Ausnahme."

„Ist dieser Sprung, bei dem sie aussehen, als

würden sie durch die Luft fliegen, wirklich echt oder ist das eine Fotomontage?", fragte ich.

„Ah, das ist die Kapriole - wenn das Pferd nach vorne springt und die Hinterbeine gerade nach hinten streckt. Ja, einen Moment sieht es tatsächlich so aus, als würde es fliegen", grinste Randy. „Das ist beim Publikum immer sehr beliebt. Mir gefällt die *Courbette* am besten, wenn sich das Pferd aufbäumt und auf den Hinterbeinen vorwärts hüpft, ohne dass die Vorderhufe den Boden berühren." Er sah mich ernst an. „Das ist eine sehr schwierige Übung, vor allem für ein so großes Tier, und nur die besten Hengste machen sie gut. Ich versuche seit Jahren, einem meiner Jungs das beizubringen, aber er kann es immer noch nicht richtig."

Ich war beeindruckt. „Sie kennen sich wirklich aus - also trainieren Sie mit Ihren eigenen Lipizzanern auch solche Figuren?"

Er lachte. „Ja, ich bringe meinen Jungs das ,Tanzen' bei und ich glaube, wir sind nicht schlecht, aber es ist nichts im Vergleich zu dem, was Sie hier sehen. Nicht nur, weil wir keine Kronleuchter haben." Er grinste. „Dieses alte Gemäuer ist ganz schön cool, nicht wahr? Es ist nicht ganz dasselbe wie auf einer Ranch in Florida. Und dann ist das Training hier anders. Ein Lipizzaner-Hengst beginnt seine Ausbildung erst mit vier Jahren – bis dahin lebt er in den Bergen."

„In den Bergen?"

„Ja, die Fohlen bleiben bis zum Alter von drei oder

vier Jahren bei den Stuten und laufen in den Bergen frei herum. Ist das nicht großartig? Und dann kommen nur die besten jungen Hengste nach Wien. Bis zum Abschluss ihrer Ausbildung vergehen weitere sechs Jahre. Erst müssen sie die Grundlagen beherrschen, bevor sie die fortgeschrittenen Bewegungen der ‚haute école‘, der ‚Hohen Schule‘, lernen." Er zuckte mit den Achseln. „Nun, ich kann mir das nicht leisten. Ich habe nicht so viele Hengste und meine Pferde müssen arbeiten und Leistung bringen, um sich gewissermaßen ihren Lebensunterhalt zu verdienen. Da hat man einfach nicht so viel Zeit, an ihren Fähigkeiten zu feilen."

Mei-Mei drehte sich aufgeregt zu uns um. „Sehen Sie, da ist ein schwarzer Hengst."

„Alle Lipizzaner haben von Geburt an ein dunkles Fell und werden im Laufe der Zeit heller", erklärte Randy ihr. Er beugte sich vor. „Siehst du die mit den grauen Flecken? Das sind die jüngeren Hengste. Die ganz weißen sind die ausgewachsenen. Es gibt auch schwarze und braune Lipizzaner, aber die Kaiserfamilie mochte die weißen am liebsten, also wurden die gezüchtet. Ab und zu ist eben auch ein schwarzer dazwischen und außerdem gibt es an der Spanischen Hofreitschule immer ein dunkles Pferd, auch wenn es nicht bei den Vorführungen auftritt."

„Warum?" Mei-Mei hing wie gebannt an seinen Lippen.

„Es ist so etwas wie eine Tradition - oder ein Aberglaube, denke ich. Die Legende besagt, dass die

Spanische Hofreitschule bestehen bleibt, solange es ein dunkles Pferd im Stall gibt ... es ist also so etwas wie ein Glücksbringer, verstehst du?"

„Ein Glücksbringer", wiederholte Mei-Mei leise und wandte sich wieder den Pferden zu.

Randy betrachtete sie grinsend. „So war ich als Kind auch. Schon damals war ich verrückt nach den Lipizzanern und habe davon geträumt, eines Tages eine Ranch zu besitzen."

„Oh – hatte Ihre Familie nicht immer mit Pferden zu tun?", fragte ich beiläufig.

„Ich stamme nicht aus einer Familie von Ranchbesitzern, falls Sie das meinen. Aber mein Vater ist geritten - von ihm habe ich die Liebe zu Pferden."

„Und Ihre Mutter?"

Randys Miene wirkte auf einmal verschlossen. „Was ist mit ihr?"

„Oh, ich hatte nur überlegt, ob sie auch geritten ist."

„Nein."

Ich wartete, aber er schwieg beharrlich. Seine plötzliche Zurückhaltung kam mir seltsam vor. Vermutlich merkte er, dass sein Ton recht barsch geklungen hatte, denn er wechselte rasch das Thema.

„He - vielleicht haben Sie Glück. Sieht aus, als würde einer der Hengste eine Kapriole versuchen."

Mit angehaltenem Atem sah ich zu, wie einer der Hengste schnaubte und sein Gewicht mal auf die

Vorderbeine, mal auf die Hinterbeine verlagerte, bevor er mit gewaltigem Schwung in die Höhe stieg und mit den Hinterbeinen ausschlug. Mein Herz machte vor lauter Aufregung einen Satz und Mei-Mei stieß einen Freudenschrei aus. Für den Bruchteil einer Sekunde schwebte der weiße Hengst in der Luft als hätte er Flügel, dann landete er sicher auf dem Boden und wölbte stolz den Hals, während ihm sein Bereiter einen liebevollen Klaps gab.

„Beeindruckend, nicht wahr?" Randy grinste breit. „Ich habe das schon so oft gesehen, aber es ist jedes Mal wieder atemberaubend."

Wir plauderten noch ein paar Minuten, aber so sehr ich es auch versuchte, konnte ich ihm keine weiteren Informationen über seine Familie und seinen Werdegang entlocken. Nachdem er sich verabschiedet hatte, warf ich einen Blick auf meine Uhr und riss erstaunt die Augen auf. Der Vormittag war wie im Flug vergangen und nun war keine Zeit mehr, mit Mei-Mei ins Kunsthistorische Museum zu gehen. Ich musste sie schnellstens ins Hotel bringen, bevor ihre Eltern zum Mittagessen kamen.

Ich schob die widerstrebende Mei-Mei vor mir her aus der Halle, doch als wir den Eingangsbereich der Reitschule durchquerten, blieb sie mit sehnsüchtigem Blick vor einem großen Plakat stehen, das einen Lipizzaner-Hengst zeigte. Einem spontanen Entschluss folgend lief ich in den Souvenirladen und kehrte kurz darauf mit einer Papiertasche zurück.

„Hier, als Andenken", sagte ich lächelnd und reichte sie ihr.

Sie sah mich überrascht an, warf einen Blick hinein – und starrte einen Moment sprachlos auf den Skizzenblock mit dem sich aufbäumenden Lipizzaner-Hengst auf dem Deckblatt. Dann strahlte sie über das ganze Gesicht. „Danke, danke!"

„Gern geschehen. Aber vielleicht solltest du den Block besser … äh … nur benutzen, wenn du allein bist", sagte ich stockend. An ihrem Gesichtsausdruck konnte ich sehen, dass sie sofort verstand, und ein Teil von mir fühlte sich wieder unbehaglich dabei. Es war nicht richtig von mir, das Mädchen dazu zu ermutigen, seine Mutter zu hintergehen. Ich wollte aber auch nicht, dass sie Schwierigkeiten bekam oder noch einmal erleben musste, wie sie ihr den Skizzenblock wegnahm.

Ich schob meine Bedenken beiseite, nahm ihre Hand und sagte: „Komm, lass uns gehen."

Kapitel 20

Das Hotel erschien mir seltsam leer, als wir zurückkehrten. An der Rezeption saß nur Stefan, in der Gästelounge war jedoch niemand, auch von den Silberlocken fehlte jede Spur und ich überlegte unruhig, was sie wieder trieben. Ich holte den Schlüssel für die Suite der Chows, ging mit Mei-Mei nach oben und blieb bei ihr, bis ihre Eltern fünf Minuten später kamen. Die Einladung zum Mittagessen lehnte ich dankend ab, stattdessen machte ich mich auf die Suche nach den Silberlocken.

„Die alten Damen?" Stefan blickte von seinem Laptop auf. „Sind sie nicht in der Gästelounge? Da habe ich sie im Gespräch mit Frau Bauer gesehen."

„Oh, ist Mrs Bauer noch im Hotel?", fragte ich überrascht. „Ich hätte gedacht, dass sie sich lieber in ihre eigenen vier Wände zurückzieht, jetzt wo Mr

Wagner, ähm, nicht mehr da ist."

Stefan verzog das Gesicht. „Sie hat es nicht direkt gesagt, aber ich glaube, Frau Bauer möchte nicht nach Hause, weil sie da ganz allein wäre. Hier im Hotel ist sie von Leuten umgeben und kann sich wenigstens für kurze Zeit von ihren trüben Gedanken ablenken lassen."

„Ja, das kann ich verstehen." Ich verspürte einen Anflug von Mitleid mit Ana. Wenn sie bei Wagners Tod nicht die Finger im Spiel hatte, mussten wir davon ausgehen, dass ihre Trauer echt war. Ich hoffte, dass die Silberlocken sie nicht zu hart anpackten. „In der Gästelounge ist niemand."

„Oh? Dann weiß ich leider auch nicht, wo -"

„Suchst du Mrs Cooke und die anderen Damen", fragte Sofia, die gerade aus dem Büro hinter der Rezeption kam. „Ich habe sie eben noch gesehen, wie sie aus dem Hotel gingen. Ich glaube, sie wollten in die Sauna im International Hotel um die Ecke."

Die Silberlocken in der Sauna? Ich riss erstaunt die Augen auf.

„Vielleicht möchtest du dich ihnen anschließen?", schlug Sofia lächelnd vor. „Die Sauna im International Hotel ist ein wundervoller Ort – einzigartig in Wien. Sie erinnert an eine traditionelle österreichische Therme, wie man sie in den Bergen findet."

Ich lief sofort los, und als ich im Sturmschritt um die Straßenecke bog, sah ich, wie Mabel, Glenda, Ethel und Florence an einer Ampel in einiger

Entfernung die Straße überquerten. Ich beeilte mich, doch im letzten Moment sprang die Ampel um und ich musste warten. Bei Rot über mehrere Fahrspuren zu laufen erschien mir dann doch zu riskant.

Während ich ungeduldig von einem Fuß auf den anderen trat, verschwanden die Silberlocken durch eine Tür an der Seite eines großen neo-klassizistischen Gebäudes. Ein paar Flaggen am imposanten Portal ließen vermuten, dass es sich um das International Hotel handelte und tatsächlich sah ich den Namen über dem Eingang, als ich die Straße endlich überquert hatte.

Die Tür, durch die die Silberlocken gegangen waren, führte in den Wellness-Bereich des Hotels. Zunächst gelangte ich in den geschmackvoll im skandinavischen Stil eingerichteten Empfangsraum mit viel Kiefernholz und weißen Sitzpolstern, wo mich eine hübsche junge Frau freundlich begrüßte.

„Ja", bestätigte sie auf meine Frage hin, „die alten Damen sind in die Therme gegangen. Möchten Sie sich anschließen?"

„Oh, darauf bin ich gar nicht vorbereitet, ich meine, ich habe keinen Badeanzug dabei ..."

Die Rezeptionistin sah mich erstaunt an. „Das ist kein Problem. Sie brauchen kein Badezeug." Sie griff unter den Empfangstisch und holte einen Schlüssel hervor. „Im Schließfach finden Sie ein Handtuch."

Fünf Minuten später zupfte ich nervös das Handtuch zurecht, als ich durch eine Milchglastür den eigentlichen Wellness-Bereich betrat, in dem zwischen üppigen Farnen und holzvertäfelten Wänden Wasserspiele plätscherten. In der feuchten Luft lag ein betörender Wohlgeruch und alles schien Ruhe und Frieden zu atmen. Ich spürte, wie ich mich umgeben von Ylang-Ylang- und Lavendelduft entspannte, und schlenderte langsam den breiten Flur entlang. Vielleicht hatten die Silberlocken ja doch die richtige Idee gehabt. Es gab Schlimmeres, als einen Nachmittag in einer Wellness-Oase zu verbringen.

Im nächsten Moment hätte ich vor Überraschung beinahe aufgeschrien. Eine Frau mittleren Alters kam um die Ecke und lächelte freundlich, als sie mich sah. Sie war splitternackt. Ihr folgte einen Moment später eine weitere nackte Frau. Und dann kam ein bärtiger Mann. Jawohl, ein Mann. Auch er war nackt wie an dem Tag, an dem er geboren wurde.

„Hallo!", sagte er, lächelte und nickte mir im Vorübergehen freundlich zu.

„Äh ... hallo ...", murmelte ich und wandte rasch den Blick ab.

Mit hochrotem Kopf flüchtete ich den Korridor hinunter und platzte durch die erste Tür, an der ich vorbeikam. Es war eine Schwingtür aus Kiefernholz, und als ich den heißen, dampfigen Raum betrat, wurde mir klar, dass ich in der Sauna war. Mit stummem Entsetzen sah ich mich um.

Überall nackte Leute.

Sie hatten es sich auf den Holzbänken bequem

gemacht, plauderten leise miteinander, gossen Wasser auf die heißen Steine und niemand trug auch nur einen Faden am Leib.

Ach du meine Güte! Zu spät fiel mir ein, dass man auf dem europäischen Festland oftmals viel unbefangener mit Nacktheit umging als bei uns in England. In der Sauna wurde nicht nach Männlein und Weiblein getrennt geschwitzt und niemand fand etwas dabei, sich so zu zeigen, wie der Herrgott ihn erschaffen hatte. Nein, ich mit meinem Handtuch war diejenige, die aus dem Rahmen fiel. Mir war klar, dass ich mich den Gepflogenheiten anpassen sollte, getreu dem Motto „Andere Länder, andere Sitten". Schließlich hatte ich in Übersee gelebt und gearbeitet, war jung und aufgeschlossen ... doch leider musste ich feststellen, dass ich die typisch britische Prüderie keineswegs abgelegt hatte.

Ich machte auf der Stelle kehrt und wollte die Flucht ergreifen, doch zwei nackte Paare, die unmittelbar hinter mir die Sauna betreten hatten, versperrten mir den Weg. Also ging ich weiter in den Raum hinein, huschte zu einer der unteren Bänke und hatte gerade auf der äußersten Kante Platz genommen, als mir das nächste Problem auffiel. *Hilfe, wo soll ich bloß hingucken?* Wohin ich auch blickte – überall nackte Körper. Angestrengt fixierte ich die gegenüberliegende Wand. Noch nie hatte ich eine Holzmaserung so faszinierend gefunden. Dann stieß ich einen erstickten Laut aus, als vier alte Damen in die Sauna marschierten. Grundgütiger! Es waren die Silberlocken – und alle waren splitterfasernackt. Sie steuerten unbeirrt auf eine Bank auf der anderen Seite zu. Trotz ihrer knubbeligen Knie, der faltigen Haut und Krampfadern schienen sie nicht die geringste Scheu zu haben. So viel zum Thema „typisch britische Prüderie".

„Gemma!", kreischte Ethel erfreut, als sie mich sah. „Wie schön, dich hier zu sehen!"

„Du bist ein bisschen overdressed, meinst du nicht, Liebes?" Glenda musterte mich von oben bis unten.

„Sind diese Sitze nicht wunderbar warm?" Florence seufzte zufrieden und rückte ihren prallen Hintern bequemer auf dem gefalteten Handtuch zurecht, das sie auf die Bank gelegt hatte.

„Komm, setz dich zu uns, Liebes." Mabel klopfte auf den leeren Platz neben ihr.

Ich zögerte, aber in diesem Moment stiegen zwei Männer von einer der oberen Bänke herunter und blieben neben mir stehen, ohne ihre angeregte Unterhaltung zu unterbrechen. Ich schluckte. Prüde hin oder her, ich hatte nicht vor, hier mit zwei nackten Hintern vor der Nase zu sitzen. Ich stand auf, durchquerte mit großen Schritten den Raum und gesellte mich zu den Silberlocken.

„Was machen Sie hier?", zischte ich und wischte mir den Schweiß aus dem Gesicht.

Mit stolzgeschwellter Brust verkündete Mabel: „Wir beschatten eine Verdächtige."

„Ana Bauer", sagte Florence und zwackte mit den Augenbrauen.

„Wir haben ein Telefonat von Ana mitgehört", erklärte Glenda. „Sie tat sehr geheimnisvoll, hat ihre Stimme gesenkt und den Mund mit der Hand bedeckt."

„Aber ich habe mitbekommen, was sie gesagt hat", sagte Ethel stolz. Sie beugte sich zu mir und sagte in einem dramatischen Flüsterton: „Ana sprach von der ‚kürzlichen Extermination' -"

„Damit muss der Mord an Wagner gemeint sein!", schloss Florence.

„Es ist offensichtlich, dass sie einen Code benutzt hat", sagte Mabel. „Ana Bauer muss eine Spionin aus dem Kalten Krieg sein!"

„Also ... der Kalte Krieg ist seit Jahren vorbei", wandte ich ein.

Mabel fegte meinen Einwand mit einer Handbewegung beiseite. „Dann ist es jetzt eben ein lauwarmer Krieg."

Ich stöhnte. „Das erklärt immer noch nicht, warum Sie hier sind."

„Wir sind ihr hierher gefolgt", erklärte Florence. „Nach ihrem Telefonat ist Ana sehr schnell aufgestanden und hat das Hotel verlassen."

„Sie ist hier, um jemanden zu treffen, daran besteht kein Zweifel", sagte Mabel und nickte nachdrücklich. „Vielleicht tauschen sie Informationen aus."

„Oder eine versteckte Waffe", sagte Glenda

aufgeregt.

Ich wollte die Augen verdrehen. Oh ja, das war die einzig mögliche Schlussfolgerung. Um eine geheime Waffe zu überreichen, war eine Sauna sicher der ideale Ort – wenn alle nackt waren, konnte man bestenfalls unter einer Hautfalte etwas verstecken. Toller Plan.

„So etwas Lächerliches habe ich noch nie gehört", sagte ich verärgert. Ich blickte mich um. „Und überhaupt, habe ich Ana noch nicht gesehen."

„Sie ist gerade in einen der Therapieräume gegangen", berichtete Glenda. „Wir haben gehört, wie der Therapeut gesagt hat, es würde eine halbe Stunde dauern."

„Und in Mabels Reiseführer steht, dass man in Österreich unbedingt in die Sauna gehen muss", meinte Florence begeistert. „Wir waren noch nie in einer ... also haben wir beschlossen, hier auf Ana zu warten."

„Schwitzen ist gut für das Immunsystem und die Haut", erklärte Mabel.

„Ja, ich spüre richtig, wie die Giftstoffe aus meinen Poren sickern." Glenda tupfte sich mit zierlichen Bewegungen den Schweiß von der Stirn. „Ich wusste gar nicht, dass Saunieren so wohltuend sein kann."

„Oder so lehrreich", mischte sich Ethel ein, rückte ihre Brille zurecht und schaute sich um. „Ich habe noch nie in meinem Leben so viele Penisse gesehen ..."

„Äh ... ich glaube, mir reicht es jetzt", sagte ich und stand hastig auf. „Wir sehen uns dann im Hotel."

Mabel schaute auf ihre Uhr. „Ana Bauer kommt sicher gleich raus."

Die Silberlocken folgten mir aus der Sauna, und als ich in der kühlen Luft des Korridors nach Luft schnappte, öffnete sich eine der Türen und eine Frau im Bademantel trat heraus. Ihr Gesicht war hinter einer Tonmaske verborgen, das Haar hatte sie in ein Handtuch gewickelt. Sie ging den Flur entlang und verschwand um eine Ecke.

Mabel packte meinen Arm. „Das ist sie!", zischte sie. „Das ist Ana Bauer!"

Bevor ich etwas sagen konnte, schlurften die Silberlocken hinter der Frau her und verschwanden ihrerseits um die Ecke. Ich zögerte, seufzte dann und folgte ihnen in einen großen Aufenthaltsbereich, wo Ana Bauer gerade ein Handtuch über einen Liegestuhl breitete. Die Silberlocken standen in der Nähe und taten so, als würden sie sich die Zeitschriften auf einem Regal ansehen. Dann warf Ana ein Buch, ihr Telefon und einen Schlüsselbund auf den Tisch neben dem Stuhl und ging zur Toilette auf der anderen Seite des Raumes. Kaum hatte sich die Tür hinter ihr geschlossen, waren die Silberlocken blitzschnell bei dem Liegestuhl und ich musste entsetzt mitansehen, wie sie Anas Handy vom Tisch nahmen. Ich lief rasch zu ihnen.

Mabel hielt das Telefon in der Hand und starrte

auf das Display. „Kannst du erkennen, was da steht, Glenda? Ich habe meine Brille nicht dabei.“

Glenda blinzelte durch ihre Brille. „Ich bin mir nicht sicher ... kannst du es weiter weghalten?“

„Oh, um Himmels willen“, sagte ich genervt. „Da steht ‚T-Mobile‘. Das ist das österreichische Mobilfunknetz. Was wollen Sie überhaupt mit Anas Handy?“

„Wir wollten es uns nur ansehen“, sagte Mabel und schniefte. „Für den Fall, dass es eine Nachricht von ihrem Informanten gibt.“

Ich stieß einen Seufzer der Verzweiflung aus und wollte gerade etwas erwidern, als mir jemand auf die Schulter tippte. Ich drehte mich um und sah mich einem großen, nackten österreichischen Mann gegenüber.

„Was machen Sie mit dem Telefon meiner Frau?“, fragte er.

„Ihre Frau ...?“ stammelte ich.

In diesem Moment kehrte die Besitzerin des Handys von der Damentoilette zurück. Als sie näher kam, stellte ich entsetzt fest, dass es sich gar nicht um Ana Bauer handelte. Ja, gewiss, es bestand eine vage Ähnlichkeit, und die Gesichtsmaske und der Frotteeturban hatten ihr Übriges getan, aber diese Dame war definitiv nicht Wagners Ex-Freundin. Nein, es war eine völlig Fremde und ich war gerade von ihrem sehr wütenden Ehemann mit ihrem Handy in der Hand erwischt worden.

„Ähm ...“ Ich sah mich hilfesuchend nach den

Silberlocken um, aber leider schlichen die sich gerade aus dem Raum. Typisch!

Derweil überlegte ich krampfhaft, wie ich dem Mann erklären sollte, warum ich das Telefon seiner Frau in der Hand hatte. Ich schenkte ihm ein strahlendes Lächeln. „Ich wollte ... äh ... ich überlege, auf das neue iPhone umzusteigen! Ja, und das Telefon Ihrer Frau sah toll aus, also dachte ich ... ähm ... ich dachte, ich wollte mal sehen, wie schwer es ist."

„Das ist ein Samsung."

„Oh! Oh, Sie haben recht. Ähm, also ... ein Samsung wäre auch nicht schlecht. Fühlt sich gut an. Aber egal ... hier, bitte schön. Vielen Dank für die Hilfe. Auf Wiedersehen!"

Ich drückte ihm das Telefon in die Hand und flüchtete aus dem Zimmer. Im Korridor drängten sich die Silberlocken aufgeregt schwatzend zusammen.

„Nicht zu fassen, dass Sie mich haben sitzenlassen." Ich war wütend. „Sie haben doch das Telefon in die Hand genommen - und die Frau war nicht einmal Ana Bauer!"

„Es war ein Irrtum", erwiderte Mabel entrüstet. „Ich habe nicht mitbekommen, dass sie aus der falschen Tür kam, und von hinten sah sie genauso aus wie Ana."

„Das heißt doch nicht -"

Ich brach ab, als sich plötzlich die Tür neben uns öffnete und die echte Ana Bauer heraustrat. Sie trug einen Bademantel und hatte das Haar zum Pferdeschwanz gebunden. Ihre Haut wirkte frisch und strahlend.

„Hallo", sagte sie, als sie uns erkannte. Sie lächelte zaghaft. „Sie sind doch aus dem Hotel, oder?"

Die Silberlocken schienen erstaunt über ihr freundliches Auftreten. Sie tauschten einen unsicheren Blick, da sie offensichtlich nicht wussten, wie sie mit einer Ana umgehen sollten, die so gar nicht wie eine Spionin aus dem Kalten Krieg aussah.

Verlegenes Schweigen breitete sich aus, sodass ich mich gezwungen sah, einzugreifen und zu antworten: „Ja, das stimmt. Wir ... ähm ... haben gehört, dass es hier eine traditionelle österreichische Sauna gibt, und dachten, wir probieren sie mal aus."

„Ah, ja, die Sauna ist sehr entspannend", sagte Ana mit ihrem weichen Akzent. „Das Spa ist auch sehr gut. Ich würde Ihnen empfehlen, sich eine Behandlung zu gönnen. Vor allem die Exfoliation ist wunderbar für die Haut."

„Ooooh!" Glenda drehte sich aufgeregt zu Ethel um. „Du hast ‚Exfoliation' gehört, meine Liebe, nicht ‚Extermination'."

Ich stöhnte insgeheim auf. Ein kompletter Reinfall! Ich bedachte die Silberlocken mit einem bösen Blick und sagte zu Ana: „Danke, das werde ich mir merken. Und jetzt lassen wir Sie besser in Ruhe –"

„Kommen Sie oft in diese Wellness-Oase, Miss Bauer?", unterbrach mich Mabel, die offensichtlich nicht auf die Gelegenheit verzichten wollte, mehr über die Frau herauszufinden.

„Ja, wann immer ich Zeit habe", antwortete Ana. „Die Therapeuten sind sehr gut, und sie ist ideal gelegen – zu meiner Kunstgalerie ist es nicht weit, sodass ich nach der Arbeit herkommen kann."

Es war seltsam, sie so offen und gesprächig zu sehen, aber vielleicht hatte ich sie bisher in ungünstigen Situationen erlebt. Bei unserer ersten Begegnung hatte sie sich mit Wagner gestritten und seitdem war sie entweder außer sich vor Kummer oder von Medikamenten benommen gewesen. Ich hatte das Gefühl, zum ersten Mal einen Blick auf die echte Ana Bauer zu erhaschen.

Sie schenkte mir und den Silberlocken ein freundliches Lächeln und sagte: „Wenn Sie Zeit haben, sind Sie herzlich eingeladen, sich meine Galerie einmal anzusehen. Wie gesagt, sie ist nicht weit von hier."

„Auf welche Art von Kunst haben Sie sich spezialisiert?, fragte ich.

„Oh, ich fördere unterschiedliche Künstler, aber mein persönliches Interesse gilt dem abstrakten Expressionismus. Ein Bild aus meiner Galerie hängt in der Hotellobby."

„Ah, das Gemälde mit den großen schwarzen Quadraten!" Ich erinnerte mich, dass mir das Bild als Misston inmitten der Stilmöbel vorgekommen war.

„Ja, das ist richtig. Es ist von einem jungen österreichischen Maler, einem Protegé von mir, dessen Arbeiten ich seit letztem Jahr anbiete. Er hat sich noch keinen Namen gemacht, aber er ist äußerst talentiert, und ich glaube, es ist nur eine Frage der Zeit. Moritz und ich haben uns durch ihn kennengelernt.“ Wieder breitete sich peinliches Schweigen aus, dann räusperte sich Ana und fuhr fort: „Bald werden Kunden wie Sofia, die jetzt in ein Werk eines jungen Künstlers investieren, feststellen, dass sich diese Investition in nicht allzu ferner Zukunft auszahlt.“ Sie fixierte mich plötzlich mit einem eindringlichen Blick. „Vielleicht hätten Sie auch Interesse, ein Werk zu kaufen?“

„Ich? Oh, nein … ich habe im Moment nicht die Mittel dazu“, stammelte ich. Schließlich konnte ich ihr nicht sagen, dass ich mir niemals schwarze Quadrate in mein Haus hängen würde, selbst wenn ich Millionärin wäre! Wenn es um Kunst ging, war ich konservativ und stand dazu - ich mochte langweilige pastorale Szenen und Ölgemälde im klassischen Stil. Etwas Moderneres als Klimt ließ mein Kunstgeschmack nicht zu - zumindest konnte ich erkennen, was er malte.

„Wenn Sie es sich anders überlegen …“ Ana holte ein Kartenetui aus ihrer Bademanteltasche, aus dem sie eine Visitenkarte mit Goldprägung zog. „Hier sind die Kontaktdaten meiner Galerie … und wir können ohne Probleme nach Übersee liefern“, sagte sie verbindlich.

„Äh, danke", sagte ich, nahm die Karte und dachte, dass ich hier eine weitere unbekannte Seite von Ana Bauer sah: die kühle Geschäftsfrau, sachkundig und überzeugend, mit einem guten Gespür für den Verkauf. Vor zwei Tagen mochte sie vor Trauer über Wagners Tod am Boden zerstört gewesen sein, aber das hielt sie offensichtlich nicht davon ab, bei jeder Gelegenheit nach Aufträgen zu fischen.

Und daran war im Grunde nichts auszusetzen, schließlich lebte sie von ihrer Galerie - es war nur natürlich, dass sie immer auf der Suche nach neuen Kunden war. Dennoch musste ich an Mabels Bemerkung denken, dass Anas Hysterie angesichts von Wagners Tod nur vorgetäuscht war. Hatten die Silberlocken mit ihrem Verdacht vielleicht doch recht?

Kapitel 21

Nach dem Fiasko in der Wellness—Oase und in der Sauna verliefen der Rest des Nachmittags und der Abend angenehm ereignislos. Wir unternahmen eine Kutschfahrt durch Wien – typischer Touristenkitsch, aber ich genoss sie trotzdem. Es hatte etwas zeitlos Romantisches an sich, in einem eleganten Fiaker zu sitzen, von einem Kutscher mit dunkler Uniform und Melone durch die engen, kopfsteingepflasterten Gassen gefahren zu werden und dem rhythmischen Echo des Klipp-Klopps der Pferdehufe zu lauschen.

Als die Kutsche uns absetzte, machten wir uns auf den Weg zur Fußgängerzone, die für ihre vielfältigen Einkaufsmöglichkeiten bekannt ist. Wir bestaunten Designerläden mit schicken Marken und große alte Wiener Cafés mit ihren köstlichen Torten und Mehlspeisen und schoben uns durch die breite

Allee mit den anderen Touristen, die Selfies mit der riesigen Turmspitze des Stephansdoms machten und die Straßenmusiker bewunderten, die eine flotte Version des Donauwalzers spielten. Trotz des grauen Herbstwetters herrschte eine wunderbare Atmosphäre, fast wie auf einem Jahrmarkt, und zum ersten Mal hatte ich das Gefühl, wirklich Urlaub zu haben.

In einem Gasthaus mit regionaler Küche aßen wir früh zu Abend und nutzten die Gelegenheit, den berühmten Tafelspitz zu probieren, ein traditionelles Wiener Gericht aus in Brühe gekochtem Rindfleisch mit Wurzelgemüse und aromatischen Gewürzen. Es galt als das Lieblingsgericht von Kaiser Franz Joseph I., obwohl ich zugeben muss, dass mich die Beschreibung des Gerichts anfangs nicht begeisterte. Aber als das Essen schließlich vor uns stand, war ich angenehm überrascht. Das Rindfleisch war wunderbar zart und die knusprigen Bratkartoffeln passten perfekt zu den geraspelten säuerlichen Äpfeln und dem cremigen Meerrettich. Schließlich kehrten wir müde und satt in unser Hotel zurück, und ich stellte überrascht fest, dass die Silberlocken den Mord an Wagner in den letzten Stunden nicht ein einziges Mal erwähnt hatten.

Die Füße taten mir weh, und ich wünschte mir nichts sehnlicher als sie hochzulegen, aber Müslis eindringliches Miauen erinnerte mich daran, dass sie den ganzen Tag in unserer Suite gewesen war. Mit einem müden Seufzer nahm ich sie auf den Arm und trug sie die Treppe hinunter in den Musiksalon, weil ich zu faul und zu erschöpft war, um mit ihr nach draußen zu gehen. Müsli schien nichts dagegen zu haben - sie schnurrte fröhlich, als ich sie im Musiksalon absetzte, und trabte sofort los, um das Kinn an verschiedenen Möbelstücken zu reiben. Dann stürzte sie sich auf etwas in der Ecke hinter den schweren Vorhängen, um gleich darauf quer durch den Raum zu jagen und dabei ihren Fund mit den Pfoten vor sich herzutreiben. Ich musste lachen und staunte wieder einmal, womit sich Katzen vergnügen konnten – in diesem Fall handelte es sich um ein zerknülltes Stück Papier. Als Müsli es mir vor die Füße schlug, bückte ich mich, um es aufzuheben … und zuckte zusammen.

Auf dem Papier stand etwas geschrieben – in einer Schrift, die mir bekannt vorkam.

Hastig glättete ich den Papierfetzen, auf dem das Logo des Hotels zu sehen war, und starrte auf das kaum leserliche Gekritzel. Mir klopfte das Herz bis zum Hals. Es war Wagners Handschrift, da war ich mir sicher. Die linke untere Ecke war abgerissen, und ich hatte keinen Zweifel, dass es sich dabei um das Stück handelte, das man für den „Abschiedsbrief" gehalten hatte. Als ich nun die Worte auf dieser Seite las, wurde mir klar, warum die Formulierungen in Wagners „letzter Botschaft" so seltsam geklungen hatten – sie war nur ein Teil des ursprünglichen Textes.

Wagner hatte keinen Abschiedsbrief geschrieben,

sondern eine Kritik. Offensichtlich hatte er an einem Entwurf für eine Hotelkritik gearbeitet: Er hatte Zeilen durchgestrichen und umgeschrieben, Wörter eingefügt und Sätze korrigiert. Am Rand waren sogar einige hingekritzelte Bilder zu sehen. Darunter befanden sich zwei Absätze, einer auf Deutsch und einer auf Englisch, wo Wagner offensichtlich seinen Originaltext für eine englischsprachige Publikation übersetzt hatte. Von diesem Text fehlte ein Stück. Die vollständigen Sätze lauteten:

Ich konnte es nicht mehr ertragen. Ich hatte genug gelitten und ich musste gehen. Man würde mir verzeihen, wenn ich dieses Hotel als eine abgrundtiefe Schande bezeichne, angesichts des mittelmäßigen Service, des faden Essens und der entsetzlichen Einrichtung, die man mir zugemutet hat ...

Ich verzog das Gesicht, als ich den Rest der Kritik las. Wagner hatte offenbar großen Spaß daran, andere schlecht zu machen und sie zu verletzen. Vermutlich hätte er zu seiner Verteidigung vorgebracht, es sei seine Pflicht, seine Leser zu unterhalten *und* zu informieren, doch ich fand seinen Text unnötig grausam und sarkastisch und ich spürte, wie meine Abneigung gegen den ermordeten Mann wuchs: Wagner hatte die Macht genossen, die ihm seine Kritiken gaben.

Ein derart vernichtendes Urteil war der Albtraum eines jeden Hotelbesitzers und manch einer würde mit allen Mitteln verhindern wollen, dass es an die Öffentlichkeit gelangte. Eigentlich konnte ich es Sofia nicht verdenken, dass sie Wagner gehasst hatte und nicht wollte, dass er seine Meinung verbreitete. Die Frage war jedoch, wie weit sie gehen würde, um ihn zum Schweigen zu bringen. Würde sie dafür sogar morden?

Es würde auf jeden Fall alles zusammenpassen. Und es würde erklären, was sie nach Wagners Tod am Kamin gemacht hatte: Sie hatte diesen Zettel gesucht. Aus irgendeinem Grund war er zerknüllt im Kamin gelandet - und Sofia hatte versucht, ihn zu finden. Ich runzelte die Stirn. Aber warum hatte sie ihn übersehen? Zugegeben, ich hatte sie gestört, als ich hereinkam, und dann war die Polizei gekommen - aber sie hätte später reichlich Gelegenheit gehabt, danach zu suchen, etwa in der Nacht, wenn alle Gäste schliefen. Warum hatte sie es nicht getan?

Als hätten meine Gedanken sie herbeigezaubert, öffnete sich die Tür zum Musiksalon und Sofia Fritz trat ein. Ich erstarrte, doch dann wurde mir klar, dass sie mich nicht sehen konnte, weil ich in der Ecke bei den schweren Vorhängen hinter einem Lehnsessel hockte. Ich hätte mir jedoch keine Sorgen machen müssen, denn sie ging sofort zum Kamin und kniete sich davor, ohne einen Blick für den Rest des Raums. Ich beobachtete interessiert, wie sie sich in die Brennmulde beugte und umhertastete, wobei sie leise vor sich hinmurmelte. Dann setzte sie sich mit einem frustrierten Seufzer auf die Fersen. Ich befingerte das Stück Papier in meinen Händen, dann stand ich spontan auf und trat hinter dem Sessel hervor.

„Hallo, Sofia", sagte ich.

Sie wirbelte herum. „Gemma! Äh ... wie ... wie war es in der Sauna?"

„Was suchen Sie?"

Sie leckte sich nervös die Lippen. „Was meinst du?"

„Na, ein Feuer können Sie im Kamin jedenfalls nicht machen ..." Ich sah sie herausfordernd an. „Stefan hat mir gesagt, dass der Kamin eine Attrappe ist."

Sofia schwieg, als wüsste sie nicht, was sie sagen sollte.

Ich hielt den Papierfetzen hoch. „Ist es das?"

Sie schnappte nach Luft. „Wo hast du das gefunden?" Sie streckte die Hand aus und versuchte, ihn mir zu entreißen, aber ich hielt ihn außer Reichweite.

„Wagner hat das geschrieben, nicht wahr? Und Sie wollten verhindern, dass er es veröffentlicht - deshalb haben Sie ihn ermordet."

„Nein!" Sofia schlug sich entsetzt die Hand vor den Mund. „Ich habe Wagner nicht ermordet! Wie kannst du das von mir denken?"

„Es wäre verständlich, wenn Sie zumindest mit dem Gedanken gespielt hätten", erwiderte ich sanft. „Ich habe die Kritik gelesen. Sie ist ziemlich vernichtend. Kein Hotelbesitzer würde wollen, dass so etwas an die Öffentlichkeit gelangt."

„Ja, aber deswegen würde ich niemanden umbringen!", sagte Sofia entgeistert. Sie holte tief Luft. „Ich gebe zu - ich habe den Zettel weggenommen. Ich war als Erste hier, nachdem deine Freundin, Miss Bailey, die Leiche entdeckt hat, und sah ihn auf dem Tisch neben dem Sessel liegen. Ich hatte kaum Zeit, ihn zu lesen, da stürmten schon die anderen herein. Ich … ich geriet in Panik. Ich habe ihn zerknüllt und in den Kamin geworfen, damit ihn niemand sieht." Sie verzog das Gesicht. „Mir ist nicht aufgefallen, dass eine Ecke des Zettels unter Wagners Kaffeetasse klemmte. Als ich nach ihm griff, muss ein Stück abgerissen und auf dem Tisch liegen geblieben sein. Dann hieß es, die Polizei hätte einen Abschiedsbrief gefunden, und mir ging auf, was offenbar passiert war - aber ich habe mich nicht getraut, etwas zu sagen, weil ich dann hätte zugeben müssen, dass ich mich am Tatort aufgehalten habe. Außerdem wollte ich nicht riskieren, dass der Text an die Öffentlichkeit gelangt." Sie runzelte die Stirn. „Ich konnte ihn sowieso nicht finden. Ich eilte so schnell wie möglich hierher zurück, um ihn zu holen, aber dann kamst du … und dann war die Polizei hier. Gegen Mitternacht habe ich es noch einmal versucht – ich dachte, um diese Zeit könnte ich mich ungestört umsehen und überhaupt kommen nicht viele Leute in den Musiksalon. Aber leider war er wie vom Erdboden verschluckt!"

Mein Blick fiel auf Müsli, die auf einem verblichenen Teppich vor dem Kamin lag, und mir ging ein Licht auf. „Weil meine Katze schneller war", erklärte ich. „Ich war am Abend mit ihr hier, als Sie noch mit der Polizei gesprochen haben. Sie ist wie wild herumgesprungen und hat sich ausgetobt. Ich habe gesehen, dass sie sich im Kamin auf etwas gestürzt und damit gespielt hat, aber ich habe mir nichts dabei gedacht. Müsli muss den zerknüllten Zettel gefunden und aus dem Kamin gefegt haben. Beim Spielen ist er dann hinter den Vorhängen gelandet. Deshalb haben Sie ihn nicht gefunden."

Sofia ließ sich seufzend auf einen der Sessel sinken. Plötzlich sah sie alt und mutlos aus. „Ich weiß, es war falsch von mir, den Zettel wegzunehmen. Aber ... ich konnte den Gedanken einfach nicht ertragen, dass jemand Wagners Kritik liest. Oh, die schrecklichen Sachen, die er gesagt hat. Es tut mir leid, dass er tot ist, aber ich werde nicht so tun, als hätte ich ihn gemocht. Moritz Wagner war ein ... sadistisches Schwein." Sie sah mich an und reckte entschlossen das Kinn in die Höhe. „Aber ich habe ihn nicht ermordet. Als ich den Schrei hörte, war ich in der Küche, weil ich den Apfelstrudel für den nächsten Tag machen musste. Ich war gar nicht in der Nähe des Musiksalons."

Ich konnte nicht mit letzter Gewissheit davon ausgehen, dass sie die Wahrheit sagte. Vielleicht hörte ich nur, was ich hören wollte – der Gedanke, dass diese liebe Frau, die älteste Freundin meiner

Mutter, eine Mörderin sein könnte, behagte mir überhaupt nicht -, aber ich meinte, eine Aufrichtigkeit aus ihren Worten herauszuhören.

„Ich glaube Ihnen", sagte ich schließlich.

Sofia entspannte sich, dann fragte sie zaghaft: „Wirst du ... wirst du der Polizei davon erzählen?"

Ich zögerte. „Sofia, ich muss es tun", antwortete ich schließlich voller Bedauern. „Durch diesen Zettel ändert sich alles in diesem Fall. Wagners Tod ist mir gleich verdächtig vorgekommen, aber das ist der Beweis. Wenn Wagner keinen Abschiedsbrief hinterlassen hat, ist die Theorie vom Selbstmord hinfällig - was wiederum bedeutet, dass er ermordet wurde. Die Polizei muss das wissen, es ist wichtig für ihre Ermittlungen."

Sie nickte stumm mit hängenden Schultern. Sie tat mir leid.

„Ich werde versuchen, mit Inspektor Gruber zu sprechen und ihn davon zu überzeugen, die Ermittlungen wieder aufzunehmen. Wenn es irgendwie möglich ist, erwähne ich den Zettel gar nicht", versprach ich.

Sofia warf mir einen dankbaren Blick zu. „Danke, Gemma."

Ich nahm Müsli auf den Arm und wollte schon gehen, als mir etwas einfiel. „Sofia, Stefan hat mir die geheime Falltür im Kamin und die Leiter gezeigt, die in den Weinkeller hinunterführt. Können Sie mir sagen, wer noch davon wissen könnte? Der Mörder hätte den Musiksalon auf diese Weise unbeobachtet betreten und wieder verlassen können.“

Sofia runzelte die Stirn. „Ich habe es vielleicht dem einen oder anderen Gast gegenüber erwähnt ... Ana Bauer, glaube ich – wir haben uns neulich über die Renovierungsarbeiten unterhalten. Aber die Tür zum Weinkeller ist verschlossen, es wäre also nicht möglich, dass jemand auf diesem Weg in den Raum gelangt.“

Damit bestätigte sie, was Stefan mir erzählt hatte. „Sind Sie sicher?“

Sie stieß ein freudloses Lachen aus. „Ja, die Tür zum Weinkeller ist sehr schwer und das Schloss ist äußerst stabil. Der Mörder müsste schon durch Wände oder verschlossene Türen gehen können, um durch den geheimen Schacht in den Musiksalon zu gelangen.“

Kapitel 22

Nach dem Gespräch mit Sofia war ich besorgt und ziemlich durcheinander. Natürlich war ich erleichtert, dass sie nichts mit Wagners Tod zu tun hatte, aber das bedeutete, dass der wahre Mörder noch immer unbehelligt herumlief. Es musste einer der Gäste sein - aber wer? Die Chows kamen nicht in Frage, ebenso wenig wie Jane Hillingdon und ihre Mutter. Johann Müller und Stefan Dreschner konnten es auch nicht sein: Mrs Hillingdon und Müller waren zusammen in der Gästelounge, während sich Stefan und Jane im Empfangsbereich aufhielten, und keiner von beiden hätte unbemerkt verschwinden können.

Es blieben also nur Ana Bauer und Randy McGrath übrig. Im Gegensatz zu den Silberlocken hielt ich nichts von ihrer Theorie, dass es sich um eine Beziehungstat handelte, bei dem sich eine verbitterte und zornige Frau an dem Mann rächen wollte, der ihren Stolz und ihre Gefühle verletzt hatte. Nach unserer Begegnung mit Ana in der Sauna war ich mir jedoch nicht sicher, ob nicht vielleicht Habgier das Motiv gewesen sein könnte, begangen von einer kühl kalkulierenden Geschäftsfrau, die einen klaren Blick für gewinnbringende Chancen hatte.

Aber hatte Ana überhaupt die Gelegenheit, ihren Ex-Freund vom Balkon zu stoßen? Schließlich hatte sie ein Alibi. Nein, eigentlich hatte sie kein Alibi, denn niemand konnte bezeugen, dass sie die ganze Zeit über in der oberen Etage war. Ich hatte zwar selbst gesehen, wie sie mit den Silberlocken aus dem Aufzug kam, aber sie hätte Wagner trotzdem umgebracht haben und dann irgendwie nach oben gelangt sein können, um sich ein Alibi zu verschaffen. Da fiel mir plötzlich die Hintertreppe ein, die Mei-Mei und ich gestern Abend benutzt hatten. Man erreichte sie durch den Notausgang am Ende des Flurs und die befand sich unmittelbar neben der Tür zum Musiksalon. Ana Bauer hätte also tatsächlich die Hintertreppe hinunterlaufen, in den Musiksalon schleichen, Wagner vom Balkon stoßen und dann wieder hinauflaufen können.

Ich runzelte die Stirn. Dafür hätte sie sehr schnell sein müssen, und außerdem schien es mir eine unnötig komplizierte und verworrene Mordmethode zu sein für jemanden, der das Zimmer mit Wagner geteilt und somit reichlich Gelegenheit hatte, ihn entweder von ihrem eigenen Balkon zu stoßen oder ihm Gift in seinen Drink zu schütten.

Vielleicht war es also doch nicht Ana Bauer gewesen, sondern der andere Verdächtige: Randy McGrath. Der gutaussehende junge Amerikaner hatte sich ebenfalls seltsam verhalten. Was hatte er gestern auf dem Schreibtisch im Büro gesucht? Natürlich war mir klar, dass nicht jeder des Mordes schuldig war, der an Orten herumschnüffelte, an denen er nichts zu suchen hatte. Ich hatte mich ja selbst unerlaubterweise ins Büro geschlichen und die Silberlocken stünden unter Dauerverdacht, wenn man danach ging, wie oft sie ihre Nase in Angelegenheiten steckten, die sie nichts angingen. Trotzdem hatte ich eine vage Ahnung, dass Randys Auftauchen im Büro etwas mit dem Mord zu tun hatte. Allerdings konnte ich mir beim besten Willen nicht vorstellen, warum er Wagner hätte umbringen wollen.

Plötzlich fiel mir ein, dass Devlin versuchen wollte, etwas über Randy oder Ana herauszufinden, auch wenn er nicht viel Zeit für seine Recherchen gehabt hatte. Es war ja kaum vierundzwanzig Stunden her, dass wir telefoniert hatten, aber Geduld war noch nie meine Stärke gewesen ...

„Gemma, dir ist klar, dass wir erst gestern darüber gesprochen haben, oder?", fragte Devlin verärgert.

„Ja, ich weiß, ich weiß ... aber hast du etwas?“, bettelte ich.

„Ausnahmsweise hast du Glück“, gab Devlin nach. „Ich wollte dich anrufen, sobald ich nach Hause komme. Mein Kontakt bei Interpol hatte heute etwas Zeit und hat sich für mich auf die Suche gemacht. Er hat nicht viel über deine österreichische Dame herausgefunden - abgesehen von einer Kleinigkeit.“

„Und die wäre?“

„Die Kunstgalerie, für die sie vor der Eröffnung ihres eigenen Geschäfts gearbeitet hat, war in einen Skandal verwickelt. Die Inhaber wurden beschuldigt, Fälschungen zu verkaufen, ein Kunde hat sogar geklagt, aber das Verfahren wurde aus Mangel an Beweisen eingestellt.“

„Wirklich? Und hatte Ana etwas damit zu tun?“

„Nein, das ist ja das Merkwürdige. Im Zuge der Ermittlungen wurde sie natürlich befragt, aber dabei stellte es sich heraus, dass sie sich nichts hatte zuschulden kommen lassen. Sie verließ die Galerie jedoch, kurz nachdem der Skandal an die Öffentlichkeit gelangte.“

„Hmm ...“

„Über deinen amerikanischen Freund habe ich auch etwas herausgefunden“, fuhr Devlin fort. „Er hat dir die Wahrheit gesagt - er besitzt eine Ranch in Florida und züchtet Lipizzaner, trainiert sie und tritt mit ihnen auf. Offenbar hat er sich in den USA einen Namen als Experte für diese Rasse gemacht.“

„Gehört ihm die Ranch schon lange?"

„Ja, seit einer ganzen Weile. Er hat sich vor fünf Jahren für den Kauf viel Geld geliehen, aber jetzt scheint er Schwierigkeiten zu haben, seine Hypothek zurückzuzahlen."

„Oh? Er hat also finanzielle Schwierigkeiten?"

„Sieht so aus. Natürlich habe ich keinen Zugang zu Details."

„Was ist mit der Familie?" fragte ich.

„Er ist nicht verheiratet, ist Einzelkind, also keine Geschwister und auch sonst keine Verwandten: Sein Vater ist vor einigen Jahren nach einem Schlaganfall gestorben und seine Mutter starb letztes Jahr an Krebs."

„Weißt du etwas über seine Mutter? Ich habe heute Vormittag versucht, Randy nach ihr zu fragen, aber er hat dichtgemacht."

„Lass mich sehen … hm, ja, sie war bereits recht alt, als Randy zur Welt kam. Sie ist mit achtundsechzig gestorben und Randy ist jetzt dreißig Jahre alt. Also muss sie bei seiner Geburt fast vierzig gewesen sein. Vielleicht erklärt das, warum er keine Geschwister hat."

„Hat sie auch spät geheiratet?"

„Nein, sie scheint eher sehr jung geheiratet zu haben. Sie hat Österreich mit siebzehn verlassen und ist mit ihrem Mann in die Staaten ausgewandert. Er war Ire, von Beruf Jockey. Und dann hat er auf einem großen Gestüt in Wyoming Arbeit gefunden."

„Moment mal, heißt das, Randys Mutter war Österreicherin?"

„Ja, sie ist in Wien geboren, sie hieß Birgit Wagner mit Mädchennamen."

„*Was?*" Ich setzte mich kerzengerade auf. „Ihr Mädchenname war Wagner?"

„Ja, wieso? Oh, natürlich – das Opfer hieß Wagner mit Nachnamen." Devlin klang verärgert, weil er den Zusammenhang nicht sofort gesehen hatte. „Ich habe diese Notizen nur überflogen, sonst wäre mir das aufgefallen."

„Ist schon okay. Du hast ja genug um die Ohren und kannst nicht auf alles achten", sagte ich. „Aber das ist brillant! Es könnte erklären, warum Randy ihn aus dem Weg räumen wollte, vorausgesetzt, er ist mit Wagner verwandt. Der war ein eingefleischter Junggeselle, was bedeutet, dass Randy möglicherweise sein engster Verwandter ist und sein gesamtes Vermögen erbt. Du sagst ja, dass er finanzielle Schwierigkeiten hat."

„Gemma", sagte Devlin warnend, „keine voreiligen Schlüsse bitte. Wagner ist in Österreich ein sehr weit verbreiteter Name; ich glaube, es ist sogar der vierthäufigste Nachname im ganzen Land. Nur weil Randys Mutter denselben Nachnamen hatte, muss das noch lange nichts heißen."

„Ich bin sicher, dass es kein Zufall ist", beharrte ich.

„Und selbst wenn sie verwandt sein sollten, weißt du nichts über die Familie. Randy könnte

Geschwister haben, von denen wir nichts wissen, oder Wagner hat möglicherweise uneheliche Kinder. Ich weiß, was in deinem Kopf vorgeht: Randy hat den Mann ermordet, um an sein Vermögen zu kommen. Du weißt aber gar nicht, ob er wirklich von Wagners Tod profitiert. Du kennst nicht einmal die Details von Wagners Testament. Vielleicht hat er sein gesamtes Geld einem Verein zur Rettung streuender Katzen vermacht!"

„Schon gut, schon gut", schmollte ich. „Verdirb mir ruhig die Laune."

„Es tut mir leid", sagte Devlin mit einem Lachen in der Stimme. „Ich will dir keinen Strich durch die Rechnung machen, aber du solltest keine Vermutungen anstellen, ohne Beweise zu haben."

„Du klingst wie ein Dozent an der Polizeiakademie", brummelte ich. „Na schön! Kannst du mir dann ein paar Beweise besorgen und herausfinden, ob Brigit Wagner mit Moritz Wagner verwandt ist und welche anderen Familienmitglieder es gibt? Oh, und dann ist da noch Wagners Testament."

„Das sind keine Kleinigkeiten, Gemma. Ich werde mein Bestes tun, aber ich kann nichts versprechen. Und ich habe ganz bestimmt bis morgen keine Ergebnisse, egal wie sehr du bettelst", fügte er mit gespielter Strenge hinzu.

„O-kay", sagte ich grinsend.

„Das heißt aber nicht, dass du mich nicht anrufen darfst, wenn du meine Stimme hören willst", scherzte Devlin.

Ich lächelte. „Könnte gut sein, dass ich das mache."

Kapitel 23

Am nächsten Morgen machte ich mich noch vor dem Frühstück auf den Weg zur örtlichen Polizeiwache, wo ich um ein Gespräch mit Inspektor Gruber bat. Der Österreicher begrüßte mich höflich, aber nicht ohne einen Anflug von Überheblichkeit, und hörte sich meine Theorien über den Mord an Wagner mit kaum verhohlener Skepsis und Ungeduld an.

„Das ist eine traurige Angelegenheit", sagte er schließlich. „Aber darüber brauchen Sie sich nicht den Kopf zu zerbrechen. Ich bedaure, dass Ihr Besuch in Wien durch einen so tragischen Vorfall getrübt wurde. Ich hoffe, Sie können die ganze Sache vergessen und sich den angenehmen Seiten von Wien zuwenden."

„Aber …" Ich schaute ihn ungläubig an. „Verstehen Sie denn nicht? Das ist jetzt eine

Morduntersuchung! Wagner hat keinen Selbstmord begangen - er wurde umgebracht! Sie müssen ins Hotel kommen und alle befragen und eingehende Ermittlungen aufnehmen!" Ich sah, wie sich die Miene des Inspektors bei meinem Tonfall verfinsterte, und fügte hastig hinzu: „Ich meine, es ist wichtig, die Wahrheit über Wagners Tod herauszufinden, meinen Sie nicht auch?"

„Wie ich schon sagte: Darüber brauchen Sie sich nicht den Kopf zu zerbrechen. Ich werde den Fall überprüfen und die entsprechenden Maßnahmen einleiten."

Er weigerte sich, weiter mit mir über den Fall zu sprechen, und so verließ ich die Wache kurz darauf enttäuscht und frustriert. Zum ersten Mal wusste ich es zu schätzen, dass ich durch Devlin eine Verbindung zur Kripo in Oxford hatte. Hier kam ich mir vor wie eine dumme Touristin mit einer hyperaktiven Fantasie. *Vielleicht würde Gruber anders reagieren, wenn Sofia mit ihm spricht*, dachte ich. Schließlich lebte sie in Wien und war eine angesehene Geschäftsfrau. Das einzige Problem war, sie davon zu überzeugen. Die polizeilichen Ermittlungen würden nicht nur die Gäste in Aufruhr versetzen, sondern auch die Wahrheit hinter Wagners vermeintlichen „Abschiedsbrief" ans Licht bringen, sodass seine vernichtende Kritik an die Öffentlichkeit käme. Wenn Sofia das Opfer gemocht und seinen Tod aufrichtig betrauert hätte, hätte die ganze Sache anders ausgesehen. Da sie ihn jedoch aus tiefstem Herzen hasste, würde sie wohl kaum große Anstrengungen unternehmen, um seinen Mörder vor Gericht zu bringen. Ich war so in Gedanken, dass ich nicht darauf achtete, wohin ich ging, und mit einem Mann zusammenstieß, der aus der entgegengesetzten Richtung kam.

„Oh! Entschuldigen Sie!"

„Verzeihung ... ah, Sie sind es, Frau Rose!"

Es war Johann Müller, der mich mit einem erfreuten Lächeln ansah. Er war sehr adrett gekleidet, mit einer Lodenjacke und einem Filzhut und einem kastanienbraunen Schal um den Hals.

„Sie sind heute Morgen schon sehr früh unterwegs", sagte er und beäugte mich neugierig.

„Ja, ich war gerade auf der Polizeiwache", antwortete ich und wies mit dem Kopf in die Richtung, aus der ich gekommen war.

„Auf der Polizeiwache?", wiederholte er erschrocken. „Aber warum?"

Ich zögerte. „Weil ich glaube, dass der Tod von Moritz Wagner kein Selbstmord war. Ich bin überzeugt, dass er ermordet wurde."

„Heiliger Strohsack! Moritz ermordet?" Er starrte mich fassungslos an. „Aber wie? Warum?"

„Ich weiß es nicht – ich habe allerdings einige Theorien." Als ich seinen seltsamen Blick bemerkte, fügte ich schnell hinzu: „Es ist nicht das erste Mal, dass ich mit einem Mord zu tun habe. Ich bin eigentlich keine Amateurin - ich meine, ich bin natürlich nicht von der Kripo oder so, aber zu Hause habe ich der Polizei schon öfter bei der Aufklärung einiger Fälle geholfen." Ich errötete, als ich die Verwirrung in seinen Augen sah. *Oh Gott, ich höre mich an wie eine traurige Möchtegern-Miss-Marple.* Ich holte tief Luft. „Der Punkt ist der: Ich glaube, dass etwas an Wagners Tod verdächtig ist. Er ist nicht freiwillig vom Balkon gesprungen - er wurde in die Tiefe gestoßen."

Müller schien fassungslos.

„Sie waren ein guter Freund Wagners. Würden Sie mir ein bisschen über ihn erzählen? Hatte er irgendwelche Feinde?" Dann schüttelte ich den Kopf. „Oh, entschuldigen Sie – Sie haben sicher etwas anderes vor."

„Nein, nein, eigentlich wollte ich nur auf einen Kaffee ins Café Central. Waren Sie schon einmal dort?"

„Nein, bis jetzt nicht."

„Nein? Dann wird es höchste Zeit! Kommen Sie, wir gehen zusammen hin. Das Café Central ist vielleicht das berühmteste der traditionellen Kaffeehäuser Wiens, und man sollte es sich nicht entgehen lassen. Bei Kaffee und Kuchen können wir über Moritz reden."

Wenige Minuten später führte er mich hinauf zum Palais Ferstel, einem prächtigen Gebäude im venezianischen Stil, wo für kurze Zeit die Börse untergebracht war, das heute aber eher für das legendäre Kaffeehaus bekannt ist, in dem sich große Dichter, Politiker und Philosophen wie Leo Trotzki und Sigmund Freud zu treffen pflegten. Vor der Tür hatte sich bereits eine lange Schlange gebildet und ein streng aussehender Türsteher mit Melone auf dem Kopf bewachte den Eingang, aber irgendwie gelang es uns trotzdem, recht schnell einen Tisch zu bekommen. Vielleicht hatte Johann Müllers „Strudelsucht" ihm den Status eines Stammgastes eingetragen, sodass er inzwischen besonders zuvorkommend behandelt wurde.

Als wir das Kaffeehaus betraten, sah ich mich staunend um. Der Raum war riesig, die kunstvolle Kassettendecke, von Renaissance-Säulen getragen, erinnerte an eine Kathedrale. Die fahle Herbstsonne, die durch die hohen Fenster hereinströmte, tauchte alles in ein zauberhaftes Licht. Übergroße Porträts von Kaiser Franz Joseph I. und seiner Gattin, der Kaiserin Elisabeth, die man meist nur liebevoll Sisi nennt, prangten an einer Wand, und Jugendstillüster sorgten an den gemütlichen Plätzen zwischen den verschiedenen Nischen und Tischen für eine besondere Atmosphäre. Ich wusste, dass die Wiener Kaffeehäuser für ihre Schönheit und ihren Charme berühmt waren, aber etwas derart Prachtvolles hatte ich nicht erwartet.

Wir wurden von einem typischen Wiener Kellner - tadellos gekleidet mit Krawatte, schwarzer Weste und langer weißer Schürze - zu unserem Tisch geführt. Ich hatte Mühe, mich von der Glasvitrine neben der Eingangstür loszureißen, in der eine riesige Auswahl an süßen Köstlichkeiten in ordentlichen Reihen zu sehen war. Himbeer- und Schokoladenmousse, Salzkaramell und Erdnusskrokant, federleichter Blätterteig und Vanillecreme ... Ich hatte noch nicht gefrühstückt und verspürte plötzlich großen Hunger.

„Was darf's denn sein?", fragte Müller und reichte mir die Speisekarte, nachdem wir uns gesetzt hatten. „In der hauseigenen Konditorei werden wunderbare Torten und Mehlspeisen hergestellt, und es gibt auch eine Auswahl an klassischen Wiener Gerichten wie Wiener Schnitzel, Gulaschsuppe und Knödel - obwohl es dafür vielleicht noch zu früh ist."

„Ich glaube, ich probiere von dem Kuchen", platzte ich heraus. Dabei dachte ich an die himmlische Auslage an der Eingangstür.

Müller lachte. „Warum nicht? Im Urlaub sollte man sich etwas gönnen."

Unsere Bestellung ließ nicht lange auf sich warten. Zum Kaffee wurde uns jeweils ein kleines Silbertablett mit einem Glas Wasser und einem Teelöffel gebracht.

„Warum wird der Kaffee auf diese Weise serviert?" Ich wies auf das Tablett.

„Das Glas Wasser soll den Gaumen reinigen. Und die Position des Löffels soll anzeigen, dass das Glas frisch gefüllt wurde. Diese Tradition stammt aus der Zeit der Habsburger - und wie Sie wissen, lieben wir Wiener unsere Traditionen", sagte er mit einem Lächeln. Dann wurde er ernst. „Es ist schlimm, dass Moritz und ich nie wieder gemeinsam im Café

Central sitzen werden. Hier haben wir uns regelmäßig getroffen."

„Ich habe gehört, dass Sie ihn schon lange kannten."

Er nickte. „Seit er ein junger Mann war. Ich war es, der sein Talent erkannt hat. Ich habe ihn als Mitarbeiter in meinem Museum eingestellt und ihn mit den richtigen Leuten in Kontakt gebracht, um seine Karriere zu fördern."

„Er muss Ihnen sehr dankbar gewesen sein."

Müller lachte bitter auf. „Ich würde gerne glauben, dass Moritz meine Hilfe zu schätzen wusste, aber ... ich bin nicht naiv. Ich mochte Moritz - er war klug, amüsant und ein sehr angenehmer Begleiter - aber er war vor allem ein Egoist. Er dachte nur an sich und sein eigenes Vergnügen."

„Und dazu gehörte es, vernichtende Kritik zu äußern, nur um die Leute zu unterhalten?" Ich dachte an die Hotelbesprechung, die ich gelesen hatte.

Müller wand sich vor Unbehagen. „Moritz konnte manchmal unfreundlich sein - das weiß ich. Er hatte eine sehr scharfe Zunge und scheute sich nicht, sie zu benutzen. Leider muss ich sogar sagen, dass er sie gerne gegen die weniger Begünstigten richtete ... aber wissen Sie, er war auch ein sehr charmanter Mann, der trotz seiner Laster zahlreiche Bewunderer hatte."

„Vor allem unter den Damen?"

Müller schenkte mir ein reumütiges Lächeln. „Ja,

Moritz war nie ohne weibliche Gesellschaft, auch wenn er sich nur selten auf eine einzige Dame einließ."

„Ich dachte, er und Ana Bauer hätten zusammengelebt?"

Er schien überrascht, dass ich Bescheid wusste. „Ah, wo haben Sie das denn gehört? Ja, es stimmt - Ana und Moritz hatten eine sehr leidenschaftliche Affäre und sie zog sogar zu ihm in seine Wohnung. Ich glaube, sie hat gehofft, dass sie es schaffen würde, ihn von seinem Junggesellendasein abzubringen. Aber natürlich kann man einen Mann wie Moritz nicht ändern."

Müller schüttelte den Kopf. „Ana war sehr verbittert, als Moritz ihr sagte, dass es vorbei ist. Das hat mich in eine schwierige Lage gebracht, denn Ana und ich sind seit Jahren gut befreundet. Sie besitzt nämlich eine Kunstgalerie, wir kennen uns schon lange. Sie wollte, dass ich mit Moritz spreche und ihn bitte, ihrer Beziehung noch eine Chance zu geben, wie man so schön sagt. Als Stefan Dreschner mich in sein neues Hotel einlud, schlug ich ihm vor, Moritz ebenfalls einzuladen. Ich dachte, wenn Moritz die Wohnung für ein paar Tage verlässt, würde sie ihre Sachen packen und in ihre eigene Wohnung zurückkehren. Aber stattdessen bestand sie darauf, mit ihm ins Hotel zu kommen. Und Moritz - er ist nicht der Typ, der streitet. Er lässt sie einfach mitkommen ... und ignoriert sie dann völlig."

Was sie vermutlich vollends zur Weißglut gebracht

hat, dachte ich. Ich stützte die Ellbogen auf den Tisch und sah ihn unverwandt an. „Herr Müller, meinen Sie, Ana könnte Ihren Freund umgebracht haben?“

„Ana? Nein, ganz bestimmt nicht.“

„Ich meine nicht, dass sie den Mord kaltblütig geplant hat. Vielleicht haben sie sich gestritten und sie wurde so wütend, dass sie ihn vom Balkon gestoßen hat. Wäre sie zu einer solchen Tat in der Lage?“

„Nun ...“ Er schien sich in seiner Haut nicht wohlzufühlen. „Aber Ana hat Moritz geliebt! Sie hätte ihn niemals umgebracht.“

Beinahe hätte ich mich zu dem Gemeinplatz hinreißen lassen, dass es ein schmaler Grat zwischen Liebe und Hass ist, aber im letzten Moment hielt ich mich zurück. Müller war schon aufgewühlt genug.

„Wenn es nicht Ana war, dann muss es jemand anderes aus dem Hotel gewesen sein“, überlegte ich. „Ich muss noch einmal versuchen, Inspektor Gruber zu überzeugen, alle Alibis für die Tatzeit ein weiteres Mal zu überprüfen. Wenn die Polizei erst einmal anfängt, Fragen zu stellen, findet sie sicher einen Hinweis auf den Mörder.“

In bedrückter Stimmung und in unbehaglichem Schweigen beendeten wir unser Frühstück aus Kaffee und Kuchen. Es tat mir leid, dass die ursprüngliche Munterkeit verloren gegangen war, und als ich wieder auf die Straße trat, schwor ich mir, mit den Silberlocken ins Café Central zu gehen, um das prachtvolle Ambiente mit ihnen zu genießen - und um noch mehr von den köstlichen Kuchen und Torten zu probieren!

Kapitel 24

Bei meiner Rückkehr ins Hotel saßen die Silberlocken mit Jane Hillingdon und ihrer Mutter in der Gästelounge. Am liebsten hätte ich auf der Stelle kehrtgemacht, doch es war zu spät – sie hatten mich gesehen. Die Mienen der vier alten Damen erinnerten mich an den gequälten Gesichtsausdruck von Tieren in einer Falle, die verzweifelt auf Rettung warteten.

„Gemma! Wo warst du den ganzen Morgen, Liebes?", rief Mabel eifrig. „Komm, setz dich zu uns."

Widerstrebend gesellte ich mich zu ihnen aufs Sofa. „Ich ... ähm, ich war kurz auf dem Polizeirevier, um mit Inspektor Gruber zu sprechen - und dann habe ich Johann Müller getroffen und er hat mich zum Kaffee ins Café Central eingeladen. Oh, das muss ich Ihnen unbedingt zeigen, es ist wunderbar!" Ich versuchte hastig, das Thema zu wechseln, als ich sah, wie Jane Hillingdon bei dem Wort „Polizeirevier" neugierig die Ohren spitzte.

„Oh, wir waren schon im Café Central, nicht wahr, Mum?", begann Jane und schaute ihre Mutter an, die wie immer ihr Strickzeug auf dem Knie hatte. „Ein prächtiger Saal - und es gibt so viele köstliche Kuchen und Torten! Aber wieso waren Sie auf dem Polizeirevier – haben Sie mit dem Inspektor gesprochen? Es geht um Herrn Wagner, stimmt's?" Sie hielt entsetzt die Luft an. „Oooh, es war also doch Mord? Ich habe ja gleich gesagt, dass er ermordet wurde – wissen Sie noch? Als wir uns im Belvedere getroffen haben? Ich dachte die ganze Zeit, dass an seinem Tod etwas faul ist. Ich bin da sehr empfindsam, wissen Sie. Jemand hat mir mal gesagt, ich könnte Hellseherin sein – da wurde dieser Kurs angeboten, ‚Erwecke dein inneres Medium' hieß er: sechs Sitzungen für zweihundert Pfund. Der Kursleiter hat gesagt, er würde mir einen Rabatt geben, weil er ein so großes hellseherisches Talent bei mir wahrgenommen hat und er nicht wollte, dass ich dieses Potenzial vergeude. Aber im Schaufenster von Russell & Bromley habe ich ein Paar Stiefel gesehen, die mir wirklich gefielen, und die haben auch zweihundert Pfund gekostet - keine kniehohen Stiefel, sie gingen nur bis zum Knöchel, ich finde, die sehen viel hübscher aus, meinen Sie nicht auch? Ich habe mich dann für die Stiefel entschieden, am Ende waren sie allerdings eine echte Enttäuschung, wie ich leider zugeben muss. Im Geschäft waren sie so bequem, doch dann habe ich sie das erste Mal getragen und bekam solche Blasen an den Füßen, das können Sie sich nicht vorstellen -"

„Ich ... ich müsste noch schnell ein paar Postkarten schreiben", unterbrach Mabel den Redeschwall und stand eilig auf. Die anderen Silberlocken murmelten: „Oh ja, ich auch!" und folgten ihr auf dem Fuße.

Ich musste mir ein Grinsen verkneifen. Wer hätte gedacht, dass jemand Mabel Cooke aus dem Feld schlagen würde? Es schien, als hätte die heimliche Herrscherin von Meadowford in der geschwätzigen Jane Hillingdon eine ebenbürtige Gegnerin gefunden. Dann sackte mir das Herz in die Hose, als mir klar wurde, dass die Silberlocken mich wie üblich meinem Schicksal überließen.

Ich wollte mich gerade ebenfalls verabschieden, doch dann bemerkte ich eine große A4-Broschüre, die auf dem Couchtisch lag. Es war offenbar ein Konzertführer, in dem die verschiedenen Dinner-Konzerte in Wien gelistet waren. Das Titelbild zeigte fröhlich lächelnde Orchesterensembles in glanzvollen Barocksälen. Jane hatte sich offensichtlich Notizen zu den einzelnen Angeboten gemacht, aber was mir ins Auge fiel, war etwas am Rand der Broschüre. Ich beugte mich vor, um einen genaueren Blick darauf zu werfen.

Jane freute sich über mein Interesse. „Hatten Sie auch überlegt, ein Dinner-Konzert zu besuchen? Wir könnten zusammen hingehen - wir wären sogar genug Leute für einen eigenen Tisch, meinen Sie nicht auch? Mit mir und Mum ... und Ihnen und Mrs Cooke und den anderen ... das sind sieben, und ich glaube, die Tische -"

„Haben Sie die gezeichnet?", unterbrach ich sie und deutete auf die Kritzeleien am Rand.

„Ich? Oh nein! Ich kriege nicht mal ein Strichmännchen hin", lachte Jane. „Das war dieser nette Amerikaner, Randy. Er war vorhin hier und ich habe ihn gefragt, in welches Konzert wir seiner Meinung nach gehen sollten, und er hat diese Muster gekritzelt, während er mit mir gesprochen hat. Die sind schön, nicht wahr? Ich könnte nie im Leben ein Pferd so zeichnen! Sehen Sie sich nur diese ausgefallenen Sprünge an, als würden sie durch die Luft schweben oder so."

„Das nennt man ‚Schulen über der Erde'. Es sind Dressurübungen der Lipizzaner-Hengste", erwiderte ich fast automatisch, ohne den Blick von den Kritzeleien zu wenden.

Ich hatte solche Zeichnungen schon einmal gesehen – sie sahen diesen hier so ähnlich, dass sie von ein und derselben Person stammen mussten. Und jetzt fiel mir ein, wo – auf dem Blatt Papier, auf dem Wagner seine Hotelkritik geschrieben hat. Ich hatte angenommen, Wagner habe sie gezeichnet, aber jetzt wurde mir klar, dass diese Pferdezeichnungen nur von einem Mann stammen konnten. Von dem Mann, der die Pferde auf der Broschüre gekritzelt hatte. In meinem Kopf drehte sich alles, als mir klar wurde, was das bedeutete.

„Wo ist Randy jetzt?", fragte ich abrupt.

„Oh, ich glaube, er sagte, er wolle auf sein Zimmer. Ich bin mir nicht sicher ... Ich habe ihn auf dem Flur gesehen, als er sich mit dem chinesischen Paar und dem kleinen Mädchen unterhalten hat. So ein süßes Kind, meinen Sie nicht auch? Und ihr Englisch ist so gut für jemanden, der -"

„Es tut mir leid - bitte entschuldigen Sie mich! Ich muss ... ich muss etwas erledigen!" Ich rannte geradezu aus dem Zimmer und ließ eine verblüffte Jane Hillingdon zurück.

An der Rezeption fragte ich Stefan nach Randys Zimmernummer, eilte dann die Treppe hinauf und blieb schließlich vor dem Zimmer des Amerikaners stehen. Ich erwog kurz, ob ich mit meinem Verdacht zur Polizei gehen und die Beamten drängen sollte, Randy zu befragen, doch die Erinnerung an das Gespräch mit Inspektor Gruber wurmte mich immer noch. Nein, ich wollte *jetzt* Antworten, nicht erst, wenn die Polizei sich endlich dazu durchrang, Wagners Fall ernst zu nehmen. Ich klopfte entschlossen an die Tür und Randy öffnete sie einen Moment später.

Seine Miene erhellte sich, als er mich sah, und er bedachte mich mit seinem typischen strahlenden Lächeln.

„Hallo, Gemma, wie geht's?" Er blickte mich erwartungsvoll an.

„Äh ..." Vor lauter Aufregung über meine Entdeckung hatte ich mir gar keinen Plan zurechtgelegt, was ich sagen sollte. Also starrte ich den lächelnden Randy nur stumm an. Einen Mann insgeheim des Mordes zu bezichtigen ist eine Sache, ihn mit dem Verdacht zu konfrontieren eine andere, vor allem, wenn er so fröhlich grinsend vor einem stand wie der junge Amerikaner. Ich musste ihn irgendwie zum Reden bringen, aber wie? In meinem Kopf herrschte plötzlich gähnende Leere. Da sah ich das Bild eines weißen Pferdes auf seinem Sweatshirt – und schon wusste ich: Über dieses Thema konnte er sich stundenlang auslassen.

„Ich ... äh ... ich hätte ein paar Fragen zu den Lipizzanern und dachte, Sie wüssten vielleicht ...“

„Aber sicher! Kommen Sie rein! Kommen Sie rein!“ Randy hielt einladend die Tür auf.

Mein Gewissen versetzte mir einen Stich, weil ich seine Liebe zu den majestätischen Tieren so schamlos ausnutzte, aber dann rief ich mich zur Ordnung: Dieser Mann war möglicherweise ein Mörder. Ich schaute mich verstohlen um, in der Hoffnung, weitere Details über ihn zu erfahren. *Ich wette, das Hauspersonal ist begeistert*, dachte ich. das Zimmer war aufgeräumt, auf Schreibtisch und Nachttisch lagen nur wenige persönliche Gegenstände, in dem kleinen Koffer auf der Ablage lagen säuberlich gefaltete Kleidungsstücke. Ob seine Pferdeställe in Florida ebenso ordentlich waren, mit perfekt ausgerichteten Heuballen und Zaumzeug in symmetrischen Reihen?

„Also, was wollten Sie wissen?“, fragte Randy, ließ

sich auf den Stuhl am Schreibtisch fallen und wies mir den einzigen Sessel zu.

„Oh … äh …“ Ich überlegte krampfhaft. „Ich habe mich gefragt, warum es ‚Spanische Hofreitschule‘ heißt, obwohl sie doch in Wien steht?“

„Diese Frage stellten die Leute immer wieder“, sagte Randy mit einem Lächeln. „Der Name hat damit zu tun, dass die Hengste von spanischen Pferden abstammen, die im sechzehnten Jahrhundert importiert wurden. Wissen Sie, die Habsburger herrschten damals über Spanien und in der Renaissance erlebte die klassische Reitkunst eine Blütezeit. Leichte, schnelle Reitpferde waren gefragt, statt der großen, schweren Zugpferde. Also kreuzte man arabische, spanische und neapolitanische Pferde und heraus kam dieses großartige Tier, das schön und intelligent und stark, aber auch ruhig und wirklich gutmütig war und mit dem man leicht arbeiten konnte - das sind die Lipizzaner!“

„Hört sich toll an.“

„Ja, ich liebe diese Pferde einfach. Sie sind sehr auf Menschen fixiert. Meine Jungs sind beim Training ganz bei der Sache - sie wollen einem wirklich gefallen.“

„Es ist fantastisch, dass Sie Ihr Wissen mit Pferdeliebhabern in Amerika teilen können.“ Ich witterte meine Chance. „Sie müssen so stolz sein, wenn die Leute zu Ihren Shows kommen und Sie so vielen Menschen von dieser wunderbaren

Pferderasse erzählen können."

Randys Miene verdüsterte sich. „Nun, um ehrlich zu sein, sind die Besucherzahlen in letzter Zeit erheblich gesunken - die Leute kommen einfach nicht mehr zu den Shows. Schuld daran ist die blöde Technik! Heutzutage ist jeder ständig im Internet unterwegs, beim Streamen oder in den sozialen Medien. Sie sitzen alle vor irgendeinem Bildschirm. Niemand will raus in die Natur und sich auf althergebrachte Weise unterhalten lassen. Ein Familienausflug zur Ranch in der Nähe, um ein paar schöne Pferde zu sehen – das macht man mittlerweile nicht mehr."

Ich schnalzte mitfühlend mit der Zunge. „Ja, es ist furchtbar, wie die Technik unser Leben umgekrempelt hat. Es muss schwer für Sie sein. Wenn die Besucherzahlen rückläufig sind, bedeutet das wohl auch finanzielle Verluste, nicht wahr?"

Er zögerte kurz, dann nickte er. „Ja, die Shows halten die Ranch über Wasser. Die Pferdezucht ist teuer und ich verkaufe meine Fohlen nicht an jeden x-beliebigen Interessenten. Ich vergewissere mich immer, dass sie ein gutes Zuhause vorfinden."

„Könnte es so weit kommen, dass Sie die Ranch verkaufen müssen?"

Er spannte die Kiefermuskeln an. „Auf keinen Fall, die Ranch verkaufe ich nicht. Ich würde alles tun, um sie zu erhalten."

Ich holte tief Luft. „Alles – auch einen Mord begehen?"

„*Was?!*" Er starrte mich mit offenem Mund an.

„Sie sind Wagners nächster Angehöriger, nicht wahr?"

„Ich ... woher wissen Sie das?", stotterte er. „Das heißt aber nicht, dass ich ihn umgebracht habe."

„Sie haben die Polizei angelogen, als Sie behauptet haben, dass Sie nichts mit Wagner zu tun hätten, während Sie in Wirklichkeit mit ihm verwandt waren. Ich weiß, dass Ihre Mutter mit Mädchennamen Wagner hieß und dass sie aus Wien stammte. Wahrscheinlich war sie zu alt, um seine Schwester zu sein – war sie eine Cousine?"

Randy schien hin und her gerissen, als wisse er nicht, wie viel er mir erzählen solle. Schließlich sagte er: „Nein, *ich* war sein Cousin. Meine Mutter war seine Tante. Ich weiß, angesichts des Altersunterschieds hört sich das komisch an, aber Wagners Vater war viel älter als meine Mom, ungefähr fünfzehn Jahre. Er war noch recht jung, als sein Sohn auf die Welt kam, und meine Mutter war ziemlich alt, als sie mich bekommen hat. Wir waren also etwa fünfundzwanzig Jahre auseinander, aber trotzdem waren Wagner und ich Cousins."

„Aber ich hatte nicht den Eindruck, dass Wagner Sie erkannt hat", wandte ich stirnrunzelnd ein.

„Er hatte keine Ahnung, wer ich bin, bis ich es ihm gesagt habe."

Ich sah Randy überrascht an. „Er war Ihr Cousin ersten Grades – und kannte Sie nicht?"

„Nun, meine Mutter hatte den Kontakt zu ihrer

Familie abgebrochen, daher wusste niemand von meiner Existenz." Er zögerte erneut, dann schien er einen Entschluss zu fassen und sagte so schnell, dass er sich fast verhaspelte: „Die Eltern meiner Mutter waren gegen ihre Ehe mit meinem Vater, er war ein mittelloser irischer Jockey, während sie aus einer angesehenen Wiener Familie stammte. Also sind die beiden durchgebrannt. Sie sind nach Amerika abgehauen und meine Mutter hat alle Verbindungen zu ihren Verwandten in Österreich gekappt. Erst als sie letztes Jahr im Sterben lag, hat sie mir die ganze Geschichte erzählt."

„Das ist also der eigentliche Grund, warum Sie nach Wien gekommen sind", murmelte ich nachdenklich.

„Ja", räumte Randy ein. „Als es nach und nach mit der Ranch immer schwieriger wurde, habe ich überlegt, Kontakt mit der Familie meiner Mutter aufzunehmen und sie um Hilfe zu bitten. Ich hatte ein wenig recherchiert und herausgefunden, dass inzwischen fast alle gestorben sind - mit Ausnahme von Moritz Wagner, meinem Cousin."

„Und Sie haben zudem herausgefunden, dass Sie der einzige Erbe des gesamten Wagner-Nachlasses sind, falls Moritz Wagner etwas zustoßen sollte."

Randy sah aus, als fühlte er sich nicht wohl in seiner Haut. „Ja, das stimmt schon ... aber das heißt nicht, dass ich nach Wien gekommen bin, um ihn umzubringen! Das ist komplett verrückt!"

„Aber Sie sind doch nach Wien gekommen, um

Wagner zu sehen, oder nicht?"

Er spielte gedankenverloren mit einem Stift auf dem Schreibtisch. „Ja, Wagner war in den sozialen Medien ziemlich aktiv und hat erwähnt, dass er dieses neue Hotel testen wollte. Ich dachte, es wäre eine gute Gelegenheit, mit ihm zu sprechen – Sie wissen schon: Man lernt sich in einem geselligen Rahmen kennen und irgendwann ergibt sich ein günstiger Moment, mit ihm zu reden. Das ist besser als ein formelles Treffen - also habe ich ebenfalls ein Zimmer gebucht."

„Aber warum haben Sie die Polizei angelogen? Ich war dabei - ich habe gehört, wie Sie sagten, dass Sie Wagner nicht kennen, dass Sie noch nie mit ihm gesprochen haben."

Randy zuckte resigniert die Schultern. „Ich bin einfach in Panik geraten und habe gesagt, was mir als Erstes in den Sinn kam, okay? Ich weiß, es war dumm von mir, aber ich ... ich bin ausgeflippt. Mir war klar, dass ich am meisten von Wagners Tod profitieren könnte, weil er keine anderen nahen Verwandten hat. Daher hatte ich Angst, man würde mir unterstellen, dass ich ein Interesse an seinem Tod hätte. Also beschloss ich, die Tatsache, dass er mein Cousin war, gar nicht erst zu erwähnen." Er verstummte und warf mir einen fragenden Blick zu. „Moment mal - woher wussten Sie davon?"

„Das ist eine lange Geschichte ... aber Ihre Pferdezeichnungen haben Sie verraten."

„Meine Pferdezeichnungen?" Er schaute verwirrt.

„Ja, Sie haben die Angewohnheit, Pferde zu zeichnen, sobald Sie ein Stück Papier vor sich haben, nicht wahr? Auf der Broschüre in der Gästelounge haben Sie welche hingekritzelt, als Sie mit Jane Hillingdon gesprochen haben. Und Sie haben welche an den Rand des Notizblocks gemalt, der in Wagners Zimmer lag und auf dem er dann später seinen angeblichen Abschiedsbrief verfasst hat."

Randy zuckte zusammen. „Ja, dieses Papier suche ich seitdem."

Ich schnippte mit den Fingern. „Deshalb haben Sie in dem Büro hinter der Rezeption herumgeschnüffelt!"

Er starrte mich entgeistert an. „Woher zum Teufel wissen Sie das?

„Sie hatten Angst, die Polizei hätte das vollständige Blatt gefunden, und haben befürchtet, sie könnten die Kritzeleien mit Ihnen in Verbindung bringen, nicht wahr?"

„Ja. Aber als ich im Büro war, habe ich gesehen, dass den Beamten nur ein abgerissenes Stück von der Originalseite vorlag. Sie haben mich nicht noch einmal befragt, daher dachte ich, ich bin in Sicherheit." Er sah mich verwirrt an. „Aber ich verstehe es immer noch nicht - wieso wissen *Sie* von den Kritzeleien, wenn die Polizei nichts davon weiß?"

„Zuerst müssen Sie mir sagen, warum die Kritzeleien auf Wagners Notizblock waren."

Er zuckte mit den Schultern. „An dem Tag, als Wagner gestorben ist, habe ich ihn in seinem Zimmer aufgesucht und ihm alles erzählt: über meine Mutter, die Ranch, meine finanzielle Situation ... Er war recht verständnisvoll und sagte, er wäre bereit, etwas Kapital in meine Ranch zu investieren, um mir über die Durststrecke hinwegzuhelfen. Er hat auch gesagt, er hätte viele Kontakte in der Wiener High Society, und wollte versuchen, Werbung für meine Lipizzaner-Shows in den Staaten zu machen. Vermutlich habe ich auf dem Notizblock auf seinem Schreibtisch herumgekritzelt, ohne darüber nachzudenken. Am Morgen, nachdem die Leiche gefunden wurde, war die Rede von einem Brief, den man bei Wagner gefunden habe. Er sei auf Hotelpapier geschrieben, hieß es, und da erinnerte ich mich plötzlich an meine Kritzeleien. Ich wusste nicht, ob er dasselbe Blatt benutzt hatte - aber es war das oberste auf dem Block, also war die Wahrscheinlichkeit groß - und ich geriet in Panik, vor allem, weil ich der Polizei gesagt hatte, ich hätte nie mit ihm gesprochen. Wenn die Beamten herausgefunden hätten, dass ich die Pferde am Rand gezeichnet hatte, hätte es ausgesehen, als würde ich absichtlich etwas verbergen." Er schüttelte heftig den Kopf. „Dabei verheimliche ich gar nichts, es war nur eine Aneinanderreihung unglücklicher Umstände. Ich meine, warum sollte ich Wagner umbringen? Er wollte mir helfen, also hätte er mir lebendig mehr genützt als tot. Nein", fügte er entschuldigend hinzu, „das war nicht so gemeint."

„Kein Problem, ich verstehe, was Sie sagen

wollen", meinte ich. „Man könnte aber auch eine andere Rechnung aufmachen: Solange Wagner am Leben war, hätten Sie nur ein bisschen Unterstützung bekommen. Nach seinem Tod erben Sie alles."

„Aber das wissen Sie doch gar nicht!", gab Randy zu bedenken, „Sie kennen sein Testament nicht, oder? Ich kenne es auch nicht. Vielleicht hat er alles seiner Familie vermacht oder einer Wohltätigkeitsorganisation. Oder einer Geliebten. Außerdem dauert es in einem Erbfall eine halbe Ewigkeit, bis alle Formalitäten erledigt sind. Wagner hatte versprochen, mir am nächsten Tag einen Scheck auszustellen. Ich hatte wirklich keinen Grund, ihn umzubringen."

Er war überzeugend, das musste ich ihm lassen. Wenn es sich so verhielt, wie er sagte, hatte er tatsächlich kein Motiv für einen Mord. Ich lehnte mich frustriert zurück. Eben noch war ich überzeugt gewesen, die Antwort zu kennen - aber wenn Randy nicht der Mörder war, wer war es dann?

Kapitel 25

Während ich langsam in unser Zimmer zurückging, dachte ich über das nach, was Randy mir erzählt hatte. Ich war in Gedanken versunken und merkte gar nicht, dass außer den Silberlocken noch jemand in unserer Suite war, bis Glenda mir zuraunte: „Hier ist jemand, der dich sehen will, Liebes."

Ich blickte auf und sah die Eltern Chow auf dem Sofa sitzen. Mei-Mei hockte mit hängenden Schultern neben ihnen. Angesichts von Mrs Chows finsterer Miene, sackte mir das Herz in die Hose. *Oh nein!* Die Silberlocken hatten mit verlegenem Grinsen bei den Chows ausgeharrt, doch nun ergriffen sie die Gelegenheit beim Schopf und verschwanden hastig in ihren Zimmern. Ich blieb allein mit dem chinesischen Paar und Mei-Mei zurück, die den Kopf gesenkt hielt und nervös die

Hände knetete.

„Äh, darf ich Ihnen eine Tasse Tee anbieten?" Ich suchte Zuflucht in dem altehrwürdigen britischen Allheilmittel gegen widrige Situationen. Offensichtlich war ich meiner Mutter und Mabel Cooke ähnlicher, als ich dachte, wie ich mit leichtem Schaudern feststellte.

Mrs Chow funkelte mich wütend an. „Warum lügen Sie?", fragte sie. „Warum sagen Sie, Sie bringen Mei-Mei ins Kunstmuseum, aber es stimmt nicht? Wir haben mit Mr Randy gesprochen - er hat berichtet, dass er Mei-Mei mit Ihnen in der Pferdeshow gesehen hat!"

„Ich wollte ... eigentlich wollten wir ..."

„Und Mei-Mei sagt es mir nicht! Haben Sie ihr das beigebracht? Sie sind ein schlechter Mensch, bringen Kindern bei, ihre Mutter zu belügen!"

„Nein, ich -"

„Ich vertraue Ihnen!" Sie stand auf und stieß zornig mit dem Finger in meine Richtung. „Sie sagen mir, Sie werden Mei-Mei helfen, dass sie lernt und eine gute Ausbildung bekommt, um ihr Gehirn zu verbessern -"

„Ja, aber Bildung kommt nicht nur aus Museen und Lehrbüchern!", platzte ich heraus. „Es geht nicht nur darum, Theorien, Formeln und berühmte Persönlichkeiten in Geschichte, Politik und Wissenschaft zu kennen! Es gibt auch andere Dinge, die wertvoll sind, wie Kunst und Musik und ... und ... und Lebenserfahrungen!"

Mrs Chow schnaubte verächtlich. „Kann das Leben später genießen. Jetzt ist jung, muss lernen und hart arbeiten - was passiert sonst, wenn sie alt ist? Kein Haus, kein Geld ... kann Leben nicht genießen!"

Ich holte tief Luft. „Es tut mir sehr leid, dass ich Mei-Mei ohne Ihre Erlaubnis zu der Pferdeshow mitgenommen habe, aber Sie hätten sehen sollen, wie glücklich sie war, wie sehr sie es genossen hat!" Ich warf ihr einen flehenden Blick zu. „Mei-Mei ist noch ein Kind. Sie muss die Möglichkeit haben, zu träumen und Dinge zu tun, die ihr Spaß machen, und Schönheit zu erleben."

Mrs Chow zischte: „Sie nicht Mutter! Sie verstehen das nicht!"

„Ich muss keine Mutter sein, um zu wissen, dass Sie sie zu sehr unter Druck setzen und ihren Geist ersticken!" Allmählich verlor ich die Beherrschung. „Wenn Sie Ihre Tochter wirklich lieben würden -"

Ich unterbrach mich erschrocken, als mir klar wurde, was ich da gesagt hatte. Mrs Chow betrachtete mich mit versteinerter Miene.

Ich schluckte. „Ich ... es tut mir leid. Ich habe das nicht so gemeint ..."

Die Chinesin saß schwer atmend auf dem Sofa, auf ihren Wangen erschienen zwei rote Flecken. Der ängstliche Blick ihres Mannes ging zwischen seiner Frau und mir hin und her. Mei-Mei sackte noch weiter in sich zusammen, ihre schmalen Schultern zitterten.

„Bitte … es tut mir leid", versuchte ich es noch einmal. „Ich … ich wollte nicht unhöflich sein. Und ich bin sicher, Sie lieben Ihre Tochter und wollen nur das Beste für sie. Aber … können Sie Ihre Sichtweise nicht ein wenig ändern? Haben Sie sich jemals Mei-Meis Zeichnungen angesehen? Sie sind beeindruckend! Sie hat ein unglaubliches Talent, das Sie schätzen und fördern sollten. Das heißt ja nicht, dass sie nicht auf eine gute Universität gehen kann. An der Universität Oxford gibt es zum Beispiel einen Studiengang in Bildender Kunst, wo sie alles über Kunstgeschichte und -theorie lernt. Die Dozenten würden ihr helfen, ihren eigenen Stil zu entwickeln. Natürlich muss sie keinen Abschluss in Kunst machen, ich weiß, dass Sie sie gerne als Anwältin sehen möchten, und das ist ein großartiger Beruf - aber … aber vielleicht sollten Sie auch in Betracht ziehen, was Mei-Mei will?"

„Mei-Mei ist zu jung, versteht noch nicht", schnauzte Mrs Chow. „Ich weiß, was wichtig für ihr Leben ist. Sie braucht guten Job und Haus und muss Geld sparen -"

Das kleine Mädchen sprang schluchzend auf, rannte zur Tür, riss sie auf und verschwand.

Ihre Mutter starrte mich wütend an. „Sehen Sie?", kreischte sie. „Sie bringen Mei-Mei schlechtes Benehmen bei! Früher hat immer auf mich gehört. Und jetzt läuft weg! Kein Respekt!"

Sie stürmte aus der Suite, dicht gefolgt von ihrem Mann. Ich starrte ihnen einen Moment lang wortlos nach, dann sank ich stöhnend aufs Sofa und verbarg das Gesicht in den Händen. Was für ein Durcheinander – und was für ein Gefühlschaos aus schlechtem Gewissen, Scham, Wut und Enttäuschung!

Die Silberlocken steckten die Köpfe aus ihren Zimmern. „Sind sie weg, Liebes?"

„Ja", antwortete ich seufzend. Ich warf ihnen einen reumütigen Blick zu, als sie sich zu mir aufs Sofa setzten. „Ich nehme an, Sie haben alles gehört?"

„Du hättest das kleine Mädchen nicht ohne Erlaubnis der Eltern zu den Pferden mitnehmen dürfen", sagte Glenda.

„Und du hättest etwas taktvoller sein können", tadelte Florence.

Ich sackte noch mehr in mich zusammen.

„Aber wir sind mit dir einer Meinung", sagte Ethel und tätschelte mir den Arm. „Das arme Kind muss ein bisschen Spaß haben, und ihre Mutter braucht - "

„Mehr Ballaststoffe!", erklärte Mabel entschieden. „An dieser Frau sieht man sehr deutlich, wie reizbar man bei Verstopfung und übermäßigen Blähungen wird. Eine große Portion Kleie jeden Morgen könnte Wunder wirken, sowohl für ihre allgemeine Stimmung als auch für ihre körperliche Verfassung."

„Gegen die verstockte Haltung einer Mrs Chow kommt alle Kleie dieser Welt nicht an", sagte ich finster.

„Nun, es bringt nichts, hier Trübsal zu blasen,

Liebes", meinte Mabel munter. „Komm mit! Es ist fast halb sechs - wir sollten uns unten eine schöne Tasse Tee gönnen."

„Oh ja, ich habe Lust auf ein Stück Gugelhupf", sagte Ethel.

„Was ist das noch mal?" fragte ich.

„Das weiß ich nicht mehr", erwiderte Ethel kichernd. „Ich hatte nur Lust, den Namen auszusprechen."

„Das ist ein Napfkuchen aus Rührteig", erklärte Florence, die für ihr Leben gern aß und alle Wiener Kuchen- und Gebäckspezialitäten beim Namen zu kennen schien. „Ich habe gestern ein Stück davon gegessen. Er ist wunderbar – weich und saftig und mit Puderzucker bestäubt. Und Sofia serviert ihn mit frischer Schlagsahne."

Bei ihrer Beschreibung lief mir das Wasser im Mund zusammen und so ging ich mit den Silberlocken nach unten. Der Gedanke, den Chows gegenübertreten zu müssen, ließ mich erschaudern, aber zum Glück waren sie nicht im Speisesaal. Alle anderen Gäste schienen sich jedoch eingefunden zu haben: Neben einem großen Gugelhupf in der Mitte des Buffets hatte Jane Hillingdon den armen Stefan festgenagelt, der sich ihr ununterbrochenes Geplapper höflich anhörte. Die alte Mrs Hillingdon hatte sich ein Stück Schokoladentorte genommen und marschierte mit ihrem Strickzeug unter dem Arm in Richtung Gästelounge. Randy McGrath und Ana Bauer hatten die Köpfe zusammengesteckt und schienen in eine intensive Diskussion vertieft. Johann Müller stand neben der großen Kuchenplatte mit Apfelstrudel und überlegte offensichtlich, welches Stück er sich nehmen sollte. Ich gesellte mich zu ihm, voller Erleichterung, einen unverfänglichen Gesprächspartner gefunden zu haben. Er lächelte, als er mich sah.

„Ah, Frau Rose, haben Sie den Apfelstrudel schon probiert?"

„Nein, leider nicht", gestand ich. „Ich glaube, ich bin noch satt von dem Kuchen heute Morgen im Café Central!"

„Trotzdem müssen Sie ihn probieren!" Müller legte begeistert eine großes Stück auf einen Teller und reichte ihn mir. Dann schnalzte er missbilligend mit der Zunge. „Ah, keine Servietten. Frau Fritz hat sie wohl vergessen."

„Ach, das macht nichts, ehrlich", sagte ich, aber Müller war offenbar ein Gentleman alter Schule, der einer Dame ihren Kuchen nicht ohne die dazugehörige Serviette reichte.

„Nein, nein, ich hole Ihnen eine", beharrte er und lief los.

Der Teller lag warm in meinen Händen, und als ich den wunderbaren Duft von Zimt und geschmolzener Butter einsog, beschloss ich, nicht abzuwarten, bis Müller mit der Serviette kam. Ich griff nach einer Gabel und machte mich über den Strudel her.

Mmm ... Die dünne Teighülle war federleicht und

knusprig und zerging auf der Zunge. Die warme, mit Zucker karamellisierte Füllung aus Apfelscheiben, Rosinen und Semmelbröseln schmeckte hinreißend. Ich kaute mit geschlossenen Augen und genoss die unterschiedlichen Aromen. *Müller hat recht*, dachte ich. In Wien gab es fantastische Kuchen und Torten, doch dem Apfelstrudel gebührte der erste Platz. Ich wollte mir gerade ein weiteres Stück in den Mund schieben, als plötzlich erstickte Schreie ertönten.

„Aaaahhhh! Aaa-rrr-rrr-gghh! Aarrgghh!"

Erschrocken ließ ich den Teller fallen und rannte Richtung Gästelounge, aus der sie zu kommen schienen. Dort kauerte die alte Mrs Hillingdon auf dem Boden. Sie umklammerte keuchend ihren Hals, ihr Gesicht war puterrot.

„MUM!", kreischte Jane Hillingdon und sank neben ihrer Mutter auf die Knie. „Oh mein Gott, Mum, was ist passiert?"

Die alte Frau gab einen röchelnden Laut von sich, sprechen konnte sie nicht. Allerdings bedeutete sie uns mit unmissverständlichen Gesten, was geschehen war. Das Gewirr aus Stricknadeln, Garn und einem halb fertigen Schal auf dem Boden zeugte von einem Kampf. Jemand hatte sich von hinten angeschlichen und versucht, sie zu erdrosseln.

Kapitel 26

Mabel bahnte sich einen Weg durch die Menge. „Stehen Sie nicht einfach herum – rufen Sie einen Krankenwagen!", befahl sie.

Ich sah Stefan neben Randy und Müller stehen, alle drei Männer starrten wie vom Donner gerührt auf die verletzte Frau am Boden, aber Mabels Stimme schien Stefan aus seiner Benommenheit zu reißen.

„Ja, natürlich ...", murmelte er, drehte sich um und eilte zur Rezeption.

Eine leichenblasse Sofia kam mit einem Glas Wasser, hockte sich neben die alte Dame und hielt ihr das Glas an die Lippen. Sie sah auf und unsere Blicke trafen sich. Vermutlich dachte sie dasselbe wie ich: *Hat der Mörder wieder zugeschlagen?* Ich betrachtete die Gesichter um mich herum. Außer den Chows waren alle Gäste hier, und wenn es sich bei dem Angreifer nicht um einen Eindringling von draußen handelte, war der Mörder einer von uns. Das aufgeregte Gemurmel und die misstrauischen Blicke unter den Umstehenden ließen vermuten, dass ich nicht als Einzige so dachte.

Kurze Zeit später trafen die Polizei und der Krankenwagen ein und Mrs Hillingdon wurde von den Sanitätern verarztet. Sie hatte sich ein wenig erholt, doch das Sprechen fiel ihr immer noch schwer und an ihrem Hals zeigten sich hässliche rote Flecken. Doch die alte Dame war zäh – sie wollte auf keinen Fall zur Beobachtung ins Krankenhaus, obwohl die Sanitäter ihr dringend dazu rieten, weil die Schwellung schlimmer werden und die Atmung beeinträchtigen konnten.

„Mum, du gehörst ins Krankenhaus, das ist wirklich wichtig", sagte Jane, die sich ausnahmsweise kurzfasste.

Vielleicht war es der Schock, ihre Tochter nicht mehr als einen einzigen Satz sagen zu hören, der Mrs Hillingdon schließlich einlenken ließ. Als sie von den Sanitätern hinausgetragen wurde, konnte ich erkennen, dass die schrecklichen Flecken an ihrem Hals genau die Finger abbildeten, die versucht hatten, sie zu erwürgen. Aber warum? Warum sollte jemand die alte Mrs Hillingdon umbringen? Und wer würde so etwas tun? Die Silberlocken bewegten offensichtlich die gleichen Gedanken, denn sobald die Befragung durch die Polizei beendet war und wir in unsere Suite zurückkehren durften, spekulierten sie, wer ihr das angetan hatte.

„Ich tippe nach wie vor auf Ana Bauer", beharrte Glenda. „Ich habe die ganze Zeit gesagt, dass sie die Mörderin ist. Erst hat sie Moritz umgebracht und dann hat sie versucht, Mrs Hillingdon zu töten."

„Aber sie saß doch bei diesem amerikanischen Jungen, Randy, nicht wahr?", fragte Ethel. „Ich habe sie miteinander reden sehen."

„Vielleicht hat Randy ihr geholfen. Ich bin überzeugt, dass *er* der Mörder ist", sagte Florence.

„Keiner von beiden ist der Mörder", erklärte Mabel herrisch. „Der Mörder ist Stefan Dreschner. Ich habe mir vorhin zum ersten Mal seine Hände genau angesehen. Ist euch aufgefallen, wie kurz seine Zeigefinger sind?"

„Seine Zeigefinger?", wiederholte ich verständnislos.

Mabel nickte eifrig. „Ich habe ein Buch über Chiromantie gelesen, in dem stand, dass Menschen mit auffallend kurzen Zeigefingern kriminelle Neigungen aufweisen."

Ich verdrehte die Augen. „Das ist das Lächerlichste, was ich je gehört habe! Nur weil der arme Mann mit kürzeren Zeigefingern geboren wurde als andere Leute, haben Sie etwas gegen ihn? Und überhaupt – was ist mit dem Motiv? Ich verstehe nicht, warum es jemand auf Mrs Hillingdon abgesehen hat." Ich schüttelte den Kopf. „Das ergibt einfach keinen Sinn! Im Fall von Wagner war es logisch, alle zu verdächtigen, denen sein Tod aus irgendeinem Grund nützte. Aber mit dem Angriff auf Mrs Hillingdon sind unsere Spekulationen über den Haufen geworfen."

„Ja, jetzt müssen wir alle in Betracht ziehen, die nicht nur mit Wagner, sondern auch mit Mrs Hillingdon zu tun hatten", stimmte Florence mir zu und nickte.

„Das ist ... das ist einfach zu kompliziert!" Ich war gereizt. „Es gibt überhaupt keine Verbindung zwischen den beiden. Der eine ist ein österreichischer Kunst- und Restaurantkritiker mit vielen Liebschaften und vielen Feinden, die andere ist eine nette alte Engländerin, die in Wien Urlaub macht und keine Feinde hat, soweit wir wissen. Wie sind sie beide ins Visier des Mörders geraten?"

„Vielleicht siehst du die Sache falsch, Liebes", meinte Mabel. „Es gibt keine Verbindung zwischen den beiden, der Mörder hatte es nur auf Wagner abgesehen ... aber Mrs Hillingdon ist ihm lästig geworden."

Ich runzelte die Stirn. „Wie meinen Sie das?"

„Der Mörder hat nichts gegen Mrs Hillingdon persönlich, er will sie nur zum Schweigen bringen, weil sie eine Gefahr für ihn darstellt."

„Ja, ja", sagte Ethel aufgeregt. „Genau wie in Agatha Christies ‚Ein Mord wird angekündigt'! Da wurden das zweite und dritte Opfer getötet, weil sie die Mörderin hätten erkennen können."

„Aber Mrs Hillingdon weiß nicht, wer der Mörder ist, sonst hätte sie es gesagt", wandte ich ein.

„Vielleicht weiß sie nicht, dass sie es weiß", sagte Mabel.

„Was?" Allmählich verlor ich den Überblick.

„Nun, vielleicht -"

Ein verärgertes Miauen ließ Mabel verstummen. Müsli saß zu meinen Füßen und sah mich vorwurfsvoll an.

„*Miau!*", machte sie wieder und stieß mich mit dem Kopf an.

Ich warf einen Blick auf die Wanduhr. „Ach du meine Güte! Es ist schon nach acht Uhr und Müsli hat noch nichts zu fressen bekommen!"

Während ich eine Dose Katzenfutter holte, überlegten die Silberlocken, wo wir zu Abend essen sollten. Nach einigem Hin und Her entschieden sie sich für ein Restaurant, das Mabels allwissender Reiseführer wärmstens empfahl. Also folgten wir ihr gehorsam zu einem rustikal eingerichteten Lokal in der Nähe. Auf der Speisekarte standen ausschließlich traditionelle Wiener Gerichte, vor allem das berühmte Wiener Schnitzel. Es war so hervorragend zubereitet - ein hauchdünnes Kalbsschnitzel in knuspriger Panade goldbraun gebraten, serviert mit Petersilienkartoffeln und einer Zitronenspalte -, dass man wunschlos glücklich war. Na ja, vielleicht nicht ganz … ein Dessert wäre großartig. Niemand, der bei klarem Verstand ist, würde in Österreich angesichts der köstlichsten Kuchen und Torten auf das Dessert verzichten!

Als wir uns schließlich auf den Rückweg machten,

war es schon spät - weit nach halb elf - und im Hotel war es ruhig. Die Lichter in der Lobby waren gedämpft und die Gästelounge war leer. Stefan saß jedoch an seinem üblichen Platz hinter seinem Laptop an der Rezeption.

„Grüß Gott!", begrüßte er uns lächelnd. „Hatten Sie einen schönen Abend?"

„Ja, das essen war köstlich. Haben Sie etwas aus dem Krankenhaus gehört?", fragte ich.

Seine Miene wurde schlagartig ernst. „Ja, Frau Hillingdon geht es besser. Die Schwellungen sind zurückgegangen, sie hat Schmerzmittel bekommen und ruht sich jetzt aus. Die Ärzte sagen, dass sie großes Glück gehabt hat – ihr Kehlkopf ist nicht schlimm verletzt."

„Das hört sich gut an", sagte ich erleichtert. Ich mochte die ruhige, leidgeprüfte Mutter von Jane Hillingdon. „Sie wird also über Nacht im Krankenhaus bleiben?"

„Ja, eine Vorsichtsmaßnahme. Ihre Tochter ist bei ihr."

„Hat sie schon etwas über ihren Angreifer gesagt?"

Stefan schüttelte den Kopf. „Das weiß ich nicht. Die Polizei wird sie morgen im Krankenhaus befragen." Er sah sich in der Lobby um. „Ich habe mit Sofia geredet. Wir überlegen, ob wir die Sicherheitsvorkehrungen auf dieser Etage erhöhen müssen. Jeder Dahergelaufene kann einfach von der Straße ins Hotel gelangen und einen Gast überfallen. Eigentlich ist dies ein sicheres Viertel, daher hatten wir gedacht, wir bräuchten uns darum keine Sorgen zu machen, aber ... nun, ich nehme an, Kriminelle gibt es überall."

Der Höflichkeit halber murmelte ich etwas Nichtssagendes, obwohl ich überzeugt war, dass sie sich etwas vormachten und die Augen vor der Wahrheit verschlossen. Sofia wusste so gut wie ich, dass es sich bei dem Angreifer nicht um jemanden handelte, der sich zufällig in der Gegend herumgetrieben hatte. Gleichzeitig hatte ich Verständnis dafür, dass sie die Tatsache, möglicherweise einen Mörder zu beherbergen, herunterspielen wollten. Allein der Gedanke war unheimlich genug, ohne dass man es aussprach. Vermutlich wollten sie verhindern, dass die Gäste fluchtartig das Hotel verließen.

„Übrigens, haben Sie Mr und Mrs Chow und ihre kleine Tochter gesehen?", fragte ich.

„Ah, ja - sie waren vorhin bei mir. Sie haben beschlossen, früher abzureisen", sagte Stefan bedauernd. „Sie werden morgen auschecken."

„Oh." Ich hatte ein schlechtes Gewissen. Ob ihre Entscheidung etwas mit dem unerfreulichen Gespräch in unserer Suite zu tun hatte? Hoffentlich würde ich Mei-Mei noch einmal sehen, bevor sie abreiste - ich wollte mich richtig von ihr verabschieden, damit unsere kurze Freundschaft nicht mit dieser unangenehmen Szene endete. „Wissen Sie, ob sie gleich morgen früh auschecken?"

„Nein, ich glaube, sie bleiben bis zum späten

Vormittag."

„Oh, gut. Ich ... ich wollte mich gern von dem kleinen Mädchen verabschieden."

„Die Kleine? Die habe ich vorhin gesehen ..." Stefan sah sich in der Lobby um. „Vielleicht ist sie in der Gästelounge?"

Ich lief schnell den Flur hinunter und warf einen Blick in die Gästelounge, doch da war niemand. Seufzend kehrte ich zur Rezeption zurück und ging dann zu den Silberlocken hinauf in die Suite. Wir waren alle müde und beschlossen, früh zu Bett zu gehen. Als ich mich auszog, fiel mir ein blauer Fleck an meinem Arm auf. Ich hatte mich wohl irgendwo gestoßen, ohne es zu merken. Natürlich musste ich an die schrecklichen Würgemale am Hals der alten Mrs Hillingdon denken - und an Mabels Worte: „Vielleicht weiß sie nicht, dass sie es weiß." War es möglich, dass die alte Dame den Schlüssel zur Identität des Mörders in der Hand hielt? Aber wie sollte sie? Hatte sie an jenem Tag etwas gesehen?

Einem spontanen Entschluss folgend nahm ich mein Telefon vom Nachttisch. An dem Tag, an dem wir uns im Belvedere Palace getroffen hatten, hatte Jane Hillingdon darauf bestanden, dass wir unsere Telefonnummern austauschen, und obwohl ich nur widerwillig zugestimmt hatte, war ich jetzt froh darüber. Sie meldete sich nach dem zweiten Klingeln und klang etwas weniger munter als sonst, war aber fast genauso gesprächig wie eh und je.

„Gemma! Nein, nein, es ist noch nicht zu spät ...

es ist doch gerade erst elf, oder? Normalerweise gehen wir nicht vor zwölf zu Bett. Wie nett von Ihnen, dass Sie anrufen ... es ist Gemma, Mum, sie fragt nach dir - ist das nicht nett? Oh, Mum geht es gut ... die Ärzte sagen, wir sollen uns keine Sorgen machen. Jedenfalls glaube ich, dass sie das gesagt haben, sie reden ja hauptsächlich auf Deutsch und die Wörter stehen nicht alle in meinem Sprachführer ... aber der Chefarzt meinte, dass Mum wieder gesund wird. Ich hatte wirklich Angst, das kann ich Ihnen sagen ... aber sie kann schon wieder essen und trinken - oh, nur weiche Nahrung, Pudding und so - und sie sagten, dass sie morgen entlassen wird ...“

„Hat sie Ihnen erzählt, was genau passiert ist? Hat sie gesehen, wer sie angegriffen hat?“

„Nein, ich habe sie gefragt ... er kam von hinten, er hat ... Jedenfalls nehme ich an, dass es ein Mann war, aber es hätte genauso gut eine Frau sein können ... Mum sagt, sie habe auf dem Sofa gesessen und die Maschen gezählt, als diese Person sie von hinten am Hals gepackt hat - oh mein Gott, hätten Sie nicht auch Angst gehabt, wenn Ihnen das passiert wäre? Ich würde - ich glaube, ich wäre wie gelähmt, aber Mum lässt sich nicht unterkriegen - sie hat sich gewehrt und gezappelt und hat versucht, seine Hand wegzuziehen und - was sagst du, Mum? ... Oh, Mum sagt, sie hat ihren Angreifer mit einer ihrer Stricknadeln erwischt – und hat zugestochen. Da hat er losgelassen und ist weggerannt.“

„Wie mutig!“, sagte ich bewundernd und fügte

schnell hinzu: „Hören Sie, würden Sie mir einen Gefallen tun? Könnten Sie Ihre Mutter bitten, an den Tag zurückzudenken, als Wagner ermordet wurde? Sie soll sich Schritt für Schritt an alles erinnern, was sie an diesem Nachmittag gesehen oder gehört hat, von dem Moment an, als sie zum Tee herunterkam, bis zu dem Augenblick, als sie Glendas Schrei hörte. Gab es irgendetwas, das ihr besonders aufgefallen ist?"

„Oh … okay …", sagte Jane. Ihre Stimme wurde leiser, im Hintergrund hörte ich sie mit ihrer Mutter sprechen, dann meldete sie sich wieder. „Mum sagt, ihr ist nichts Besonderes aufgefallen – natürlich hat sie auch nicht so aufgepasst, sie hat nur ihren Kuchen und ihr Strickzeug genommen und ist in die Gästelounge gegangen. Dort hat sie gesessen, als sie den Schrei hörte … Was sagst du, Mum? … Oh, sie sagt, sie konnte den Flur sowieso nicht sehen, weil sie mit dem Rücken zur Tür saß - alles, was sie sehen konnte, war ein Teil der Bibliothek und den Apfelstrudel von Mr Müller auf dem Tisch neben seinem Sessel - also hat sie definitiv niemanden gesehen, der sich in den Musiksalon geschlichen hat … Oh, aber davor hat sie Mr Wagners Freundin aus dem Musiksalon kommen sehen -"

„Moment – was sagen Sie da? Ihre Mutter hat Ana Bauer aus dem Musiksalon kommen sehen?"

„Ja, aber das war viel früher, als wir gerade zum Tee runterkamen … Mr Wagner war da noch am Leben - ich habe ihn selbst beim Tee gesehen und er hat sich mit Mr Müller unterhalten - also kann sie ihn nicht vom Balkon gestoßen haben - Ana Bauer, meine ich ... Mum sagt, das war das einzig Merkwürdige, was ihr aufgefallen ist, denn es kam ihr seltsam vor, dass alle zum Tee runterkamen und Ana Bauer aber nach oben ging, in die andere Richtung. Sie hatte allerdings einen Teller mit Apfelstrudel dabei, also wollte sie ihn vielleicht oben essen? Aber warum fragen Sie? Meinen Sie, Mum hat an Wagners Todestag etwas Wichtiges gesehen?" Jane stockte der Atem. „Ist sie deshalb überfallen worden? Weil der Mörder sie zum Schweigen bringen wollte?"

So geschwätzig und exzentrisch Jane Hillingdon auch sein mochte – dumm war sie auf jeden Fall nicht. Sie hatte den Zusammenhang sofort erkannt. Leider war ihre Reaktion typisch.

„Ach du meine Güte! Bedeutet das, dass Mums Leben bedroht ist? Wird sie jetzt in eines dieser Programme aufgenommen, wissen Sie, von denen im Fernsehen immer die Rede ist? In ein Zeugenschutzprogramm?"

„Nein, ich glaube nicht, dass es so ernst ist", sagte ich. Hätte ich Jane doch nie auf diese Idee gebracht! „Am besten vergessen Sie, dass ich Sie gefragt habe. Es war nur so ein Gedanke, okay? Sofia und Stefan denken nicht, dass der Überfall auf Ihre Mutter mit Wagners Tod zu tun hat. Sie vermuten, dass es jemand war, der sich ins Hotel geschlichen hat, um die Gäste auszurauben", fügte ich in der Hoffnung hinzu, sie abzulenken.

„Wirklich?" Jane quietschte. „Ach du meine Güte! Das muss ich Mum erzählen ... gut, dass sie ihre Handtasche nicht dabeihatte. Obwohl sie nicht viele Euros bei sich gehabt hätte – das meiste Geld, das wir getauscht haben, habe ich. Aber der Angreifer hätte ihre Kreditkarten und den Ring von Grandma klauen können, den sie immer in der Tasche hat - er ist nämlich kaputt, deshalb kann sie ihn nicht am Ringfinger tragen - ich sage ihr immer wieder, sie soll ihn reparieren lassen, aber Mum sagt, das sei nicht nötig und außerdem -"

„Äh ... nun, es ist schon spät, also lasse ich Sie jetzt besser in Ruhe", unterbrach ich sie. „Sie sind sicher müde nach all der Aufregung. Bitte grüßen Sie Ihre Mutter von mir und wünschen Sie ihr gute Besserung!"

Ich beendete das Gespräch, bevor Jane noch ein Wort sagen konnte, und ließ mich auf mein Bett fallen. Puh! Ich war erschöpft, ohne etwas Nützliches erfahren zu haben. Ich runzelte die Stirn, als ich das Gespräch noch einmal Revue passieren ließ. Da war etwas - irgendetwas, das Jane gesagt hatte – es nagte an mir, aber ich konnte es nicht genau zuordnen ...

War es die unerwartete Beobachtung, dass Ana im Musiksalon war, kurz bevor alle zum Tee runterkamen? Warum war sie nicht einfach unten geblieben, um ihren Apfelstrudel mit allen anderen zu essen, anstatt ihn nach oben zu bringen? Was hatte das zu bedeuten?

Dann fiel mir etwas ein, was Jane Hillingdon an dem Tag gesagt hatte, an dem wir uns im Belvedere getroffen hatten. Sie hatte von Kunstfälschungen gesprochen und davon, dass möglicherweise fünfzig Prozent der Werke auf dem Kunstmarkt gefälscht sind. Auch Devlin hatte Fälschungen erwähnt, im Zusammenhang mit der Galerie, in der Ana Bauer angestellt war. Zwar hatte man Ana von jeglicher Schuld freigesprochen, aber dennoch ... war das Zufall?

Ich verspürte ein aufgeregtes Kribbeln. Das ergab alles einen Sinn! Das Rachemotiv der „verschmähten Frau", das die Silberlocken Ana unterstellt hatten, hatte mich von Anfang an nicht überzeugt (und ihre lächerliche Idee von der „Spionin aus dem Kalten Krieg" würdigte ich keines ernsthaften Gedankens). Habgier als Mordmotiv erschien mir jedoch schlüssig. Wenn ich an die kühle, scharfsinnige Geschäftsfrau dachte, die wir in der Wellness-Oase kennengelernt hatten, konnte ich mir gut vorstellen, dass Ana Bauer einen Mord beging, um ihre Galerie zu schützen.

Ich dachte an den ersten Morgen zurück, als ich mit den Silberlocken, Wagner und Müller beim Frühstück gesessen hatte: Ana Bauer hatte sich zu uns gesellt und sehr ungehalten reagiert, als Wagner das Fälschermuseum erwähnte. War es echte Abneigung gewesen? Oder steckte ihr schlechtes Gewissen dahinter? Traf der Spruch „Kein Rauch ohne Feuer" in diesem Fall doch zu? Vielleicht hatte

Ana damals in der Galerie versucht, gefälschte Kunst als echte Werke auszugeben. Damals konnte man ihr nichts nachweisen und so hatte sie, durch ihren Erfolg ermutigt, einen ähnlichen Betrug eingefädelt, als sie ihre eigene Galerie eröffnete. Wagner hatte ihr Geheimnis womöglich aufgedeckt - sei es durch seine eigene Expertise als Kunstkritiker oder weil Ana ihrem Geliebten gegenüber weniger vorsichtig war - er hatte begonnen, sie zu verspotten, vielleicht sogar zu erpressen ...

Ja, das passt alles perfekt!, dachte ich aufgeregt. Dann runzelte ich die Stirn. Es gab immer noch eine große Frage: Wie hatte Ana ihren Ex-Freund umgebracht? Wenn es stimmte, was Mrs Hillingdon sagte, wurde Ana gesehen, wie sie die Treppe hinaufging, während alle anderen zum Tee herunterkamen. Sie hat sich also nicht in der Lobby aufgehalten. Um in den Musiksalon zurückzukehren und Wagner vom Balkon zu stoßen, musste sie sich irgendwie unbemerkt wieder hinuntergeschlichen haben. Aber wie? Über die Hintertreppe und den Notausgang? Hätte sie ihren Plan tatsächlich auf diese Weise durchführen und dann nach oben eilen können, um so zu tun, als würde sie erst mit den Silberlocken im Aufzug nach unten fahren?

Kapitel 27

Ich weiß nicht, wie lange ich so auf dem Bett gesessen und über den Fall nachgedacht hatte, als Müsli um meine Beine strich.

„Miau! Miau!", kam es klagend von ihr.

Mit dem inzwischen vertrauten Schuldgefühl stellte ich fest, dass meine kleine Katze einen weiteren Tag im Zimmer eingesperrt gewesen war. Ich hatte bereits meinen Schlafanzug an und wollte mich nicht noch einmal anziehen, um mit ihr nach draußen zu gehen. Außerdem war es fast Mitternacht, und so sicher die Gegend auch sein mochte, hatte ich keine Lust, allein durch die dunklen Straßen zu gehen. Dann fiel mir die Lösung ein: Ich würde die faule Variante wählen und sie im Musiksalon ein wenig spielen lassen. Mit meiner Katze unter dem Arm verließ ich die Suite und ging die Treppe hinunter.

Die Rezeption war jetzt unbesetzt, wahrscheinlich hatten sich Sofia und Stefan in den privaten Flügel des Hotels zurückgezogen. Da niemand in der Nähe war, beschloss ich, Müsli laufen zu lassen. So konnte sie sich in der Lobby, auf dem Flur und in den angrenzenden Zimmern frei bewegen. Die kleine Katze huschte munter umher, gab fröhliche Zirpgeräusche von sich und beschnupperte alles mit großem Interesse. Ich ließ sie in aller Ruhe die Räumlichkeiten erkunden und folgte ihr, als sie sich immer weiter den Flur hinunterbewegte. Ich rechnete damit, dass sie in die Gästelounge gehen würde, doch zu meiner Überraschung lief sie geradewegs zum Musiksalon. Vielleicht war der Weg für sie inzwischen zur Routine geworden - oder vielleicht war es einfach der Reiz des Vertrauten. Sie marschierte ohne Scheu hinein und hielt nur inne, um das Kinn an verschiedenen Möbelstücken zu reiben und sie mit ihrem Geruch zu markieren.

Ich trat an die Fenstertüren, die auf den Balkon führten. Draußen war es dunkel, mit Mühe konnte ich die Umrisse der verschiedenen Topfpflanzen erkennen, die am Geländer standen. Nur die Kletterrose, die sich um das Balkongeländer rankte, fing das Licht aus den Fenstern ein. Die letzten Blätter mit ihren braunen Rändern wiegten sich im Wind.

„Miau ... miau ..."

Als ich mich umdrehte, sah ich, wie Müsli mit den Vorderpfoten an der Rückseite des Kamins kratzte.

„Oh, Müsli, lass das!"

„*Miau!*" Müsli schnippte trotzig mit dem Schwanz und kratzte weiter, ohne auf mich zu achten.

„Komm da raus, du wirst ganz schmutzig", sagte ich gereizt und wollte sie packen. „Du kannst auf der anderen -"

Ich brach ab, als ich plötzlich erkannte, woran Müsli gekratzt hatte. An der Rückwand der Brennmulde zeigte sich ein kleiner Spalt. Sie bestand nicht aus massiven Ziegeln, wie ich gedacht hatte, sondern aus Holzplatten, die schwarz gestrichen waren, um sie dem Rest des Kamins anzugleichen. Eine der Platten hatte sich leicht verzogen und zur Seite verschoben, sodass eine winzige Lücke im Holz entstand. An der hatte Müsli herumgespielt. Meine Neugier war geweckt. Ich schob einen Finger in den Spalt. Zu meiner Überraschung hielt ich im nächsten Moment die ganze Platte in der Hand und dahinter tat sich ein großes rechteckiges Loch in der Wand auf.

„*Miau!*", sagte Müsli aufgeregt. Bevor ich sie aufhalten konnte, war sie in dem Loch verschwunden.

„He, Müsli!" Ich ließ die Verkleidung fallen und versuchte vergeblich, sie zu packen.

Ich spähte in die Öffnung, hinter der sich Dunkelheit ausbreitete. Dann erinnerte ich mich daran, was Stefan mir erzählt hatte, als er mir die Falltür und den Schacht unter dem Kamin gezeigt hatte. Er hatte erwähnt, dass die Zimmer in vielen alten Häusern durch Geheimgänge miteinander verbunden waren. Wenn es also einen Schacht gab, der in den Weinkeller führte, gab es vermutlich auch ein Netz von weiteren verborgenen Gängen im Haus, damit die verfolgten Juden schnell aus anderen Räumen fliehen konnten, falls die Nazis plötzlich auftauchten.

„*Miau?*" Müslis Stimme drang aus der Dunkelheit.

„Müsli? Müsli, komm zurück!", rief ich.

Keine Antwort, nur ein Paar grüne Augen funkelte mich schelmisch an. Das kleine Biest verhöhnte mich! Offensichtlich hielt sie das für ein wunderbares Spiel und wollte, dass ich hinterherklettere und sie jagte. Grrr. Einen Moment lang war ich versucht, sie einfach zurückzulassen und zu Bett zu gehen. Wahrscheinlich würde sie irgendwann wieder auftauchen. Aber dann erinnerte ich mich daran, wie Müsli im Haus meiner Eltern in Oxford in den Lüftungsschacht geklettert und in der Wand stecken geblieben war, sodass die Feuerwehr sie hatte retten müssen. Auf eine Wiederholung hier in Wien hatte ich nicht die geringste Lust. Ich seufzte. Es blieb mir nichts anderes übrig - ich musste sie herausholen.

Ich versuchte, nicht an Spinnen und andere Krabbeltiere zu denken, und kletterte durch die Öffnung in einen recht kleinen und sehr schmalen Gang - kaum breit genug für einen beleibten Mann - und die Decke war so niedrig, dass ich mich bücken musste. In dem schwachen Licht, das aus dem

Musiksalon hereinfiel, konnte ich das andere Ende des kurzen Ganges und einen quadratischen Umriss an der gegenüberliegenden Wand erkennen. Wenn ich den Grundriss des Hotels richtig in Erinnerung hatte, führte der Gang in die Bibliothek. Müsli war bis zum anderen Ende gegangen und schnupperte an etwas auf dem Boden.

„Müsli! Komm her!", zischte ich.

Natürlich ignorierte sie mich. Verärgert brummelnd kroch ich zu ihr.

„Hab ich dich!", sagte ich triumphierend und packte sie mit beiden Händen um die Mitte.

„Miiiiiau!" Sie zappelte und versuchte, sich meinem Griff zu entwinden.

„Oh nein, du bleibst hier! Schluss mit den Spielchen. Wir gehen jetzt sofort zurück in unser Zimmer und -" Ich brach plötzlich ab und starrte auf das Ding auf dem Boden, an dem Müsli geschnüffelt hatte. Unwillkürlich ließ ich sie los und hob den Gegenstand langsam auf. Ich hielt ihn hoch, um ihn genauer zu betrachten.

Es war ein leicht gewelltes, an den Rändern bräunliches Blatt. Es hatte eine stachelige Oberfläche, die sich auf meiner Haut rau anfühlte - an der Unterseite des Stiels befanden sich winzige Haken, die sich an allem festhielten, mit dem sie in Berührung kamen. Ich hielt den Atem an, als ich erkannte, was es war. *Ein Blatt von einer Rose.* Und ich wusste, von welcher Rose es stammte – von der Kletterrose auf dem Balkon, die ich vorhin gesehen hatte, mit ihren Ranken, die sich um das Geländer wanden, und mit ihren restlichen Blättern, die sich im Wind wiegten. Ich sah es mir genauer an. Es handelte sich um ein relativ frisches Blatt, das in den letzten Tagen von der Rose abgefallen sein musste. Mein Herz setzte einen Schlag aus, als mir klar wurde, was das bedeutete. Jemand, der vor Kurzem diesen Gang durchquert hatte, war vor nicht allzu langer Zeit auf dem Balkon gewesen.

Vor meinem geistigen Auge sah ich mich selbst an dem Tag, an dem wir in Wien angekommen waren. Sofia hatte mich durch das Hotel geführt und mir den Balkon gezeigt ... die Kletterrose, die in einem Blumentopf am Geländer stand ... ich hatte mich in den stacheligen Ranken verfangen ...

Ich sog scharf die Luft ein, als mir bewusst wurde, was geschehen sein musste. Der Mörder hatte sich, als er Wagner über das Geländer stieß, genau wie ich in den Zweigen der Rose verfangen, hatte sich losgerissen und dabei einige Blätter abgerissen. Eines war an seiner Kleidung hängengeblieben und dann hier in diesem Durchgang heruntergefallen, als der Mörder sich nach der Tat aus dem Staub machte.

Ich war auf der richtigen Spur gewesen, als ich mit Stefan sprach: Der Mörder hatte den Geheimgang, der als Fluchtweg für die versteckten Juden gebaut worden war, als Zugang zum Musiksalon genutzt. Nur hatte ich damals ausschließlich an die Falltür im Boden des Kamins und an den Schacht gedacht, der in den Weinkeller hinunterführte – mir war nicht in den Sinn gekommen, dass es noch einen weiteren Geheimgang geben könnte.

Ich runzelte die Stirn. Passte meine Theorie zu Ana Bauer als Mörderin? Hatte sie sich nicht über den Notausgang und die Hintertreppe bewegt, sondern durch diesen Gang? Um in die Bibliothek in der Gästelounge zu gelangen, hätte sie den Gang verlassen müssen, und das war doch nicht möglich, oder? Dort hatten sich die alte Mrs Hillingdon und Johann Müller aufgehalten und Mrs Hillingdon hatte beteuert, sie habe niemand anderen gesehen ...

Dann fiel es mir wie Schuppen von den Augen. Ja, natürlich! Wie konnte ich nur so dumm sein? Es war nicht wichtig, wen Mrs Hillingdon gesehen hatte – es war wichtig, wen sie *nicht* gesehen hatte! Und die Person, die sie nicht gesehen hatte, war Johann Müller!

Der Mörder war nicht Ana Bauer ... es war Johann Müller.

Ich dachte an Janes Worte am Telefon: Sie hatte gesagt, dass ihre Mutter den Flur sowieso nicht sehen konnte, „... weil sie mit dem Rücken zur Tür saß - alles, was sie sehen konnte, war ein Teil der Bibliothek und den Apfelstrudel von Mr Müller auf dem Tisch neben seinem Sessel ...".

Bei der ersten Befragung durch die Polizei hatte Mrs Hillingdon berichtet, sie sei mit Müller in der Gästelounge gewesen, und hatte ihm damit ein perfektes Alibi geliefert. Schließlich konnte er

Wagner nicht ermordet haben, wenn er die ganze Zeit mit ihr im selben Raum war. Jetzt wurde mir jedoch klar, dass sie Müller selbst gar nicht gesehen hatte. Ich erinnerte mich an unseren Ankunftstag, als Sofia mich durch das Hotel geführt hatte und wir in die Bibliotheksnische in der Gästelounge gegangen waren. Ich hatte mich erschrocken, als ich Johann Müller im Sessel sitzen sah - ich hatte ihn nicht bemerkt, weil die Position des Sessels und die hohe Rückenlehne ihn verbargen.

Man konnte also fälschlicherweise zu dem Schluss kommen, dass niemand im Sessel saß, oder umgekehrt, dass jemand im Sessel saß, obwohl der leer war, vor allem von der anderen Seite der Gästelounge aus gesehen.

Müller hatte das gewusst und zu seinem Vorteil genutzt. Solange der Teller mit dem Stück Apfelstrudel so auf dem Beistelltisch stand, dass man ihn gar nicht übersehen konnte, würde jeder davon ausgehen, dass er im Sessel saß. Und genau das war passiert. Alle wussten, wie gerne Müller Apfelstrudel aß – er hatte oft genug davon geschwärmt. Als Mrs Hillingdon also den Apfelstrudel auf dem Tisch neben dem Sessel sah, schloss sie, dass Müller in der Bibliothek sitzen müsse – und hatte ihm unbeabsichtigt ein Alibi verschafft.

Natürlich bestand immer die Möglichkeit, dass jemand in die Bibliotheksnische ging und nicht nur den leeren Sessel, sondern auch das klaffende Loch in der Wand entdeckte. Dieses Risiko war Müller bereit einzugehen, denn die wenigsten Gäste verirrten sich in die Nische, die er mehr oder weniger für sich beanspruchte. Trotzdem war die ganze Sache sehr riskant. Je mehr ich darüber nachdachte, desto unglaublicher erschien es mir, dass jemand einen derart ausgeklügelten Mordplan ausheckte! Es gab so viel, das hätte schiefgehen können. Nur ein zu allem entschlossener Mann würde etwas so Verrücktes tun ...

Aber natürlich würde nur ein zu allem entschlossener Mann eine alte Frau angreifen, wenn andere Hotelgäste in der Nähe waren. Ich hatte ein schlechtes Gewissen, weil ich den Überfall möglicherweise ungewollt herausgefordert hatte. Nachdem die Polizei Wagners Tod als Selbstmord eingestuft hatte, musste sich Müller in Sicherheit gewiegt haben – bis er mich am Vormittag vor dem Polizeirevier getroffen hatte. Er hatte schockiert ausgesehen, als ich ihm sagte, dass sein Freund nicht Selbstmord begangen hatte, sondern ermordet worden war. Ich hatte seine Reaktion für die Bestürzung eines engen Freundes gehalten, aber in Wirklichkeit hatte Müller einen bösen Schreck bekommen, als ich sagte, ich wolle die Polizei drängen, die Ermittlungen wiederaufzunehmen. Bei einer erneuten Befragung von Mrs Hillingdon wäre vielleicht herausgekommen, dass sie ihn gar nicht gesehen hatte, sondern nur seinen Apfelstrudel. Dieses Risiko konnte er nicht eingehen, also musste er sie zum Schweigen bringen.

„*Miau!*"

Müsli riss mich mit ihrem verärgerten Miauen aus meinen Gedanken. Erst jetzt merkte ich, dass mir die Beine eingeschlafen waren, weil ich so lange gehockt hatte, noch dazu im Dunkeln. Als ich mit den Füßen wackelte, verspürte ich ein unangenehmes Kribbeln.

„*Miau?*" Müsli kratzte an der quadratischen Platte in der Wand vor uns. Nach kurzem Zögern griff ich danach. Der Weg zur Bibliothek war vermutlich kürzer als der zum Musiksalon. Hauptsache, ich kam so schnell wie möglich in unsere Suite und konnte den Silberlocken von meiner Entdeckung erzählen.

Die Wandverkleidung in der Bibliothek knarrte leise, ließ sich aber ebenso leicht entfernen wie die im Musiksalon. Ich kroch durch das Loch in die Bibliotheksnische.

Langsam richtete ich mich auf, wischte mir den Staub von den Kleidern - und stand Johann Müller gegenüber.

Kapitel 28

„H … Herr Müller!", stammelte ich.

Er sah mich schweigend an. Ich wollte weglaufen, wusste aber nicht, wie er auf eine Bewegung von mir reagieren würde. Hinter mir hörte ich Müsli aus der Öffnung springen und spürte, wie ihr seidiger Schwanz meine Beine streifte, als sie an mir vorbeilief, um an Müllers Füßen zu schnuppern. Ich wollte ihr zurufen, sie solle sich von ihm fernhalten, aber ich war wie gelähmt. Müller schien sie nicht zu bemerken, und bald verlor sie das Interesse an ihm und ging in die andere Ecke der Bibliothek. Für einen kurzen Moment wünschte ich mir, Müsli wäre ein Hund, den man um Hilfe schicken konnte … und dann erinnerte ich mich daran, dass dies kein Disney-Film war. Außerdem wäre Müsli, egal ob als Hund oder Katze, wahrscheinlich geradewegs auf der Suche nach Futter in die Küche gegangen, statt Hilfe zu holen.

Nein, ich war auf mich allein gestellt und stand einem wild entschlossenen und gewaltbereiten Mann gegenüber, der bereits zweimal zugeschlagen hatte. Ich überlegte, ob ich laut schreien sollte. Würde mich jemand hören? Sofia und Stefan waren wahrscheinlich in ihrem Privatflügel, hinter schalldichten Türen, und die Gäste in ihren Zimmern im Obergeschoss schliefen ebenfalls hinter schalldichten Türen. Es war schon nach Mitternacht. Selbst die Silberlocken hatten bereits das Licht in ihren Zimmern ausgeschaltet, als ich mit Müsli unsere Suite verließ.

Verstohlen sah ich mich um und versuchte abzuschätzen, ob ich an ihm vorbei in den Hauptraum und dann hinaus auf den Flur gelangen konnte. Da die Bibliotheksnische um eine Ecke führte, wäre es nicht einfach, an ihm vorbeizukommen - ich müsste ihn umrunden und dann um die Ecke biegen, was bedeutete, dass ich mein Tempo verlangsamen würde und er mich packen konnte. Außerdem bestand die Gefahr, dass ich über Möbel stolperte, die im Weg standen. Aber es war meine einzige Chance - und alles war besser, als dazustehen und diesen unheimlichen, wortlosen Blick auf mir zu spüren.

Aber als ich gerade loslaufen wollte, sagte er: „Ich hatte gehofft, dass Sie ihn nicht finden würden, Frau Rose. Ich konnte sehen, dass Sie eine intelligente Frau sind, und wusste, dass Sie schnell begreifen würden, wenn Sie den Gang zwischen den beiden Räumen entdecken. Dann würden Sie wissen, dass ich es war."

Ich schluckte. Nach höflichem Geplauder mit einem Mörder war mir gerade gar nicht zumute. Ich wollte nur weg und so viele Türen wie möglich zwischen Müller und mich bringen. Aber dann überkam mich die Neugier und ich platzte heraus: „Aber ich verstehe nicht - warum? Warum haben Sie Wagner ermordet?"

Seine Miene verfinsterte sich. „Dieser Bastard! Nach allem, was ich für ihn getan habe ..." Er stieß ein humorloses Lachen aus. „Sie haben neulich gefragt, ob Moritz mir dankbar war, weil ich ihm zu einer beachtlichen Karriere verholfen habe. Ja, er war dankbar - so dankbar, dass er Geld von mir verlangt hat, sonst hätte er mein schändliches Geheimnis verraten."

„Wagner hat Sie erpresst?", fragte ich erstaunt. „Aber warum? Und welches schändliche Geheimnis meinen Sie?"

„Die große Lüge, die ich nicht eingestanden habe, Frau Rose; der Schwindel, der mein Museum zu einem Erfolg gemacht hat und für dessen Anblick Hunderte von Menschen jede Woche Geld bezahlen."

Ich starrte ihn an. Schwindel? Dann fiel es mir ein. Ja, natürlich! Ich hatte recht gehabt, dass Wagner ermordet worden war, weil er zu viel über Kunstfälschungen wusste - aber es war nicht Ana Bauer, die vertuschen wollte, dass in ihrer Galerie

Fälschungen verkauft wurden - es war Müller, der in seinem Museum gefälschte Kunst ausstellte!

„Der Klimt", sagte ich plötzlich. „Das angeblich verschollene Gemälde von Gustav Klimt, das sich in Ihrem Museum befindet. Es soll von den Nazis für Hitlers Privatmuseum gestohlen worden sein und Sie haben behauptet, es bei einem Nachlassverkauf ‚entdeckt' zu haben ... aber das stimmt nicht, oder? Es war in Wirklichkeit eine raffinierte Fälschung und Wagner wusste es! Deshalb hat er Sie erpresst!"

Müller nickte; seine Miene war bitter. „Ja, Moritz Wagner wusste es. Er hat mir geholfen, die Provenienz zu finden, die die Echtheit des Gemäldes belegt. Damals war er noch ein junger Mann und hat in meinem Museum gearbeitet. Ich habe ihn eingeweiht - und ich erwartete, dass er dieses Vertrauen zu schätzen wüsste. Viele Jahre lang tat er das auch. Aber dann hat er sich verändert. Er wurde berühmt, man hat ihn bewundert, er war wie berauscht von seiner eigenen Macht. Er stellte fest, dass es ihm Spaß machte, andere zu quälen und sie leiden zu sehen. Er wusste, dass das Museum meiner Familie vor vielen Jahren kurz vor dem Ruin stand; wir waren fast bankrott, aber der angebliche Klimt hat uns gerettet. Und mittlerweile ist das Museum ein großer Erfolg, ein Highlight für jeden Besucher in Wien." Seine Stimme wurde leidenschaftlich. „Wie sehr hätten sich mein Papa und meine Mama darüber gefreut! Sie waren gute Menschen, sie haben hart gearbeitet – wissen Sie, dass sie Mitglieder der Widerstandsbewegung gegen die Nazis waren? Sie haben ihr Leben riskiert, um viele Juden zu retten und ihnen zur Flucht aus Österreich zu verhelfen. Einige waren sogar in diesem Haus versteckt."

Plötzlich begriff ich. „Daher wussten Sie also von dem Geheimgang", sagte ich.

Müller lächelte schwach. „Ja, meine Eltern haben mir viele Geschichten erzählt, als ich Kind war: wie sie nachts in das Haus kamen und sogar manchmal mit den verfolgten Juden zusammen gegessen haben, hier, in diesem Zimmer oder im Musiksalon. Das Haus gehörte einem österreichischen Geschäftsmann, der vorgab, mit den Nazis zu sympathisieren, dabei hat er viele Juden in seinem Weinkeller in Sicherheit gebracht. Er hat sein Leben riskiert, genau wie meine Eltern, weil er an Mitgefühl und Akzeptanz glaubte ... und an die einzigartigen Talente der verschiedenen Menschen unterschiedlicher Herkunft, ohne die wir so wunderbare Dinge wie Musik und Kunst nicht hätten." Er verstummte und blickte traurig zu Boden.

Ich verlagerte mein Gewicht und überlegte, ob er genügend abgelenkt war und ich einen Fluchtversuch wagen konnte. Doch dann blickte Müller mit wutverzerrtem Gesicht auf.

„Sie haben hart gearbeitet, meine Eltern. Sie haben viele Jahre gebraucht, um ihre Sammlung und das Museum aufzubauen. Meinen Sie, sie hätten so viel Herzschmerz und Enttäuschung verdient? Zusehen zu müssen, wie ihnen ihr Lebenswerk weggenommen wird? Glauben Sie das?" Er kam mit seinem Gesicht ganz nah an meins.

„N-n-nein", stammelte ich und wich einen Schritt zurück. „N-nein, natürlich nicht."

Müller sprach ein wenig ruhiger weiter. „Nein, das haben sie nicht. Sie hätten es verdient, stolz auf das Museum zu sein, und zu sehen, wie sich die Besucher an ihrer Sammlung erfreuen. Aber es gibt so viele Museen in Wien - da kann ein kleines privates Museum wie unseres nicht mithalten." Er sah mich plötzlich an wie ein kleiner Junge, der stolz etwas präsentiert, was er geschaffen hat. „Also habe ich mir eine Lösung ausgedacht: ein Lockmittel, um die Leute ins Museum zu holen - ein seltenes ‚verschollenes' Gemälde eines Meisters, mit einer romantischen Geschichte." Ein sanftes, fast verträumtes Lächeln breitete sich auf seinem Gesicht aus. „Die Menschen lieben solche Geschichten; sie glauben gerne, dass sie einen Schatz vor sich haben, der aus den Fängen der Nazis gerettet wurde. Und danach sind sie immer begeistert vom Rest unserer Sammlung - wir führen sie also nicht wirklich in die Irre. Wir helfen ihnen einfach, etwas zu schätzen, das sie sonst vielleicht gar nicht gefunden hätten ..."

Aufgeregtes Miauen von Müsli aus der anderen Ecke der Bibliothek unterbrach ihn. Sie klang, als hätte sie ein Lieblingsspielzeug oder eine Leckerei gefunden, und ich wurde mir der Absurdität der

Situation bewusst, in der meine Katze fröhlich spielte, während ich mit einem Mörder plauderte.

Müller warf Müsli einen verwirrten Blick zu, bevor er sich erneut mir zuwandte. Einen Moment lang dachte ich, er würde „Also, wo war ich?" sagen und verspürte den irren Drang zu lachen.

Ich bin hysterisch, dachte ich. Wer kann in einem solchen Moment lachen?

Müller fragte nicht: „Wo war ich?", aber er sah mich ernst an und sagte: „Ich möchte, dass Sie eines verstehen: Ich hatte nicht vor, Moritz zu ermorden. Ich hatte gehofft, ihn zur Vernunft zu bringen, ihn zu bitten, das Vertrauen zu respektieren, das ich ihm entgegengebracht hatte."

„Sie meinen ... es war also eine Art Unfall?", sagte ich hoffnungsvoll. „Wollten Sie mit Wagner auf dem Balkon sprechen und dann ist die Sache aus dem Ruder gelaufen?"

Müller sah mir nicht in die Augen. „Nein, so war es nicht. Aber ... aber ich habe zuerst versucht, mit Moritz in Ruhe zu sprechen. Ich dachte, die Zeit im Hotel würde mir die Möglichkeit geben, mit ihm zu reden, aber ich habe schnell gemerkt, dass Moritz für vernünftige Argumente nicht zugänglich war. Er hatte kein Herz! Er hat mein Vertrauen missbraucht - und er hat es genossen, mich betteln zu sehen." Er blickte auf, seine Augen brannten plötzlich vor Wut und Demütigung. „Er hat es sogar genossen, mich in aller Öffentlichkeit zu verspotten, wie an jenem Morgen, als er sich über das Fälschermuseum lustig gemacht hat. Und später am Nachmittag, als wir im Speisesaal beim Tee saßen, besaß Moritz auch noch die Frechheit, mehr Geld von mir zu verlangen", fauchte Müller. „Mehr Geld ... nur damit er mich weiterhin verhöhnen kann! Ich konnte das nicht mehr hinnehmen. Ich saß in der Bibliothek und versuchte zu lesen, versuchte meinen Apfelstrudel zu genießen, aber alles, woran ich denken konnte, waren die Jahre, die vor mir lagen, mit Moritz, der mich verspottete und mich um mein Geld brachte."

Er hielt einen Moment mit glasigen Augen schwer atmend inne, als er sich an den Tag erinnerte, an dem er Wagner umgebracht hatte.

„Dann sah ich ihn durch das Bibliotheksfenster - wie er auf dem Balkon stand, rauchte und die Aussicht betrachtete, so selbstsicher, so selbstgefällig!" Müller ballte die Fäuste. „Ich überlegte, wie leicht alles enden könnte, mit einem sanften Stoß, nur ein bisschen, sodass er in die Tiefe stürzte. Ich wusste, dass ich durch den versteckten Gang leicht in den Musiksalon gelangen konnte. Es wäre nur eine Frage von Minuten ..."

„Aber Sie wussten, dass die Leute oder die Polizei Fragen stellen würden", sagte ich. „Niemand würde glauben, dass Moritz Wagner grundlos vom Balkon gesprungen ist!"

„Daran habe ich in dem Moment nicht gedacht", seufzte Müller. „Es war, als sei da ein anderer Mensch in mir ... und dann hinterher, als es vorbei war, als er tot war und ich wieder in der Bibliothek saß, wurde mir klar, was ich getan hatte. Aber ich hatte Glück. Da lag ein Zettel - ein Zettel, den die Polizei als Zeichen einer depressiven Verstimmung wertete, sodass sie glaubte, Moritz habe sich das Leben genommen." Er runzelte die Stirn. „Die Sache mit dem Zettel verstehe ich nicht. Als Inspektor Gruber mich dazu befragte, habe ich natürlich gelogen und ihm gesagt, Moritz sei in bedrückter Stimmung gewesen. Ich sah die Chance, die sich mir bot, und habe sie ergriffen. Aber ich wusste doch, dass Moritz niemals Selbstmord begangen hätte. Warum war dann der Zettel da?"

Durch einen glücklichen Zufall, dachte ich. Müller hatte recht - das Glück war ihm hold gewesen. Hätte Wagner nicht an seiner Hotelkritik gearbeitet - und hätte Sofia den Entwurf nicht gesehen und weggenommen und dabei versehentlich ein Fragment zurückgelassen -, wäre die Polizei nie auf die Idee gekommen, Wagner habe Selbstmord begangen.

Laut sagte ich: „Der Zettel war ein Missverständnis und die Polizei weiß das. Sie werden die Ermittlungen zu Wagners Tod wieder aufnehmen, vor allem nach dem Angriff auf Mrs Hillingdon. Sie haben es nicht geschafft, sie zu töten, also wird sie der Polizei die Wahrheit über Ihr angebliches Alibi sagen. Sie kommen damit nicht durch, Herr Müller. Man wird Sie früher oder später verhaften. Sie sollten sich der Polizei stellen und die ganze Geschichte erklären. Erpressung und Nötigung sind strafbar, und ich bin sicher, dass die Richter Milde walten lassen, wenn sie hören, was Wagner Ihnen angetan hat -"

„Nein!" Müller schüttelte heftig den Kopf. „Nein, ich ergebe mich nicht! Ich habe nichts Unrechtes getan! Wagner war böse, *er* hat anderen Schmerz und Elend zugefügt - nicht ich! Ich werde nicht -"

Er brach abrupt ab, als wir beide ein leises „Hatschi!" von der anderen Seite der Bibliotheksnische hörten. Müller fuhr herum und starrte in die Richtung, aus der das Geräusch gekommen war. In der hintersten Ecke der Nische reichten die Bücheregale bis unter die Decke, außerdem standen dort mehrere große Sitzsäcke bereit, die eine Art niedrigen Wall bildeten und eine behagliche Leseecke schufen, wie man sie aus der Kinderbibliothek kannte. Ich sah Müslis Schwanz hinter einem Sitzsack verschwinden und hörte sie aufgeregt miauen, aber das Niesen hatte nicht nach dem einer Katze geklungen. Sondern nach einem menschlichen Wesen.

Dann war es wieder – diesmal gedämpft, als würde sich jemand den Mund mit beiden Händen zuhalten. „'tschi!"

„Wer ist da?", rief Müller und war mit wenigen Schritten bei den Sitzsäcken.

Oh nein! Mein Herz machte einen schmerzlichen Satz, als er eine kleine Gestalt hervorzerrte. Es war Mei-Mei.

„Was machst du hier?", herrschte Müller sie an.

Das kleine Mädchen starrte ihn mit angstvoll aufgerissenen Augen an.

Er schüttelte sie heftig. „Spionierst du mir nach?"

„N-n-nein!", stotterte Mei-Mei. „Nein, ich k-komme zuerst! Ich ... ich will Bild malen ..."

Sie hatte einen Bleistift und den Skizzenblock, den ich ihr nach der Pferdeshow gekauft hatte, in der Hand. Sie musste sich aus der Suite der Chows geschlichen haben, um hier ungestört zu zeichnen, ohne dass ihre Mutter sie erwischte. Dann kam Müller, und als ich aus der Öffnung in der Wand kroch, hatte sie sich versteckt.

„Lassen Sie sie gehen", flehte ich. „Sie ist doch noch ein Kind."

„Ja, aber sie hat gehört, was ich gesagt habe." Müller starrte das Mädchen an. „Sie weiß alles!"

Ich wollte gerade etwas erwidern, als mein Blick auf einen kleinen roten Kasten an der Wand fiel, mit einer Glasscheibe davor und einigen auf das Glas gedruckten Worten. Ich konnte sie aus der Entfernung nicht lesen, aber ich ahnte, was sie bedeuteten: *Scheibe einschlagen*. Leise Hoffnung keimte in mir auf. Wenn ich es irgendwie zu dem kleinen roten Kasten schaffte ...

Mei-Mei hatte gesehen, was ich gesehen hatte, unsere Blicke trafen sich – sie hatte verstanden. Sie nickte kurz, dann hob sie die Hand, die den Bleistift umklammert hielt, und rammte die Spitze in Müllers Oberschenkel.

„AAAAHHH!" Der Österreicher taumelte

erschrocken zurück.

Es war keine schlimme Verletzung - der Bleistift hatte kaum den Wollstoff seiner Hose durchdrungen - aber Schmerz und Überraschung reichten, um ihn abzulenken. Ich sprang an Müller vorbei, schlug mit der Hand auf den roten Kasten an der Wand. Ein gellender Alarmton schrillte durch das Hotel. Ich hörte hastige Schritte und gedämpftes Rufen über meinem Kopf, als die Leute aufwachten und aus ihren Zimmern rannten. Eiliges Getrappel auf dem Flur kündigte Sofia und Stefan an, die aus ihrem Privatquartier in die Gästelounge liefen.

„Herr Müller!", rief Sofia mit schreckgeweiteten Augen, als sie hereingestürzt kam „Gemma! Was ist denn los?"

Stefan lief auf Müller zu, aber der knurrte etwas auf Deutsch, das ihn zurückschrecken ließ. Entsetzt sah ich, dass Müller Mei-Mei in den Schwitzkasten genommen hatte und ihren zierlichen Körper wie ein Schild vor sich hielt. Dann wurden draußen Stimmen laut und im nächsten Moment stürmte eine Menschenmenge in den Gastraum. Als Erste kam Mrs Chow herein. Sie schrie auf, als sie ihre Tochter sah.

„Mei-Mei! *Ayah* -"

„Nein! Nein, bleiben Sie, wo Sie sind!", fauchte Müller und drängte sich mit dem Mädchen durch die Menge.

Als Mei-Mei einen schmerzerfüllten Laut ausstieß, schrie ihre Mutter erneut auf, während die

Umstehenden erschrocken die Luft anhielten. Ich wollte etwas tun, Mei-Mei packen und sie in Sicherheit bringen, aber ich fühlte mich wie gelähmt.

Alles schien in weite Ferne zu entschwinden: Ich sah Müller, der Mei-Mei festhielt, ich sah Mrs Chow schluchzen, ich sah die anderen Gäste, die mit den Armen fuchtelten und die Lippen bewegten; ich hörte den durchdringenden Heulton und ein seltsames Knurren zu meinen Füßen und das Rauschen des Blutes in meinen Ohren ... und doch schien alles unwirklich, wie, weit weg ...

„Gemma!"

Mabels dröhnende Stimme riss mich aus meiner Benommenheit. Ich sah mich blinzelnd um. Die Silberlocken in ihren Flanellnachthemden, mit Lockenwicklern im Haar, kamen in mein Blickfeld. Sie standen mit den anderen zusammen und sahen mit hilflosem Entsetzen zu. Müller hielt Mei-Mei nach wie vor umklammert, er schrie Sofia an, sie solle den Feueralarm abstellen. Mit seinem starren Blick wirkte er, als hätte er den Verstand verloren.

„Herr Müller, lassen Sie das Kind los, dann können wir reden", sagte Sofia.

„Nein! Nein, Sie tun, was ich sage! Schalten Sie den Alarm aus! SCHALTEN SIE DEN ALARM AUS!", rief Müller und fuchtelte wild mit der freien Hand.

Randy stürmte unvermutet auf ihn zu, aber Müller wich zurück, zog das kleine Mädchen mit sich und schnitt ihr dabei mit seinem Arm fast die Luft ab. Der Amerikaner zögerte, während Mei-Mei keuchend nach Atem rang. Ich schrie unwillkürlich auf. In diesem Moment verwandelte sich das seltsame Knurren zu meinen Füßen plötzlich in ein markerschütterndes Kreischen.

„GRRRRRR!!"

Ein kreischendes, fauchendes Fellknäuel schoss in die Höhe und warf sich gegen Müller. Der jaulte erschrocken auf, taumelte nach hinten und hob schützend die Arme vors Gesicht. Dabei ließ er Mei-Mei los, während Müsli fauchend und spuckend ihre Krallen in seine Haut grub.

Mei-Mei lief schluchzend in die Arme ihrer Mutter, als Müller rückwärts stolperte, über einen Sitzsack fiel und zu Boden ging. Müsli ließ nicht locker, mit gesträubtem Fell und wütend zuckendem Schwanz hockte sie auf ihm. Irgendwann hatte ich Mitleid mit dem Mann und zerrte meine widerstrebende Katze von ihm herunter.

Als ich Platz machte, halfen andere Müller auf die Beine. Randy schnappte sich eine Vorhangkordel und fesselte seine Hände hinter dem Rücken, doch eigentlich war diese Maßnahme gar nicht nötig. Gesicht und Arme des Mörders waren mit tiefen Kratzern übersät und er sah matt und mutlos aus.

„Miau!", sagte Müsli.

Ich hätte schwören können, dass sie Müller mit einem selbstzufriedenem Grinsen betrachtete.

Kapitel 29

„Ach du meine Güte! Müller war der Mörder? Dabei war er so reizend! Er hat mir und Mum eine Führung durch sein Museum versprochen ... obwohl ich zugeben muss – ich wollte nicht unhöflich sein, aber ich war gar nicht so scharf darauf. Ich meine, einige dieser Klimt-Gemälde sind einfach nur seltsam, meinen Sie nicht auch? Aber was wird jetzt mit ihm? Mit Müller, meine ich, nicht Klimt – der ist tot, der arme Kerl, das weiß ich natürlich."

„Die Polizei hat Müller verhaftet und vermutlich wird er wegen Mordes an Wagner angeklagt."

„Hat er sich gegen die Festnahme gewehrt?", fragte Jane genüsslich. „Hat er versucht, aus dem Fenster zu fliehen oder die Feuerleiter hinunterzuklettern, wie man es in den Filmen sieht? Nicht zu fassen, dass wir die ganze Aufregung verpasst haben! Mum wollte gestern ins Hotel zurück, nachdem wir erfahren hatten, was passiert war, aber die Ärzte meinten, sie solle lieber noch einen Tag bleiben, und ich fand das richtig, schließlich ist Mum nicht mehr die Jüngste ... aber glauben Sie mir, ich wünschte, ich wäre dabei gewesen! Stefan hat mir erzählt, dass es in der Bibliothek einen riesigen Auflauf gegeben hat – Sie haben Müller entlarvt, nicht wahr? Hatten Sie keine Angst?"

„Ich ..." Ich dachte an die schreckliche Szene, die sich vor zwei Tagen in der Bibliothek abgespielt hatte. Inzwischen kam sie mir ein wenig surreal vor, wie ein lebhafter Albtraum, der im hellen Licht des Morgens verblasst. Als die Polizei eintraf, hatte Müller bereits wieder zu seiner gewohnten Ruhe gefunden; es schien, als hätte es den hysterischen Mann, der ein Kind als Geisel nahm, nie gegeben. „Ja, ich glaube, ich hatte Angst, obwohl alles so schnell ging, dass ich nicht viel Zeit hatte, darüber nachzudenken."

Jane schüttelte den Kopf „Ich kann es einfach nicht glauben ... Herr Müller! Das hätte ich nicht gedacht! Und er hat auch Mum angegriffen?"

„Ich glaube, das tat ihm aufrichtig leid", sagte ich. „Eigentlich halte ich Müller nicht für einen schlechten Menschen. Er hat sich provozieren lassen und hat die Beherrschung verloren, danach hat er in Panik versucht, die Spuren zu verwischen."

„Na ja, er hätte eben die Leute nicht mit einem gefälschten Gemälde in sein Museum locken dürfen, oder? Das hat Mum auch gesagt - damit begann der ganze Ärger. Wenn man einmal anfängt zu lügen, kann man einfach nicht mehr aufhören - wie wenn man Schokobonbons isst, wissen Sie, dann muss man noch einen essen ... und noch einen ...“ Jane sah mich strahlend an. „Und, fahren Sie jetzt zurück nach England?“

„Oh nein, wir bleiben noch ein paar Tage hier. Morgen gehen wir zu einer Preisverleihung, sie ist der eigentliche Grund, weshalb wir nach Wien gekommen sind. Ich habe einen Backwettbewerb gewonnen - also, mein Tearoom hat gewonnen -“

„Oh, Sie betreiben eine Teestube?“, rief Jane erfreut. „Wir lieben Teestuben, meine Mum und ich - es geht doch nichts über Scones mit Marmelade und Clotted Cream, oder? Wo ist Ihre Teestube denn? Wir müssen unbedingt vorbeischauen. Hoffentlich sind Sie in einer ländlichen Gegend - das wäre schön. Was gibt es Schöneres als eine Fahrt aufs Land, meinen Sie nicht auch? Allerdings macht einen der Verkehr auf der M4 verrückt, selbst am Wochenende. Wir könnten ja auch den Zug nehmen, aber meine Freundin Claire meint, British Rail sei das Schlimmste - oh, das heißt gar nicht mehr British Rail, oder? Ich kann mir diese neuen Namen nicht merken. Also, wo ist Ihre Teestube?“

Zögernd sagte ich: „Sie ist in Oxfordshire, in einem kleinen Dorf in den Cotswolds namens Meadowford-on-Smythe. Das ist nicht weit von Oxford.“

„Ooh, Oxford! Stimmt, Sie sagten, Sie wohnen dort, nicht wahr? Ich liebe Oxford! Ich habe in der Nähe gearbeitet, wussten Sie das? Nun, das ist einfach, über die Autobahn oder mit dem Zug. Wann, sagten Sie, fahren Sie zurück? Wir reisen morgen ab, aber Sie haben ja meine Nummer und ich habe Ihre. In ein paar Wochen habe ich ein langes Wochenende, ich könnte Mum mitbringen. Sie liebt Scones … Ich rufe Sie an, ja?"

„Ja, das klingt gut", sagte ich mit einem flauen Gefühl in der Magengegend. „Ich … ich freue mich schon darauf. Aber jetzt entschuldigen Sie mich bitte, ich muss Sofia etwas fragen …"

Ich verließ fluchtartig den Speisesaal und ging zur Rezeption in der Lobby. Sofia tippte eifrig auf der Tastatur ihres Laptops herum, summte eine kleine Melodie vor sich hin und sah entspannter aus, als ich sie bisher gesehen hatte. Seit Müllers Verhaftung war sie wie ausgewechselt. Aller Stress der letzten Tage – Wagners ständige Nörgelei, seine Ermordung und ihr schlechtes Gewissen wegen des vermeintlichen Abschiedsbriefs – waren von ihr abgefallen. Heute schien sie jedoch besonders glücklich zu sein. Sie strahlte geradezu.

„Sie sehen aus, als hätten Sie gute Nachrichten bekommen", sagte ich lächelnd. Ich warf einen Blick auf ihren Computerbildschirm und erkannte das Logo eines beliebten Reiseportals. „Aha, eine Fünf-Sterne-Bewertung?"

„Oh, nein", sagte Sofia. „Warum sagst du das?"

Ich lachte. „Sie sehen so glücklich aus - das muss etwas mit dem Hotel zu tun haben."

„Nein ..." Sofia lächelte verlegen. „Dass das Hotel ein Erfolg wird – ja, das ist schön, aber noch schöner ist es, wenn man jemanden hat, mit dem man den Erfolg teilen kann." Sie wurde rot. „Stefan hat mir heue Morgen einen Heiratsantrag gemacht und ich habe Ja gesagt."

„Herzlichen Glückwunsch! Das ist eine wunderbare Nachricht! Meine Mutter wird sich so freuen!"

„Ja, die Hochzeit soll nächstes Jahr stattfinden, wenn deine Eltern nach Wien kommen. Und ich wäre froh, wenn du auch dabei sein könntest, Gemma." Sie warf mir einen reumütigen Blick zu. „Dein nächster Besuch in Wien wird hoffentlich nicht von einem Mord überschattet."

„Ich habe meine Zeit hier sehr genossen", widersprach ich. „Es war wunderbar, trotz der schlimmen Ereignisse. Ich glaube, ich habe noch nie einen so aufregenden Urlaub erlebt!" Ich lachte.

Sofia schürzte die Lippen. „Wir werden versuchen, beim nächsten Mal für positive Aufregung zu sorgen. Wolltest du mich wegen etwas Bestimmtem sprechen?" Sie schaute mich fragend an.

„Ich wollte nur fragen, ob Sie den Chows eine Nachricht übermitteln könnten? Nach den Verhören und all den anderen Formalitäten vorgestern Nacht hatte ich keine Gelegenheit, mich vor ihrer Abreise von ihnen zu verabschieden."

„Mr und Mrs Chow? Aber sie sind doch noch hier."

„Oh! Stefan hatte gesagt, sie wollten gestern abreisen."

Sofia lächelte. „Anscheinend haben sie es sich anders überlegt. Ich war selbst ein wenig überrascht, wenn man bedenkt, was dem kleinen Mädchen passiert ist - obwohl die Ärzte bestätigt haben, dass sie zum Glück keine Verletzungen davongetragen hat. Sie scheint sich vollständig von dem Schrecken erholt zu haben. Kinder sind erstaunlich widerstandsfähig, nicht wahr?"

„Ja, das kann man wohl sagen. Aber ... aber ich dachte, die Chows hätten noch vor dem Zwischenfall mit Müller beschlossen, früher auszuchecken."

Sofia zuckte mit den Schultern. „Mag sein, aber offenbar wollen sie noch bleiben. Oh, da sind sie ja ..."

Die Eltern Chow stiegen gerade mit ihrer Tochter aus dem Aufzug. Ich holte tief Luft und eilte hinüber, um sie abzufangen. Sie blieben stehen und es entstand eine unangenehme Pause.

Ich räusperte mich. „Mrs Chow, ich ... äh ... ich wollte mich entschuldigen. Es war nicht richtig von mir, Mei-Mei ohne Ihre Erlaubnis in die Spanische Hofreitschule mitzunehmen. Ursprünglich wollte ich danach mit ihr ins Kunsthistorische Museum gehen, aber wir hatten keine Zeit mehr. Es war falsch, was ich gemacht habe, und ich hoffe, Sie sind Mei-Mei nicht böse. Es war alles meine Schuld." Ich schluckte und fügte hastig hinzu: „Und es tut mir sehr leid, was ich vorgestern gesagt habe. Es steht mir nicht zu, darüber zu urteilen, wie Sie Ihre Tochter erziehen, und es war unhöflich ... aber ... ich hoffe, Sie können mir verzeihen.“

Nach kurzem Schweigen sagte Frau Chow: „Mir tut auch leid.“

Ich starrte sie fassungslos an. Damit hatte ich nicht gerechnet.

Sie schenkte mir ein schüchternes Lächeln und sah plötzlich ihrer hübschen Tochter sehr ähnlich. „Wenn man seine Kinder liebt, macht man Sorgen, wie sie leben, wenn man stirbt und nicht mehr um sie kümmern kann. Man will ihnen die beste Chance geben, verstehen Sie? Ich möchte nicht, dass Mei-Mei in schlechten Job hart arbeiten muss und kein Geld hat und keinen Platz zum Wohnen“ Sie ergriff die Hand ihrer Tochter. „Aber vielleicht vergesse ich, wie wichtig ist, glücklich zu sein.“

In diesem Moment hätte ich sie am liebsten umarmt, aber ich hielt mich zurück. Stattdessen strahlte ich sie an. „Ja, manchmal ist es schwierig, die Balance zu finden. Ich kenne das Problem.“

Ich wies auf den Stadtplan von Wien, den Mei-Mei in der Hand hielt. „Was hast du heute vor? Welches Museum steht auf dem Programm?“

„Wir gehen nicht in Museum“, antwortete Mrs Chow an ihrer Stelle. „Wir gehen in Schmetterlingshaus.“

„Ins Schmetterlingshaus?“ Ich staunte nicht schlecht.

Die Chinesin neigte lächelnd den Kopf. „Mei-Mei sagen sehr schön. Schön zu sehen."

„Ja, ich habe davon gehört. Es ist in einem Palmenhaus untergebracht, einem wunderschönen Jugendstilbau, und tropische Schmetterlinge mitten in Europa sind etwas ganz Neues, aber ... äh ... wissen Sie, dass es dort echte Schmetterlinge gibt?"

Mrs Chow wirkte verunsichert, aber sie straffte die Schultern und nickte: „Ja, Mei-Mei hat mir erzählt. Aber sie sagt, die Schmetterlinge sind sehr sauber. Keine Krankheit."

„Oh ja, anstecken kann man sich bei den Schmetterlingen sicher nicht", sagte ich hastig. Ich lächelte. Die Art, wie sich Mrs Chow bemühte, trotz ihrer Angst ihre Vorurteile hinter sich zu lassen, war bewundernswert. „Sie werden sich bestimmt gut amüsieren."

Ich sah ihnen nach, als sie sich verabschiedeten. Mei-Mei hielt die Hände ihrer Eltern und hüpfte munter zwischen ihnen zur Treppe. Bevor sie zur Straße hinuntergingen, warf sie einen Blick über die Schulter und winkte mir breit lächelnd zu, wobei ihre entzückende Zahnlücke zum Vorschein kam. Ich spürte, wie mein Herz vor Freude anschwoll.

Ich wollte gerade den Aufzug rufen, als sich die Fahrstuhltüren öffneten und Randy mit Ana Bauer heraustrat. Sie waren ins Gespräch vertieft, doch auf dem attraktiven Gesicht des Amerikaners breitete sich ein strahlendes Lächeln aus, als er mich sah.

„Hey! Schön, dass ich Sie erwische, Gemma. Ich

checke gleich aus und hatte gehofft, mich verabschieden zu können."

Seine freundliche Art machte mich ein wenig verlegen. Ich antwortete schnell: „Ich bin auch froh, dass ich Sie noch sehe. Ich ... ich wollte Ihnen sagen, dass es mir wirklich leidtut, dass ich Sie verdächtigt habe -"

„Hey, kein Problem", unterbrach mich Randy und winkte lässig ab.

„Was wird jetzt aus Ihrer Ranch? Wissen Sie schon etwas über Wagners Testament?", fragte ich.

„Nein, es wird eine Weile dauern, bis die Anwälte alles geklärt haben. Aber machen Sie sich keine Sorgen um mich." Er wies auf Ana Bauer, die den Flur hinuntergegangen war und sich an der Tür zur Gästelounge zu den Silberlocken gesellt hatte. „Ana und ich haben viel geredet und sie hat großes Interesse an meinen Ideen. Sie hat genug von der Künstlerszene und sucht nach einer neuen Herausforderung. Deshalb hat sie beschlossen, in meine Ranch zu investieren und mir dabei zu helfen, die Lipizzaner in den Staaten bekannter zu machen."

„Das ist wunderbar!", rief ich begeistert. „Ich wünsche Ihnen viel Glück. Sie haben es verdient."

Randy grinste mich an. „Hey, denken Sie daran - wenn Sie mal in den Staaten sind und eine Pferdeshow sehen wollen ..."

„Oh, wenn ich jemals auf Ihrer Seite des Atlantiks bin, werde ich Ihre Show um nichts in der Welt verpassen", versprach ich.

Als ich ein paar Minuten später zu Ana und den Silberlocken stieß, diskutierten sie gerade über die Vorzüge einer Sauna im Vergleich zu einem Dampfbad. Ana hatte etwas von ihrem früheren glamourösen Auftreten wiedererlangt, doch die Ringe unter ihren Augen und ihr trauriger Blick zeugten von dem schweren Verlust, den sie erlitten hatte. Mir wurde klar, dass sie Wagner geliebt hatte und trotz seiner arroganten Art um ihn trauerte. Liebe geht oft seltsame Wege."

„Ich wünsche Ihnen noch ein paar schöne Tage in Wien", sagte sie und sah uns der Reihe nach an. „Ich verabschiede mich – ich checke gleich aus."

„Wohnen Sie in der Nähe?", fragte Florence.

Sie zögerte, dann sagte sie: „Meine Wohnung ist nicht weit von hier, aber all meine Sachen sind noch in Moritz' Wohnung in einem Außenbezirk." Ihr Blick ging in Richtung Musiksalon. „Ich kann immer noch nicht glauben, dass er nicht mehr da ist", sagte sie leise. „Mein ganzes Leben hat sich um ihn gedreht – er war solch ein Mensch, der alle Aufmerksamkeit auf sich zieht – und jetzt weiß ich nicht, wie es weitergehen soll."

Mabel tätschelte ihr die Hand. „Sie schaffen das schon, meine Liebe."

Überraschenderweise war Ana angesichts dieser vertrauten Geste nicht beleidigt, sondern schien Mabels mütterliche Art zu schätzen. Sie warf uns einen schiefen Blick zu.

„Wahrscheinlich finden Sie mich albern und

dumm ... Ich weiß, welchen Ruf Moritz hatte; er liebte die Frauen und ich war nur eine von vielen ...“ Sie bedachte Glenda mit kaum verhohlenem Groll. „Ich weiß, dass er an seinem letzten Tag nicht an mich gedacht hat - er war mit einer anderen Dame zum Essen verabredet - und trotzdem trauere ich ihm nach.“ Sie schüttelte den Kopf. „Bemitleiden Sie mich?“

„Nein“, meldete sich Glenda plötzlich zu Wort. Sie trat einen Schritt vor. „Und Sie irren sich, Ana. Moritz hat an jenem Tag an Sie gedacht. Wir haben viel geredet und er hat mir einiges anvertraut. Vielleicht lag es an unserem Altersunterschied. Wussten Sie, dass seine Mutter früh gestorben ist, als er noch ein Kind war? Er sagte, dass ich ihn an sie erinnere.“ Sie lächelte die Österreicherin an. „Und wissen Sie, was er gesagt hat? Er sei zwar entschlossen, Junggeselle zu bleiben, aber wenn er jemals heiraten sollte ... dann Sie.“

Ana zog scharf den Atem ein. Sie ergriff Glendas Hand und drückte sie, ihre Augen leuchteten.

„Danke ... danke, dass Sie mir das gesagt haben“, flüsterte sie.

Als wir Ana nachsahen, stellte ich mich zu Glenda und fragte stirnrunzelnd: „Hat Wagner das wirklich gesagt?“

Die Selbstzufriedenheit in Glendas Miene war unverkennbar. „Natürlich nicht, Liebes.“

Ich sah sie entgeistert an. „Dann haben Sie Ana gerade angelogen!“

Sie warf einen raschen Blick auf Ana, die an der Rezeption stand und sich mit Sofia unterhielt. Ihre Wangen waren gerötet und ihr ganzes Auftreten wirkte lebhafter, fröhlicher.

„Meine Liebe", sagte sie, „wenn du in mein Alter kommst, wirst du erkennen, dass Lügen manchmal mehr heilen als schaden."

Epilog

Ich ließ mich auf das Sofa in meinem Wohnzimmer fallen und schaute mich mit einem zufriedenen Seufzer um. Es war schön, zu Hause zu sein.

Müsli gab ein leises Zirpen von sich, als wollte sie mir beipflichten, und begann, das Zimmer zu erkunden, ihr Kinn an den Möbeln zu reiben und alles mit ihrem Duft zu markieren, so wie sie es im Musiksalon in Wien getan hatte. Die Ereignisse der letzten Woche gingen mir durch den Kopf. Vielleicht sollte ich das nächste Mal einfach zu Hause bleiben, wenn meine Urlaubspläne ins Wasser fielen. Der Mord, die Silberlocken, meine Gerüstturnereien und die Kletteraktionen durch den Geheimgang hatten mir kaum eine ruhige Minute gelassen, von dem Saunabesuch ganz zu schweigen. Zur Arbeit in die Teestube zu gehen, wäre vermutlich entspannter gewesen.

Trotzdem war es eine denkwürdige Reise gewesen und ich konnte es kaum erwarten, Cassie alles zu erzählen, wenn ich sie morgen sah. Ich erhob mich und ging von Zimmer zu Zimmer, zog die Vorhänge zurück und öffnete die Fenster, um frische Luft hereinzulassen. Dann schleppte ich meinen Koffer ins Schlafzimmer und begann auszupacken.

Müsli folgte mir, sprang auf das Bett und beobachtete interessiert, wie ich die Sachen aus dem Koffer nahm. Ich warf die ganze schmutzige Wäsche auf den Boden, dann holte ich eine glänzende Bronzetrophäe in Form einer Teetasse heraus. Ich hielt sie hoch und das Licht aus den Fenstern fiel auf die Inschrift auf dem Sockel: „Europ-Tearoom-Backwettbewerb ~ Gewinner". Sie würde sich gut auf dem Kaminsims im Tearoom machen, und ich malte mir aus, wie die Silberlocken sie im Dorf herumzeigten.

Ich stellte die Trophäe auf meinen Nachttisch, dann packte ich die Souvenirs aus, die ich mitgebracht hatte: ein Buch über Wiener Kunst für Cassie, ein Rasierset für Devlin aus einem Fachgeschäft in der Einkaufszone, ein Buch über die traditionelle österreichische Küche für Dora, ein paar Flaschen österreichischen Wein für meine Eltern und - ein Geschenk der Silberlocken - ein Kühlschrankmagnet mit einem Bild von Klimts ‚Der Kuss', den sie im Museumsshop des Schlosses Belvedere erstanden hatten.

Im Koffer lag ein letztes Geschenk. Vorsichtig hob ich es heraus. Es war ein Blatt Zeichenpapier in einer Mappe. Ich warf einen Blick auf Müsli am Fußende des Bettes, dann wieder auf das Papier mit ihrem Konterfei. Es war ein wunderschönes Porträt, bei dem die geschickten Bleistiftstriche das weiche Fell, die schlanken Linien ihres Körpers und selbst das schelmische Funkeln in ihren Augen hervorhoben. Ich lächelte, als ich die Worte sah, die in kindlicher Schrift am unteren Rand des Blattes standen:

„Für Gemma – liebe Grüße, Mei-Mei"

Es mochte nicht mit den Gemälden der großen Meister mithalten, aber für mich war diese Zeichnung eines kleinen achtjährigen Mädchens das beste Geschenk, das ich aus Wien mitgebracht hatte.

Rezept für Traditioneller Apfelstrudel

(mit freundlicher Genehmigung von Ursula Schersch – Li'l_Vienna Blog)

Ursula sagt: „Apfelstrudel ist ein beliebtes und typisch österreichisches Dessert. Dieses Rezept stammt von meiner Oma - und ich habe noch nie einen besseren Apfelstrudel gegessen."

ZUTATEN

Für den Strudelteig

- 80 ml lauwarmes Wasser
- 15 g geschmacksneutrales Pflanzenöl
- 2,5 ml Essig (oder Zitronensaft)
- 1 Prise Kochsalz oder feines Meersalz
- 145 g Brotmehl (evtl. durch Allzweckmehl ersetzen)
- 1 Teelöffel Pflanzenöl zum Bestreichen des Teigs
- Mehl zum Bestäuben

Für die Puddingfüllung

- 40 g ungesalzene Butter
- 80 g feines Paniermehl
- 65 g Puderzucker
- ½ Teelöffel gemahlener Zimt
- 50 g Rosinen

- 3 Esslöffel Rum oder lauwarmes Wasser, um die Rosinen einzuweichen
- 900 g leicht säuerliche Äpfel (z.B. Boskop, Elstar, Jonagold)
- 1 Esslöffel Zitronensaft
- 2 Esslöffel geschmolzene Butter (zum Bestreichen des Teiges; geteilt)
- Puderzucker zum Bestäuben
- Geschlagene Sahne (Serviervorschlag)

ANLEITUNG

Teig

1. Lauwarmes Wasser, Öl, Essig und Salz in einer großen Schüssel mischen. Säure (z.B. Essig) entspannt das Gluten und macht den Teig elastischer.

2. Die Hälfte des Mehls hinzufügen und mit einem Löffel unterrühren, bis alles gut vermischt ist. Nach und nach das restliche Mehl einarbeiten, bis der Teig fest genug ist, um ihn mit den Händen zu kneten.

3. Kneten Sie den Teig etwa 10 Minuten lang in der Schüssel oder auf einer Arbeitsfläche, bis er geschmeidig ist. Er sollte feucht, aber nicht klebrig sein. Wenn er zu klebrig zum Kneten ist, fügen Sie ein wenig Mehl hinzu. (Mehr als ein oder zwei weitere Esslöffel Mehl sollten nicht nötig sein.) Schlagen Sie den Teigklumpen ein paarmal auf die Arbeitsfläche, um die Glutenbildung zu fördern.

4. Formen Sie eine glatte Kugel aus dem Teig. Streichen Sie eine saubere Schüssel mit Öl aus, legen Sie den Teig hinein und ölen Sie die Oberfläche mit den Fingern ein.

5. Decken Sie die Schüssel mit einem Deckel oder Frischhaltefolie ab und lassen Sie den Teig eine Stunde lang bei Raumtemperatur ruhen (siehe Anmerkung).

Füllung

6. Zerlassen Sie die Butter in einer Pfanne bei mittlerer Hitze. Fügen Sie das Paniermehl hinzu und lassen Sie es unter ständigem Rühren goldbraun werden. Nehmen Sie die Pfanne von der Herdplatte und lassen Sie das geröstete Paniermehl abkühlen.

7. Mischen Sie Zucker und Zimt, rühren Sie die Mischung unter das Paniermehl und stellen Sie sie beiseite.

8. Weichen Sie die Rosinen zehn Minuten lang in Rum (das ist die traditionelle Methode) oder in lauwarmem Wasser ein.

9. Schälen Sie die Äpfel, vierteln und entkernen Sie sie. Schneiden Sie die Viertel in 3 bis 6 mm dicke Scheiben und begießen Sie sie mit Zitronensaft, damit sie nicht braun werden. Gießen Sie die Rosinen ab und mischen Sie sie unter die Apfelscheiben.

Den Teig ausziehen und füllen

10. Rollen Sie den Teig auf einer leicht bemehlten Arbeitsfläche mit dem Nudelholz aus. Bestäuben Sie sowohl die Arbeitsfläche als auch den Teig beim Ausrollen immer wieder mit etwas Mehl.

11. Wenn die Teigplatte einen Durchmesser von 33 cm bis 38 cm hat, schieben Sie die Handrücken darunter (Ringe mit Schmuckstein ablegen!) und dehnen Sie den Teig mit den Fingerknöcheln wie einen Pizzateig von innen nach außen.

12. Je größer und dünner die Teigplatte wird, desto schwieriger ist sie zu handhaben. Legen Sie sie auf ein leicht bemehltes Tischtuch. Achten Sie darauf, sowohl das Tuch als auch den Teig faltenfrei auszubreiten. Dehnen Sie den Teig auf dem Tuch mit den Händen.

13. Dehnen Sie den Teig vorsichtig von innen nach außen, bis er papierdünn ist. Arbeiten Sie sich dabei Stück für Stück über die Teigplatte, bis sie so durchscheinend ist, dass Sie die Schlagzeilen einer Zeitung darunter lesen könnten. (Besser nicht ausprobieren – die Druckerschwärze könnte abfärben.)

14. Zum Schluss sollte der Teig eine rechteckige Form haben. Die Schmalseite sollte die breite Seite eines Backblechs auf beiden Seiten um ein paar Zentimeter überragen. Schneiden Sie wulstige Ränder ab.

15. Bestreichen Sie den Teig zur Hälfte mit der Hälfte der geschmolzenen Butter. Verteilen Sie auf der anderen Teighälfte das Paniermehl und drücken Sie es gleichmäßig an. Jetzt ist eine Hälfte des Teigs gebuttert, die andere mit geröstetem Paniermehl belegt. Verteilen Sie die Äpfel auf dem Paniermehl.

16. Schlagen Sie die seitlichen Teigränder um. Rollen Sie den Teig mithilfe des Tischtuchs auf. Fangen Sie am Rand der mit den Äpfeln belegten Hälfte an. Rollen Sie den Strudel mit der Ansatznaht nach unten auf ein Stück Backpapier.

17. Legen Sie das Backpapier auf ein Backblech und bestreichen Sie die Oberseite mit dem Rest der geschmolzenen Butter.

Den Strudel backen

18. Schieben Sie das Backblech auf die mittlere Schiene des vorgeheizten Backofens (ich nehme die zweite Schiene von oben in meinem mit vier Schienen ausgestatteten Ofen.) Backen Sie ihn etwa eine halbe Stunde bei 190 °C (Ober- und Unterhitze) oder 175 °C (Umluft).

19. Wenn die Kruste goldbraun ist, ist der Apfelstrudel fertig. Nehmen Sie ihn aus dem Ofen und lassen Sie ihn ein wenig abkühlen, bevor Sie ihn in Scheiben schneiden und mit Puderzucker bestäubt servieren.

Anmerkung: Sie können den Teig im Voraus zubereiten und bis zu drei Tage im Kühlschrank aufbewahren. Nehmen Sie ihn rechtzeitig vor dem Verarbeiten aus der Kühlung, damit er sich auf Zimmertemperatur erwärmen kann.

Guten Appetit!

Über die Autorin

Die USA-Today-Bestsellerautorin H. Y. Hanna schreibt britische Cosy Mystery voller Humor, schrulliger Charaktere, spannender Mordfälle und charakterstarker Katzen! Nach ihrem Abschluss an der Oxford University hat H. Y. Hanna eine Reihe von Jobs ausgeübt: Sie war in der Werbung tätig, Model, Englischlehrerin, Hundetrainerin ... bevor sie sich wieder ihrer ersten großen Liebe zuwandte: dem Schreiben. Seit einigen Jahren arbeitet sie als freiberufliche Autorin und hat mit ihren Gedichten, Kurzgeschichten und journalistischen Beiträgen mehrere Preise gewonnen.

Hsin-Yi wurde in Taiwan geboren und ist ihr ganzes Leben lang eine Globetrotterin gewesen, die in einer Vielzahl von Kulturen gelebt hat, von Großbritannien über den Nahen Osten, die USA bis nach Neuseeland... doch inzwischen wohnt sie mit ihrem Ehemann und ihrer Katze Muesli glücklich in Perth (Westaustralien). Mehr über H. Y. Hannas Bücher erfährst du unter: www.hyhanna.com

Trage dich für meinen Newsletter ein, dann bist du immer über Neuerscheinungen auf Deutsch, Buchverlosungen und andere Neuigkeiten zu meinen Büchern informiert!
www.hyhanna.com/german-newsletter